A TRAGÉDIA GREGA

Estudo Literário

(I Volume)

COLECÇÃO STVDIVM

TEMAS FILOSÓFICOS, JURÍDICOS E SOCIAIS

H. D. F. KITTO

A TRAGÉDIA GREGA

Estudo Literário

(I Volume)

TRADUÇÃO DO INGLÊS E PREFÁCIO DE

DR. JOSÉ MANUEL COUTINHO E CASTRO

Licenciado pela Faculdade de Letras da Universidade de Coimbra

ARMÉNIO AMADO — EDITORA — COIMBRA

1990

TÍTULO ORIGINAL
GREEK TRAGEDY — A LITERARY STUDY

Publicado a primeira vez em 26 de Outubro de 1939
Segunda edição: Julho de 1950.
Reimpressão: 1954.
Terceira edição: 1961.
1.ª Reimpressão: 1966
2.ª Reimpressão: 1990

Editado por: Methuen & Co. Ltd.
11 New Fetter Lane, London E C 4

Direitos exclusivos em língua portuguesa de

Arménio Amado — Editora — Coimbra — Portugal

Impresso em offset na G. C. — Gráfica de Coimbra, Lda.
Tiragem, 3000 ex. — Março de 1990

Depósito Legal n.º 35649/90

PREFÁCIO DO TRADUTOR

É esta a segunda obra do Professor H. D. F. Kitto que traduzimos [1], apresentando assim ao público de língua portuguesa, mais um trabalho do eminente helenista britânico. De novo fomos atraídos por aquelas qualidades que já tínhamos reconhecido — e apreciado — no autor: a linguagem clara e precisa com que aborda o seu tema, estilo fluente e por vezes irónico, a sistematização pedagógica que ministra conhecimentos sem ser dogmática ou pretenciosa, enfim a importância e interesse do próprio assunto do livro e o convencimento de que com a sua tradução estamos a procurar ser úteis a quantos em Portugal se dedicam ao assunto, desde os profissionais do Teatro até aos estudantes e professores de Cultura Clássica, passando pelo público em geral empenhado em enriquecer os seus conhecimentos. Se bem que se trate de uma obra especializada, pois analisa e estuda determinadas peças fundamentais da

---

[1] A primeira foi *The Greeks* que apareceu nesta mesma colecção com o título «Os Gregos» e foi publicada em 1959 (segunda edição em 1970).

Tragédia Grega, de Ésquilo, Sófocles e Eurípides, também o autor soube encontrar neste trabalho uma forma de expressão directa e simples que pode ser imediatamente acessível a quem o lê, quer se trate de um erudito conhecedor do assunto ou de qualquer pessoa simplesmente desejosa de se cultivar. Tentámos, na nossa tradução, manter sempre que possível e até onde as correspondências entre as duas línguas o permitem, o tom informal que se preocupa em comunicar de forma directa e simples com o leitor.

Não podemos deixar de citar o nome da Sra. Professora Doutora Maria Helena da Rocha Pereira, ilustre Catedrática de Filologia Clássica da Faculdade de Letras da Universidade de Coimbra a quem endereçamos a nossa gratidão pela paciência e boa vontade com que nos ajudou na resolução de um certo número de problemas de tradução. Tradução que procura ser fiel ao espírito do autor e que, se conseguir contribuir para um melhor conhecimento da Tragédia Grega, terá já cumprido a sua missão.

Coimbra, Abril de 1972

José Manuel Coutinho e Castro

PREFÁCIO DO AUTOR

Um livro sobre a Tragédia Grega pode ser um trabalho de erudição histórica ou de crítica literária; este livro pretende ser um trabalho de crítica. Há crítica de duas espécies: o crítico pode dizer ao leitor o que muito bem pensa sobre todo o assunto, ou tentar explicar a forma pela qual a literatura se escreve. Este livro intenta a segunda tarefa. Nem é uma história nem um manual; tem, na minha opinião, um argumento contínuo e tudo o que, embora importante, não se apoie sobre esse argumento, é deixado de fora.

Longino diz, à sua bela maneira ἡ τῶν λόγων κρίσις πολλῆς ἐστι πείρας τελευταῖον ἐπιγέννημα: a crítica literária é o último fruto de uma longa experiência. A minha crítica é o fruto, se fruto se lhe pode chamar, de uma experiência diferente da que Longino tinha em mente, a de fazer perguntas embaraçosas aos alunos e ter de lhes achar as respostas — porque é que a caracterização de Ésquilo era diferente da de Sófocles? Porque é que Sófocles introduziu em cena o Terceiro Actor? Porque é que Eurípides não fez melhores enredos? Este livro não é outra coisa senão as respostas a uma série de perguntas deste género; as respostas podem estar erradas, mas as perguntas estão certas.

Parto de um princípio básico, de cujo acerto nada do que li na Tragédia Grega ou acerca dela me fez duvidar. É que o dramaturgo Grego foi, no seu todo, um artista, e como tal é que deve ser objecto de crítica. Muitos Gregos, tal como muitos modernos, pensavam que ele era um professor de moral. Sem dúvida que o era, mas a propósito. Muitos mestre-escola Ingleses afirmam que o «cricket» inculca toda a espécie de virtude morais. Sem dúvida, mas a propósito; e o escritor que escreve sobre o «cricket» faz bem em deixar este aspecto do seu assunto ao historiador do Império Britânico.

Não que qualquer dramaturgo, especialmente o Grego, que era um cidadão tão consciente, possa ser indiferente à moral. O seu material, os pensamentos e as acções dos homens, é essencialmente de natureza moral e intelectual, mais òbviamente moral que o do músico, mais òbviamente intelectual que o do pintor, pelo que o dramaturgo terá de ser honesto para com o seu material. Mas o material não explicará a forma do trabalho. Há algo de mais profundo que o faz, algo que se apreende, não dogmático, algo de intuitivo, seja o que for, que impele um compositor ou um pintor à actividade. Ésquilo, Sófocles e Eurípides, cada um deles tem uma forma diferente de pensamento trágico; é isto que explica o drama.

Assim, ao dizermos que o dramaturgo Grego foi um artista, não estamos a usar um lugar comum estafado que signifique que preferia versos e enredos bonitos aos mal engendrados; queremos dizer que sentia, pensava e trabalhava como um pintor ou um músico, não como um filósofo ou um professor. Como dramaturgo, tem de lidar com problemas morais e intelectuais e o que diz sobre eles é assunto natural de estudo; mas se tratamos as peças como peças e não como documentos, devemos, como ao criticar a pintura, libertar-nos da «tirania do assunto». Se formos capazes de procurar o caminho até à concepção trágica fundamental de cada peça ou grupo de peças, podemos ter esperanças de lhes explicar a forma e o estilo. Caso contrário expomo-nos à tentação de pensar que se procuraram mudanças de forma e de estilo por elas próprias (o que pode ser verdade quanto a nós, mas não o é quanto aos Gregos), ou à tentação de tratar a forma e o conteúdo separadamente ou de recorrer a essa ficção irreal intitulada «a forma da Tragédia Grega», algo que ao transformar-se históricamente, leva consigo as peças individuais. Para nós, aquilo a que se chama «a forma da Tragédia Grega» não existe. O historiador, olhando de fora para a Tragédia Grega pode usar este conceito, mas a nossa tarefa diz respeito às peças individuais em que cada uma é uma obra de arte, portanto única, em que cada uma obedece apenas às leis da sua própria essência. Havia limites fixados pelas condições da representação (pràticamente os mesmos para Eurípides que para Ésquilo); dentro destes limites amplos, a forma de uma peça é determinada apenas pela sua própria ideia vital — isto é, se se tratar de uma obra de arte viva, um ζῶον, e não de um animal «conforme Landseer [1] representou».

Portanto, deveremos começar sempre por tentar compreender a natureza da concepção dramática que está na base de uma peça ou grupo de peças. Procuraremos saber o que é que o dramaturgo está a esforçar-se por dizer, não o que de facto diz àcerca disto ou daquilo. O «sentido» que se contém em muitas falas dramáticas ou coros pode ser tão directo como o «sentido» de um passo da *Ética* de Aristóteles, mas esse «sentido» que por si só explicará a forma da peça, é qualquer coisa de muito mais aparentada com o «sentido» de um Rembrandt ou de uma sonata de Beethoven. É, evidentemente, muito mais intelectual, pois a concepção do dramaturgo encontra-se imediatamente dentro de imagens mais próximas da nossa vida intelectual do que as imagens do pintor ou do compositor. A diferença de meio, consequentemente de método, é tão grande que a comparação directa entre o drama e estas outras artes raramente tem alguma utilidade a não ser para quem a faz. Não obstante, não devemos esquecer onde nos encontramos devendo sim prender-nos com firmeza à diferença entre o «sentido» de um filósofo e o «sentido» de um artista.

Poderemos ir mais longe? Seremos capazes de explicar, referindo-nos à vida comunal em que os poetas participavam, como é que aconteceu darem

---

[1] Sir Edwin Henry Landseer (1802-1873), pintor inglês famoso pelos quadros em que retrata cães (N. do T.).

«sentido» a estes factos determinados? Podemos, sem dúvida, adivinhar, e algumas das nossas conjecturas serão acertadas; talvez possamos ir mais longe, o que não considerei como tarefa a meu cargo, dado que o nosso interesse, neste caso, é pela crítica e não pela biografia. Na minha opinião, a crítica pode começar, sem descrédito, por o que está na mente do poeta, sem procurar saber como é que lá chegou.

A importância literária da Tragédia Grega ainda não foi esquecida pelos Professores de Inglês que, às vezes, esperam que os seus alunos tenham alguns conhecimentos dela. Dou as traduções onde é possível, por ter a esperança de que este esboço possa interessar aos estudantes de literatura que não têm Grego, Mas nós, Helenistas, temos as nossas inclinações, como as outras pessoas, e deixei em Grego duas palavras que se repetem: ἁμαρτία (hamartia) é a falha trágica da teoria de Aristóteles, e ὕβρις é hybris. [1]

Os meus deveres de amizade são muitos e difíceis de enumerar; espero ter sido honesto ao reconhecer o que devo e a quem. Tenho uma sensação desagradável ao citar outras pessoas, muitas vezes só para discordar delas. Estou reconhecido ao Director de *The Times* que, de bom grado, me deixou utilizar material exclusivo que me foi valioso. Os meus agradecimentos mais calorosos vão para o meu colega Sr. A.W. Gomme por ter lido os meus manuscritos e pelos muitos e proveitosos comentários que

---

[1] *Hybris*, a palavra grega que significa «insolência» (N. do T.).

lhes fez. Pelos mesmos serviços críticos e amistosos, prestados com a maior generosidade, tenho uma dívida, que agora não posso pagar, para com o meu colega há pouco falecido, W. E. Muir, cuja morte prematura nos roubou um bom erudito, um conhecedor seguro e inteligente da literatura e um ποθεινὸς τοῖς φίλοις

Universidade de Glasgow
Março de 1939

H. D. F. K.

NOTA À TERCEIRA EDIÇÃO

Como o coro observa em *Agamémnon*, até um velho pode aprender. Fui incapaz de emitir afirmações, nesta edição, em cuja verdade já não acredito; por esta razão é que refiz completamente os capítulos III e IV, sobre *A Oresteia* e a Arte Dramática de Ésquilo, as partes sobre *Ájax, As Traquínias,* e *Filoctetes*, com determinadas reconstruções menores e muitas alterações consequentes. A descoberta de cerca de duas polegadas quadradas [1] de papiro obrigaram-me a remodelar também, embora não muito profundamente, a primeira parte do capítulo I.

Universidade de Bristol

H. D. F. K.

---

[1] 13 cm^2, aproximadamente (N. do T.).

CAPÍTULO I

A TRAGÉDIA LÍRICA

1. «As Suplicantes»

As duas primeiras edições deste livro abriam com a afirmação de que *As Suplicantes* é a obra mais antiga do drama europeu. Parece agora possível — alguns diriam certo — que isto não seja verdade e que a trilogia foi representada pela primeira vez, não em 492 A. C. ou à volta disso, mas muito mais tarde, provàvelmente em 464, depois de *Os Persas* e *Os Sete contra Tebas*. A crença na data mais recuada nunca se baseou, evidentemente, em qualquer prova documental, mas principalmente em considerações de estilo algumas das quais (como anoto com certa satisfação) rejeitei como provas de data: a saber, que nesta peça o verdadeiro protagonista não é um actor, mas o coro e que o segundo actor é tratado bastante desajeitadamente. Contudo, a impressão geral de arcaísmo, combinada com o que Bowra muito bem chamou «a magnificência carregada do estilo» [1] parecia uma razão suficiente, à falta de provas directas, para pensar que se tratava de uma peça antiga.

Na verdade, este ponto de vista foi contestado notàvelmente por E. C. Yorke [2]. Yorke analisou um determinado fenómeno métrico nas sete peças — substituição de um sílaba longa no trímetro iâmbico — e mostrou que, se a frequência de tal substituição aumentava com o avançar dos anos do poeta, *Os Persas* (472 A. C.) é a peça mas antiga e *As Suplicantes* iria situar-se entre ela e *Os Sete contra Tebas* (467). Mas a suposição é arriscada; um exame mais atento sugere que a qualidade dramática de uma cena tinha algo a ver com a incidência destas substituições — como é certamente o caso em Sófocles. Mas em 1952 foi publicado um fragmento de papiro de Oxirinco [3] que segundo tudo indica deriva, em última análise, da didascália, registo oficial das disputas dramáticas em Atenas. Diz o fragmento que no arcontado de alguém cujo nome começa por Ar... (a não ser que estas duas letras fossem o início da palavra *arconte*, o que não é muito provável) Ésquilo ganhou o primeiro prémio com esta trilogia, Sófocles o segundo e Mesatos o terceiro. Se a referência diz respeito à primeira representação da trilogia, o que é a interpretação natural mas não indubitàvelmente a correcta, a representação certa-

---

[1] C. M. Bowra, *Ancient Greek Literature*, p. 81.
[2] *Classical Quarterly*, 1938, p. 117.
[3] P. Oxi., 2 256, frag. 3.Ib — talvez mais fàcilmente disponível no texto de Ésquilo, de Oxford, revisto por Murray.

mente que não se realizou à volta de 490 quando Sófocles era um menino de cinco ou sete anos de idade. Obteve ele o primeiro triunfo com o que pode ter sido a sua primeira tentativa, em 468. O único ano, à volta dessa data, que apresenta um arconte favorável é 464: Arquedémides. O obscuro Mesatos constitui uma dificuldade. Na Epístola V de Eurípides é mencionado ao lado do contemporâneo mais novo de Eurípides, Ágaton, o que o colocaria firmemente na parte mais tardia do século. A epístola é, na verdade, o que chamaríamos sumàriamente uma «falsificação» escrita possìvelmente já no século quinto D. C.. Contudo, um falsificador tem todas as razões para ser cuidadoso com os pormenores; este pode ter sabido do que estava a falar. Há, na verdade, uma inscrição [1] que regista nomes de dramaturgos aparentemente pela ordem cronológica dos seus primeiros êxitos e coloca um certo ...tos ao lado de Sófocles. Se este nome era Mesatos e não, por exemplo, um não registado Stratos ou parecido, isso estaria a concordar muito bem com o papiro.

O fragmento está escrito com tanto descuido que o autor da edição dos Papiros de Oxirinco disse dele: «Há coisas neste texto que nos tornam cépticos quanto à sua autoridade»; e há outro facto que deveria ser levado em consideração. F. R. Earp no seu *Style of Aeschylus* (1948) submeteu as peças a uma análise estilística exaustiva. Em cada uma das suas

---

[1] I. G. II, 2 325.

tabelas estatísticas, *As Suplicantes* aparece no topo, indicando — se tal prova tem valor — que é a mais antiga das sete. Nada levou Earp a suspeitar que poderia ser mais tardia que *Os Persas* e os seus resultados, noutros aspectos, são consistentes por si mesmos. Sugeriu-se, como compromisso, que a trilogia foi mantida isolada, durante uns vinte e cinco anos, por razões políticas [1]. O que talvez não seja impossível, mas é pouco provável, e as razões alegadas parece-me que se equivocam completamente a respeito do significado «político» da peça; conforme será discutido à frente, é difícil ver que mais Ésquilo poderia ter feito para esclarecer que a sua «Argos» não era a Argos contemporânea.

A natureza do tema (se o interpretei correctamente) e o poder com que é tratado, certamente que não sugerem a imaturidade da juventude. Contudo, embora sem qualquer convicção ardente, aceito a prova do papiro quanto ao seu valor facial e passo a outros assuntos mais interessantes.

Alguns dos juízos mais antigos sobre a peça baseavam-se, por um lado, na crença de que é um trabalho primitivo, por outro numa incapacidade completa de compreender uma forma de drama que não nos é familiar. É natural, mas errado, que nos aproximemos de uma obra de arte com uma ideia preconcebida do que ela deveria fazer e como; tal crítica pode acabar por extraviar-se. O crítico tenta desco-

---

[1] A. Diamantopoulos, *Journal of Hellenic Studies*, LXXVII, Parte 2, 200 *seqq*.

brir na peça o que espera encontrar e se o não encontra fica desiludido. Assim, Tucker chegou à conclusão que em *As Suplicantes* «há falta de efeito dramático... Não há uma acção emocionante na peça e apesar da sua admirável poesia, não produziria o efeito desejado» se não fosse o efeito espectacular do coro. Faz agora muitos anos, Bowra escrevia: «Uma tal acção como essa consiste nos seus (das suplicantes) esforços para assegurar protecção e na chegada de um arauto do Egipto anunciando a presença dos pretendentes rejeitados»[1] — resumo que exclui a situação que faz da peça uma tragédia. Ou, começando pela doutrina de que Ésquilo era um professor religioso e o educador do seu povo, «Erzieher seines Volkes»[2], podemos dizer com Pohlenz que a peça diz mais respeito aos protectores do que aos protegidos, o que é verdade e atribui à democracia ateniense o quadro inspirado de todo um povo, os Argivos, tomando sobre si os maiores perigos porque coloca o dever religioso antes de tudo o mais — o que não é verdade, uma vez que Ésquilo tem algum trabalho a salientar que o rei e o seu povo estão numa situação difícil: se não protegerem as suplicantes terão de desafiar a ira dos deuses ofendidos.

Pensemos, evidentemente, que certos passos, na peça, são toscos; apesar disso, a maior parte dela trata, com imenso poder, de uma situação profundamente trágica — e familiar. O nosso primeiro dever

---

[1] *Ancient Greek Literature*, p. 81.
[2] Em alemão, no original (N. do T.).

é descobrir onde é que Ésquilo colocou a ênfase; podemos supor que construiu a peça como a sentiu. Certamente, os que a acharem não-dramática, não nos poderão dizer, a não ser por acaso, de que ela trata, pois não viram o drama.

Começa ela de modo suficientemente dramático. O coro entra, vestido à maneira egípcia e cantando, em rítmo processional anapéstico, uma grande invocação de Zeus, o Zeus que protege as Suplicantes e conduziu em segurança estas vítimas da violência através do mar, desde o Nilo até Argos; e com Zeus se encontram logo relacionados os outros deuses, os do céu e os do mundo subterrâneo. A situação particular está a ser inserida no contexto mais vasto possível. O *párodo* dá-nos fàcilmente os factos necessários; Dânao, a fuga dos pretendentes, a própria ascendência Argiva das suplicantes. A razão porque fogem dos pretendentes não é ainda explicada; o coro menciona a hybris, e θέμις εἴργει, o Direito proíbe. É-nos dada uma impressão clara destas mulheres jovens — cheias de energia, apaixonadas na sua resistência, com uma fé inabalável nos deuses.

O párodo é seguido por uma longa ode. Tem início um ritmo lento e firme e o coro ocupa-se de dança e canto durante uns 140 versos. Não há sugestão de acção imediata, de debate ou intriga; a ode, um sexto de toda a peça, levaria cerca de um quarto de hora a representar, o que é o tempo de um andamento de uma sinfonia normal. Isto mostra o vento que sopra no teatro: o público, evidentemente, não está com pressa para ver os actores e a acção.

Uma vez que o ritmo da poesia nos dá uma impressão ligeira e distante da natureza das danças e do seu efeito visual, dar-lhe-emos pouca atenção A ode abre com Zeus e Épafo, no majestoso ritmo «Dórico». Com o tom mais pessoal do segundo par de estrofes, o coro volta-se para o impulsivo coriâmbico: |—∪ : ∪—|—∪ : ∪—| (tempo duplo, não triplo), mas fecha ainda tranquilamente com verso iâmbico suave (ou trocaico). O terceiro par é bem equilibrado; abre com um hexâmetro firme, avança gradualmente para coriâmbico e termina novamente de modo suave. No quarto par regressamos a Zeus e a um ritmo mais firme, o que leva à inequívoca erupção de:

ἰάπτει δ' ἐλπίδων
ἀφ' ὑψιπύργων πανώλεις
βροτούς, βίαν δ' οὔτιν' ἐξοπλίζει

onde o peso do ritmo assinala o ponto culminante desta parte da ode [1]. O par seguinte apresenta algo de novo: espondeus e tríbracos ásperos e desajeitados que parecem apropriados à lamentação apaixonada e às invocações que soam a estrangeiro, nas duas estrofes e seus estribilhos. Seria uma conclusão razoável, talvez até mesmo necessária, que a dança acompanhante era do mesmo tipo. O público não estava

---

[1]   ∪—(∪)—(∪)—∪—
   ∪—∪—(∪)—∪—(∪)—
   ∪—∪—(∪)—∪—∪—(∪)—

apenas a ouvir poesia; estava a sentir uma combinação das três artes, poesia, dança e música em que, certamente, todas diziam a mesma coisa, cada uma a reforçar as outras.

Em vista do que estava para acontecer ao Coro trágico antes do findar do século, não é supérfluo observar quão rigorosamente o poeta se mantém fiel ao seu tema dramático. Sempre temos ouvido dizer, com boas razões, que Ésquilo foi um grande poeta religioso; o que impressiona nesta ode é o facto de ele ser um grande lírico dramático que nunca faz devaneios filosóficos, mitológicos ou decorativos. Uma combinação tão dinâmica de ritmos é essencial no poeta dramático, no compositor, no coreógrafo. Para o coro, Zeus tem de ser o seu protector; Io é a sua credencial junto de Argos; pensam naturalmente em Filomela; não ficam para narrar a sua história, como poderia fazer um coro posterior de Eurípides. Então vem o apelo à Justiça, à Dike dos deuses, seguido por aquelas duas esplêndidas estrofes em que, para sua maior segurança, cantam o poder de Zeus. Alcançamos aqui uma intensidade quase hebraica, mas é a intensidade do poeta dramático, não a do filósofo ou do teólogo. Depois disto vem a mudança descrita acima: Gregas pela ascendência, são Egípcias pela educação. Começaram m ritmo dórico e falaram com autêntica força Grega; terminam com os ritmos do desespero, numa linguagem excitada, grosseira e com ameaças de se enforcarem nos altares dos deuses — ameaças que actualmente se propõem aplicar ao rei de Argos.

«Assim, pela boca do coro, Ésquilo declara a sua fé num Zeus que é o refúgio dos oprimidos». Esta espécie de coisas é muito fácil de dizer e foi dita. Infelizmente, ou isto é um contra-senso ou o é a peça. É uma hipótese que os estudiosos têm por vezes achado conveniente, a de que os dramaturgos se sirvam do coro como seu «porta-voz»; por vezes mesmo, que qualquer coisa dita numa peça representa o que o dramaturgo quereria que acreditássemos. Como isto diz directamente respeito à nossa compreensão do drama Grego, aproveitemos esta oportunidade para o considerar.

Exemplo de um ponto de vista extremo aparece no artigo do Professor Hugh Lloyd-Jones, *Zeus in Aeschylus*, [1] no qual se diz, acerca de *Os Sete contra Tebas*: «Dizem-nos repetidas vezes que Zeus e a Dike estão do lado de Etéocles e dos defensores; isto está implícito em 443-6, 565-7 e 630 e claramente expresso em 662-71 onde Etéocles chama à Dike a filha donzela de Zeus e afirma que Polinices, desde os seus primeiros anos, não teve parte nela. Bastará considerar o último dos quatro passos. Se Ésquilo tencionava que acreditássemos nisto em relação a Zeus, Dike e Etéocles, era um dramaturgo muito absurdo — e o seu público era formado por pessoas notáveis. Porque, o que acontece? Com esta declaração nos lábios Etéocles vai defrontar-se com seu irmão em combate singular e cada um deles é morto.

---

[1] *Journal of Hellenic Studies*, LXXVI (1956). O passo citado encontra-se na p. 59.

Não é isto comentário suficiente ao que Etéocles disse? Ou pensava Ésquilo que numa peça as palavras têm sentido, mas os acontecimentos não?

Mas há ainda o público a considerar. Voltando a *As Suplicantes* poderíamos imaginar dois concidadãos de Ésquilo indo, num estirão, para a sua aldeia, depois da trilogia, reflectindo sobre o que tinham visto. Evocariam (assim supomos) que no *párodo* e depois, mais tarde (vv. 529 *seq.*), as Suplicantes maltratadas apelaram a Zeus para as proteger e afogar os seus opressores no mar. Como evitaria Ésquilo que elas se lembrassem também que, de facto, os malvados Egípcios apareceram em Argos, não afogados, mas perfeitamente enxutos? E que concluissem que, ou não vale a pena orar a Zeus, ou que Zeus é diferente do que as Suplicantes supunham?

Em resumo, a não ser que o processo mental, tanto de Ésquilo como dos seus espectadores fosse alguma coisa para além da nossa compreensão, o poeta tinha um porta-voz e só um: a peça na sua totalidade e não em pedaços e bocados. Este coro, certamente, não é «porta-voz» de Ésquilo, mas criação sua — e criação bem dramática [1].

Durante a ode uma figura permaneceu estacionária, Dânao. Avança agora para falar e o que tem a dizer mal consegue fazer o nosso sangue correr mais depressa. Diz às suas filhas que é tão prudente em terra como o tem sido no mar; com uma ampli-

---

[1] A fala da urna em *Electra* de Sófocles reforça este argumento muito elementar. — Ver adiante, p. 319

tude desnecessária, diz-lhes que um grupo de homens está a aproximar-se. É um homem de compreensão lenta. Depois de ter dito isto, perguntamos a nós próprios qual é a substância desta curta cena. Para nós pode ser uma maçada, mas a pergunta é — se é que lhe podemos responder — que resposta a ela esperava Ésquilo do seu público? Acontecem duas coisas: primeiro, Dânao aconselha as filhas a que se coloquem como suplicantes diante do altar de Zeus e a que sejam submissas, como convém aos que suplicam; depois, são oferecidas orações a Zeus, Apolo e Hermes. Não há dificuldade quanto às orações; devemos uma vez mais compreender que os deuses vão presidir à acção da trilogia, a qual não terá uma órbita meramente pessoal ou local. Quanto ao outro ponto, parece razoável sugerir que se trata de uma preparação para o que vai seguir-se e já foi pressagiado: estas Danaides dificilmente se podem chamar submissas «como pombas» (v. 223) em relação ao Rei; e isto pode provar não ser apenas um trecho de esboço decorativo de personagens, mas algo de central em relação a toda a trilogia. Compreendem e aceitam completamente as Danaides, as leis do deus para o qual estão a apelar?

Pelasgo entra — é conveniente usar o nome embora Ésquilo o não faça — e é convidado a dizer quem é. Em resposta, traça a sua linhagem, desde «Palécton nascido da terra», descreve pormenorizadamente o seu reino que abrange toda a Grécia e também, a Macedónia e a seguir continua a explicar porque é que esta região particular se chama Ápia.

(Ésquilo, como Eurípides e ao contrário de Sófocles, nem sempre evitou assuntos sem relação.)

Porquê tudo isto? Afirma-se muitas vezes que, por razões de política geral, Ésquilo desejou satisfazer Argos, ou louvar a amizade com Argos de preferência a Esparta, entre os seus concidadãos. A afirmação seria melhor fundamentada se tivéssemos a certeza absoluta de duas coisas: que Ésquilo era bastante estúpido e que na sua Atenas qualquer aproximação da imaginação poética era castigada com a morte. A Argos do Peloponeso, sofrendo sob Esparta que a suplantara, era uma coisa; esta Argos brumosa dos Pelasgos, abrangendo regiões que Agamémnon nunca conheceu, é completamente diferente; teria sido propaganda pobre uma retirada, até esta altura, de toda a realidade histórica. A Argos contemporânea poderia ter sido satisfeita se um poeta ateniense tivesse reivindicado ou sugerido o seu título para a preeminência no Peloponeso, mas Dodona e a Macedónia argivas não são políticas. E se pensarmos em termos de política corrente (esquecendo Zeus de momento), estariam os votantes atenienses na assistência com disposições favoráveis em relação a Argos, pensando que a sua própria cidade, nesta época remota, era um pormenor não mencionado neste vasto reino dos Pelasgos? De facto, quando Pelasgo se refere à planície na qual se encontra a Argos histórica, não a chama Argos mas sim Ápia; e quando termina o seu longo discurso, talvez não de modo muito feliz, dizendo «Sê breve; esta cidade não gosta de discursos compridos», toda a gente na assistência pensaria imediatamente não em Argos mas em Esparta.

Sem dúvida que o que Ésquilo está a fazer é suficientemente claro. Ao universalizar a acção particular, entrelaçando-a com o agir dos deuses, escapa aos limites locais imaginando um vasto reino. A sua Argos mítica, com a sua democracia anacrónica, simboliza a Grécia em geral, *qualquer* cidade Grega. A sua Argos que se estende além do Pindo, tem qualquer coisa em comum com a Boémia de Shakespeare, que tem uma costa marítima.

A esticomitia que se segue tem sido chamada uma «orgia genealógica de grande fôlego» [1], o que leva a interpretá-la mal. O que temos é a prova da descendência Argiva das Suplicantes, que elas dão a Pelasgo. Não é preciso muito, por certo, para se ver que a prova é muito fraca; tudo que provam é que conhecem a história. Mas, numa peça erguida sobre este plano lírico, seria errado exigir uma prova rígida. Se tivéssemos uma à mão, muito bem; caso contrário é quase suficiente que as formas da prova tenham sido devidamente examinadas. O nosso interesse real é saber se Pelasgo irá aceitar a reivindicação; só numa forma posterior e sofisticada do drama Grego é que uma tal prova se irá tornar fonte de interesse e de deleite dramáticos.

Embora a primeira parte deste acto não seja muito emocionante, o que resta compensa largamente. Do v. 324 até ao fim da cena e para além dela, é-nos apresentada uma situação trágica que rivaliza com qualquer. O seu poder e certeza são espantosos.

---

[1] H. W. Smith, *The Drama of Aeschylus*, p. 40.

Vinte e quatro versos bastam para explicar a chegada do coro e para mostrar ao rei que se está a abrir um abismo debaixo dos seus pés. Πέφρικα λεύσσων, exclamou ele: «Vejo e estremeço». Está numa situação difícil: ou tem de empreender uma guerra perigosa e indesejada, ou terá de se arriscar à ira dos deuses. Tendo-se isto tornado claro ao rei infeliz, as Danaides tiram vantagem da sua posição lírica para fazerem força no seu apelo, por meio do uso liberal do premente metro docmíaco acompanhado, sem dúvida, por alguma arrebatada figura de dança.

No conjunto desta cena, em que Dânao, na verdade, não está fora do palco, antes completamente ocioso em segundo plano, podemos ver que espécie de efeito dramático a tragédia do século sexto tardio poderia ter produzido nas mãos de um mestre, a tragédia que se serviu apenas de um actor único com o coro [1]. Tudo é formal, tão formal e vivo como um soneto de Milton. As dúvidas, receios e considerações de prudência que passam pelo espírito do Rei, tudo é destilado em estrofes de cinco versos, tão formais como as estrofes líricas do coro. O carácter, fala e argumentos de Pelasgo são necessàriamente formalizados no mesmo grau; não há a pretensão de estarmos a seguir, com a subtileza própria de Sófocles, os sucessivos pensamentos ou emoções que atravessam a sua mente. «Não deixeis que nenhuma disputa, inesperada e imprevista, caia sobre a cidade. A cidade não tem necessidade delas». «Não posso

---

[1] Ver à frente pp. 51 *seqq*.

assistir-vos sem sofrimento; contudo, rejeitar as vossas súplicas, também isso é difícil de suportar». Traduzidas, as palavras são inexpressivas, mas ninguém familiarizado com a antiga maneira de ser Grega perderá a força quer da fala formal, quer da cena formal, submetidas a uma disciplina tão severa. O nosso modelo deverá ser o epitáfio de Simónides e não uma fala de Édipo. Igualmente formal é a curta fala 406-17, em que na última linha há um eco da primeira. É fácil e errado chamar-lhe formalista e não-dramática. Toda a peça é vasada num molde lírico e não naturalista; não devemos, seja qual for o momento, louvar as odes por serem Pindáricas e a seguir censurar o diálogo por não ser característico de Sófocles.

Enquanto o Rei permanece imóvel, contemplando a terrível alternativa, o coro dança diante dele em rítmo crético pesadamente oscilante (cinco-tempos). Parece ter algo de uma força hipnótica; apresenta o apelo das suplicantes levado para além dos limites da linguagem. Somos informados que Pelasgo não é uma personagem, mas sim apenas uma abstracção. Isto não é inteiramente verdade; ele tem toda a personalidade que a situação requer e se Ésquilo tivesse posto mais nele, teria cometido simplesmente uma irrelevância. O delineamento das personagens não é, em si mesmo, necessàriamente, uma virtude dramática. Pelasgo tem espírito e força pois é capaz de permanecer firme mesmo sob este assalto. Surge com uma visão clara: «Não há solução isenta de desastre». Sem retórica, mas com uma restrição eloquente, vai até ao seu ponto angustiante: ὅπως δ'ὅμαιμον αἷμα μὴ γενήσεται, «Mas que o sangue dos nossos parentes não seja derramado...» — pensamento dominador ao qual regressa pouco depois: ἄνδρας γυναικῶν οὕνεχ' αἱμάξαι πέδον, «Que numa disputa de mulheres o sangue dos homens deva tingir o chão...!» (449,477). Aquelas hóspedes sem serem convidadas levaram-no a uma situação em que tem de escolher entre uma guerra cujos horrores não atenua, e os terrores anónimos da ira dos deuses. Até àquele dia era o governante feliz de um estado próspero; agora padece horrores. A não ser que Ésquilo não fosse construtor, mas apenas decorador, deve ser este o centro do seu pensamento nesta peça como é, certamente, o centro do seu sentido trágico. Porque certas mulheres, lá longe, no Egipto, sofreram violências e porque têm uma queixa ancestral de Argos, isto caiu em cima dele; e isto talvez explique, em parte, o tom leve e demasiado brando da sua fala de abertura: era para preparar para o contraste. Pelasgo tentou razões. Argumentou que o casamento entre primos não é coisa má: mantém a família unida. Perguntou: «E se as vossas leis sancionam este casamento?» Tudo é afastado para o lado; as Danaides detestam o casamento e apelam para a Dike. Sem a ἁμαρτία Aristotélica, sem deficiência de carácter ou senso, o Rei e o seu povo encontraram-se, de repente, caídos neste terrível dilema.

É talvez a mais puramente trágica das situações trágicas: um divórcio total do sofrimento da culpa ou responsabilidade, situação que Aristóteles não aceitaria porque haveria de a considerar chocante, μιαρόν.

Talvez seja demasiado cedo para perguntar o que pensava Ésquilo dela; podemos, contudo, aproveitar para observar que é bastante regular nos poetas trágicos, embora Aristóteles a rejeitasse e outros filósofos se tenham sentido pouco à vontade perante ela [1]. É a situação em que se engolfa Antígona, quando diz: «Que lei dos deuses é que eu transgredi? Porque não poderei mais olhar para o céu?» Alguns encontraram nela, devidamente, a desejada ἁμαρτία, sendo a este respeito mais leais a Aristóteles do que a Sófocles. Há Orestes; há Hamlet e muitos outros em Shakespeare; o bom Duque de York em *Ricardo II,* dilacerado entre a lealdade jurada a um rei injusto e a lealdade a um parente a quem aquele rei tinha ofendido. Há Blanche em *Rei João,* destinada a ver o seu casamento manchado com derramamento de sangue, incapaz de desejar boa sorte a qualquer dos lados, na batalha prestes a travar-se entre os seus parentes. Talvez mais trágicos de todos sejam o Pai que matou o Filho e o Filho que matou o Pai, em *Henrique VI, III Parte.* Nos seus vários graus, todos sofrem e nenhum é, de qualquer modo, responsável. A resposta de Macneile Dixon é que os poetas trágicos, mais sábios que os filósofos, reconhecem que há um defeito de carácter trágico, o qual, por vezes, não está no carácter do que sofre, mas no próprio universo. Duvido que os poetas trágicos concordem. As misérias que enchem *Henrique VI* são explìcitamente atribuidas por Shakespeare

---

[1] Ver W. Macneile Dixon, *Tragedy,* pp. 128 *seqq.*

à violência moral: veja-se a profecia feita por Warwick (Parte I, II, 124 *seqq.*), tão parecida com os versos iniciais da *Ilíada*. Falconbridge diz (*Rei João*, II, i, 574 *seq.*) o que Shakespeare tantas vezes insinua:

> *The world itself is peisèd well,*
> *Made to run even upon even ground.* [1]

Quando não gira regularmente, quando o inocente sofre a calamidade, é porque, em Shakespeare, como na *Antígona*, a loucura humana tornou o chão acidentado. O que Ésquilo pensa da tragédia de Pelasgo e seus cidadãos, está para se ver. Criou-a e apresenta-a poderosamente; será, na verdade, estranho, se não tiver pensado nela.

Pelasgo é completamente dominado pela situação; o seu espírito está entorpecido. Mas o poeta ainda não se serviu dele. As Danaides já lhe aplicaram a tarraxa: e apertam-na com uma deliberação que parece quase diabólica:

— *We have one more word of supplication.*
— *I am listening.*
— *We have strings and cords for our robes.*
— *That is very proper in women.* [2]

---

[1] «O próprio mundo está bem equilibrado
Feito para girar regularmente num chão plano». (N. do T.)
[2] «— Temos uma palavra mais de súplica.
— Estou a ouvir.
— Temos cordas e cordões para as nossas túnicas.
— Isso é muito próprio das mulheres». (N. do T.)

Lugar comum? Tão lugar comum como a fala de Duncan: «This castle hath a pleasant seat». [1]

— *New ornaments for the altars.*
— *You are giving me riddles. Speak clearly.* [2]

E falam. Explicam que insultarão e conspurcarão os altares das divindades Argivas, enforcando-se lá.

— *It is a thing that scourges my heart.*
— *Now are your eyes open.* [3]

E os nossos também estão. Se o Rei não proteger as Suplicantes à custa de o sangue dos seus cidadãos manchar o terreno, todo o país terá de suportar as iras do Céu. O próprio povo tem de escolher.

A ode que agora começa abre com uma impressionante invocação de Zeus, o Poder Supremo. Repete-se a oração para que Zeus destrua os perseguidores egípcios no mar. A seguir as Danaides demoram-se na estranha história da sua antepassada Io, amada por Zeus, perseguida no mar e em terra por Hera, meia-transformada na forma de uma vaca, guiada para o Egipto e lá dando à luz, de Zeus, um filho glorioso que todos proclamaram filho de Zeus, pois ninguém a não ser Zeus poderia ter dominado

---

[1] «Este castelo estava num sítio aprazível».
[2] «Novos ornamentos para os altares.
Estais a propor-me charadas. Falai claramente».
[3] É uma coisa que atormenta o meu coração.
Agora os teus olhos estão abertos». (N. do T.).

a cólera de Hera. A história, tal como é tratada aqui, parece ter afinidade com a trilogia de Prometeu e com a *Oresteia:* da violência, da crueldade e da confusão emergem, por fim, a ordem e a harmonia. Na *Oresteia* podemos seguir a apresentação do pensamento do dramaturgo até ao fim; na trilogia das Danaides e na *Prometeia* estamos, infelizmente, na posição de quem tem de abandonar o teatro no final da primeira das três peças: apenas podemos supor onde terminará o que o poeta tem em mente. Contudo esta ode, colocada em posição central, esclarece mais uma vez que o poder supremo de Zeus dominará o conjunto. Quanto a isto, é costume dizer entre os estudiosos que Ésquilo exaltou a religião de Zeus; poderiamos ver as coisas de maneira diferente. Ésquilo afirma, aqui como em qualquer outra parte, que *há* um poder supremo; quer dizer, há uma unidade nas coisas, uma certa direcção nos acontecimentos que implica um poder supremo, o qual identifica com Zeus. As Suplicantes depositaram nele toda a confiança — o que não quer dizer, de maneira nenhuma, que Zeus seja exactamente o que elas supõem. Espera-as uma certa desilusão.

É dada proeminência a Zeus também no curto *epeisodion* que se segue, o mais curto no drama grego existente. Dânao traz a boa notícia que a assembleia Argiva, por unanimidade impressionante, resolveu proteger as Suplicantes, a todo o custo. Tem-se dito que neste passo Ésquilo estava empenhado em dar a Atenas uma imagem da democracia ideal, a fim de mostrar como os Chefes e os Chefiados devem trabalhar juntos. Se isto é tudo que podemos ver no passo, é isto, sem dúvida, que veremos. Mas metade da fala é dedicada ao dilema trágico que agora é posto ao povo, como as Danaides já o puseram a Pelasgo; e as últimas palavras de Dânao são: «Zeus levou as coisas à consumação». Falámos, há momentos, em Orestes; mencionemo-lo outra vez, pois não é esta escolha desesperada imposta aos Argivos muito semelhante à escolha que Orestes enfrenta? Se Zeus é supremo e não é maligno ou incompetente, como é que estas coisas acontecem?

O curto episódio é seguido por um longo hino de gratidão. Também este é severamente formal quanto ao estilo. O coro invoca bençãos sobre Argos; não bençãos vagas, como Prosperidade, Paz, Honra. Acontece que a Paz com a Honra figuram entre as coisas desejáveis, mas aparecem de forma explícita: «Que possam antes de se preparar para a guerra, oferecer aos estrangeiros satisfação, por meio de um acordo honesto». Nada de Utópico; oram por o que é possível. Também a prosperidade é concreta: «Que os cordeiros nos seus campos sejam férteis; que em cada estação, a terra seja rica em colheitas». Abençoam ponderadamente e em construções em acusativo e infinitivo, como uma lei ou proclamação.

Mais uma vez as figuras rítmicas merecem atenção. Depois do breve prelúdio anapéstico há quatro pares de estrofes; os ritmos dividem-se em três grupos. O grupo A, que começa cada uma das primeiras seis estrofes (seguido em cada caso pelo grupo B) consta geralmente de duas locuções métricas, —∪∪—∪— e a sua variante ∪∪∪—∪—, a dócmia: locuções curtas e enérgicas, assinaladas por Mazon [1] como *assez agité*. [2] O grupo B é essencialmente —∪—∪∪—∪—, o glicónio, ou o seu equivalente —∪—∪∪— —, o ferecrateu. Estes são ritmos mais calmos. A alternância dos dois grupos dá, evidentemente, variedade dentro de um enquadramento firme, mas reforça também o sentido, como se esperaria: no primeiro par de estrofes, o ritmo *assez agité* transmite a súplica e o grupo B transmite a razão pela qual a súplica está a ser feita. No segundo e terceiro pares, o sofrimento que está a ser deprecado é, normalmente, dado ao grupo A e o estado oposto de felicidade, ao grupo B. O grupo C aparece nas duas últimas estrofes, que resumem o todo numa súplica pela paz com os deuses e com os homens; é um ritmo maior, mais oscilante, bem caracterizado por Mazon como *large et decidé* [3]:

∪—(∪)—(∪)—∪—∪—(∪)—
∪— ∪ —(∪)—∪—∪—(∪)—
∪—∪—(∪)—∪—
∪—∪—(∪)—∪—
∪—∪—(∪)—∪—∪—(∪)—

Podemos ver, portanto, embora de forma esbatida, algo das linhas firmes e inteligentes de toda a com-

---

[1] Na sua edição *Budé* de Ésquilo,
[2] Em francês, no original (N. do T.).
[3] [Em francês, no original (N. do T.)]. Este ritmo fez uma breve aparição na primeira ode (ver atrás, pp. 20-21) e é usado extensamente em *Agamémnon* (ver à frente, p. 211 *seqq.*).

posição. É seguida por uma reviravolta dramática dos acontecimentos. Dânao, que (devemos supor) tem estado a olhar para o mar, divisou um navio que transporta os odiados Egípcios. Não ocorreu um milagre para os fazer parar; os deuses Gregos, na tragédia séria, não fazem milagres, excepto dentro de uma convenção dramática perfeitamente inteligível e inteligente [1]. Por consequência os poucos movimentos de dança que se seguem têm um carácter muito diferente; as Danaides estão aterrorizadas. Dânao garante-lhes que os altares as protegerão até ele regressar com auxílio, que os Argivos lutarão em sua defesa e que os Egípcios não conseguirão um desembarque fácil, ao escurecer; mas o terror do coro dá uma impressão vigorosa da crueldade dos Egípcios.

Dânao sai para chamar auxílio. Ésquilo está a servir-se apenas de dois actores: portanto, ao que desempenha o papel de Dânao deve ser dada uma saída para poder reaparecer como Arauto. Podemos igualmente imaginar que Ésquilo não tinha relutância em deixar as suplicantes completamente desprotegidas, exceptuando os altares; a violência dos Egípcios torna-se cada vez mais notória. Não há necessidade de dizer mais nada sobre a ode seguinte a não ser que não nos deixa dúvidas quanto às Danaides, que farão qualquer coisa de preferência à submissão. A seguir vem uma cena selvagem, muito atacada segundo a nossa tradição manuscrita: teremos de

---

[1] Ver à frente, pp. 226-67 e 227, II vol.

imaginar uma orquestra percorrida por um movimento avassalador, tornando-se manifesta a violência. De momento, a dança e a música são mais importantes do que as palavras.

Ninguém se queixará que o passo entre Pelasgo e o Arauto não é dramático ou que lhe falta delineamento das personagens. A orgulhosa recusa de Pelasgo em dar o seu nome, a dignidade com que rejeita o pedido do Arauto, a sua prontidão em lançar o insulto de bebedores de cerveja sobre os Egípcios, fazem dele muito mais do que uma figura estática. Mas quando o Arauto abandona a cena, com a ameaça de guerra, tudo que é acessório parece abandonar a peça. A curta fala do Rei acerca da diversão das Danaides em Argos está bastante bem, mas porque é que estas jóvens e enérgicas mulheres pedem que Dânao seja mandado de volta para lhes resolver o caso? Não teria sido uma conclusão natural e satisfatória para a peça se as Danaides se tivessem agora dirigido para a cidade sob a impressionante escolta do próprio Rei?

Ao chegar, Dânao pouco faz para aumentar a sua estatura dramática. Diz às suas filhas que os cidadãos foram muito atenciosos com ele, mas esta informação mal justifica a sua reaparição. De resto, fala a suas filhas como um pai ansioso; são belas e muito desejáveis; a vida numa cidade estrangeira é difícil e pode ser perigosa. Que elas se acautelem contra as ciladas armadas por Afrodite.

Quanto à frouxidão persistente de Dânao, costuma dizer-se que é um sinal de imaturidade na arte dramática de Ésquilo, o qual ainda não dominou a arte de usar os dois actores com o coro. Na verdade, não é fácil supor que esta peça aparece a meio caminho, no tempo, entre *Os Sete contra Tebas* e a *Oresteia,* contudo devemos ser cuidadosos. Ésquilo nunca foi um dramaturgo convencional ou circunspecto; uma vez que divisava um tema trágico, não se dissuadia, com facilidade, de o dramatizar. Em *Os Persas,* escreveu uma peça à qual falta uma personagem central e é quase toda narrativa; em *Prometeu* tem uma personagem central que não se pode mover e pronuncia uma longa série de longas falas. Estes são sinais de coragem, não de técnica imatura. Dânao tinha, sem dúvida, um papel independente nas peças segunda e terceira da trilogia; na primeira é uma mera sombra de suas filhas. Ésquilo não se importou.

Podemos ser levados a pensar que Ésquilo trouxe Dânao de volta apenas porque é o pai das Danaides e que, portanto, não poderia achar outra saída para ele senão que falasse como pai. Mas isto basta?

Há aqueles para quem a cena final de *Agamémnon* é a triste contrapartida do ponto culminante. E é — se nos permitirmos pensar em termos de drama moderno, com a sua ênfase no que há de interessante no indivíduo; mas temos a *Oresteia* completa e podemos ver, se quisermos, como é que os temas dramáticos usados na cena de Egisto não só desenvolvem temas já usados em *Agamémnon,* mas são também uma preparação necessária e poderosa para muito do que se segue, o que está muito longe de ser uma contrapartida do ponto culminante. Portanto, embora na verdade nada se possa provar, deveríamos considerar a possibilidade de o mesmo ser verdadeiro aqui e não sermos demasiado precipitados em acusar Ésquilo de inaptidão. O que se diz aqui acerca da difícil posição de hóspedes estrangeiros numa cidade estranha, especialmente quando se trata de mulheres belas e jóvens, pode ter sido muito mais uma parte orgânica do todo do que nos parece a nós.

Mas há mais alguma coisa. Quando um dramaturgo não faz o que é óbvio, como quando Ésquilo não faz Pelasgo escoltar as Danaides para a cidade, os seus críticos deveriam tomar a precaução elementar de procurar saber se, ao deixar de fazer isso, o dramaturgo conseguiu obter outro efeito qualquer que o óbvio teria impossibilitado. De facto, a peça termina com um golpe absolutamente inesperado e tìpicamente Esquiliano, o qual não poderia ter sido convenientemente forjado se Pelasgo estivesse à espera para levar as Danaides para Argos. Elas entoam um hino em honra da cidade; invocam a deusa-virgem Ártemis e oram para que não venham a ficar submetidas à lei (ἀνάγκη) de Afrodite. Então, sùbitamente, Ésquilo desata a língua a um grupo de servas a quem até agora tomámos por figurantes supranumerárias e silenciosas [1]. É muito parecido com o que faz em *Coéforas* quando, de repente, numa crise, dá voz ao actor silencioso Pílades [2]. Também aqui se verifica uma crise. As servas cantam: «O meu hino prudente não ignora Afrodite que, com Hera, vem logo a seguir,

---

[1] Não há indicação disto nos nossos manuscritos, mas o passo não é inteligível de outra maneira.
[2] Ver adiante, p. 162.

em poder, a Zeus... Prevejo para os fugitivos, sofrimento cruel e guerras sangrentas. Porque foi a perseguição tão rápida e firme? O que está fixado, certamente que sucederá. A vontade de Zeus não pode ser contrariada». Quer dizer, o casamento é a lei natural; vão é opor-se-lhe. As trocas posteriores entre os dois coros não podem ser separadas com absoluta certeza, mas as servas parece avisarem as Danaides de que estão a pedir demasiado; os propósitos de Zeus não são para ser discernidos pelos homens, e não se pode aplacar o inaplacável. Tal é o pensamento com que Ésquilo encerra a primeira das três peças.

Como continuou a trilogia? E de que trata toda ela? Infelizmente apenas podemos adiantar tentativas. A pedra angular do mito era que as Danaides foram compelidas a casar com os seus primos, que na noite do casamento cada uma delas, segundo entendimentos com Dânao, assassinou o marido, excepto uma, Hipermnestra, que poupou o dela graças ao desejo de ter filhos e que se tornou a antepassada de uma casa real em Argos, incluindo Hércules. Ésquilo, na verdade, tratava as lendas de forma magistral, mas não as tornava, evidentemente, irreconhecíveis; incorporou certamente, na sua trilogia, estes traços da história, mas quanto a pormenores importantes, permanecemos no escuro.

As Suplicantes é a primeira peça da trilogia; o facto tem sido negado, mas isso apenas mostra que em crítica não há posição tão insustentável que algum espírito intrépido não acabe por se ocupar dela. É sabido que Ésquilo escreveu uma peça chamada *Os Egípcios;* é provável que se tratasse da segunda parte da trilogia e que os Egípcios formassem o coro. Se assim é, as Danaides não apareciam — com o relevo, talvez, do actor que desempenhava o papel de Dânao. Desta peça apenas permanece uma palavra: Zagreus. Não é esclarecedora. A terceira peça era *As Danaides* e aqui somos muito mais afortunados com os nossos fragmentos. Ateneu lembra que Afrodite aparecia, como personagem, na peça, e pronunciava um discurso, do qual cita sete versos:

> O Céu sagrado gosta de penetrar a Terra,
> e o amor pela união apodera-se da Terra.
> A chuva cai do Céu húmido sobre ela e fá-la inchar. Ela produz para o homem, rebanhos de carneiros e o grão de Deméter; deste casamento líquido as árvores crescem até à perfeição; e eu é que sou a causa.

O fragmento não nos ajuda grandemente a reconstruir o enredo; evidentemente que Afrodite está a defender a acção de Hipermnestra e, pelo menos por implicação, a condenar as suas irmãs; mas não temos a certeza em que circunstâncias. Contudo apresenta de novo e amplifica enfàticamente o tema anunciado no *finale* de *As Suplicantes*, dando assim uma indicação clara do alcance geral da trilogia.

Não se trata pròpriamente de um hino à glória de Zeus. De facto, podemos dizer com verdade: «É de Zeus que toda a trilogia deriva a sua significação e é à volta do seu nome que a composição (o *párodo*) é esboçada. [1] Mas o que é Zeus? Ésquilo

---

[1] G. Thomson, *Greek Lyric Metres*, p. 82.

diz-nos, por mais de uma vez, que não sabe. Thomson continua: «Levanta-se assim um problema religioso que vai dominar toda a peça, ou antes, toda a trilogia. Zeus é indiferente à justiça? Permitirá ele que a brutalidade triunfe?» É esta uma pergunta para a qual se espera tão òbviamente a resposta «Não», que ninguém, a não ser um dramaturgo simples de espírito, a poria. As perguntas de Ésquilo não eram assim tão fáceis. Pohlenz faz duas observações interessantes acerca do Zeus da peça [1]: «O seu espírito é um abismo que nenhuma inteligência pode sondar»: *Sein Sinn ist ein Abgrund den kein Blick ermisst,* e «Zeus não abandona os seus»: *Zeus verlaesst die Seinen nicht.* A primeira afirmação é verdadeira, trágica e Esquiliana; a segunda, se é verdadeira, não é trágica mas faz parte de um coral Alemão, tanto no sentido como no ritmo. Quem protege as Danaides? Zeus não. Zeus não responde às suas preces para afogar os Egípcios; escapam ao odiado casamento apenas pelo assassínio, o qual, provàvelmente, terão de expiar. São elas «die Seine» [2]? Não o devemos concluir precipitadamente por apelarem a Zeus e conquistarem a nossa simpatia. Zeus tem duas filhas, Ártemis e Afrodite: as Danaides, como Hipólito, na peça de Eurípides, dão toda a sua devoção a Ártemis e nenhuma a Afrodite — como, presumìvelmente, os Egípcios dão a sua toda a Afrodite e nehuma a Ártemis. Ambas as deusas são partes de um todo

---

[1] *Griechische Tragoedie,* pp. 35 e 38.
[2] «As suas». (N. do T.).

e o Todo é Zeus. A trilogia não é uma demonstração de piedade; é uma tragédia.

Até onde podemos ir ao reconstruí-la? A guerra que estava iminente consumou-se ou foi, de qualquer modo, afastada? A Argos dos Pelasgos tornou-se na Argos dos Dânaos; portanto, Dânao sucedeu a Pelasgo. Mas como? Os textos autorizados antigos conheciam duas variantes. Apolodoro anota que Pelasgo cedeu o trono voluntàriamente a Dânao; Pausânias, que a mudança foi feita por uma decisão do povo. Se Ésquilo utilizou qualquer destas versões, a primeira, se bem que improvável, parece a mais viável. Pelasgo disse, na verdade: «O povo é rápido em culpar», mas o seu próprio comportamento era tão irrepreensível que não prevemos fàcilmente a deposição. Hermann argumentou que havia uma guerra e que Pelasgo foi morto; Wilamowitz, que não havia guerra, mas um compromisso [1]. Com certeza que a opinião de Hermann é a mais provável; a profecia das servas vem em seu favor. Wilamowitz foi ao encontro de dificuldades desnecessárias para explicar como é que, se havia uma guerra, o coro da segunda peça podia ser constituído pelos Egípcios. Mas não precisamos de supor que Ésquilo impôs a si próprio dramatizar toda e qualquer parte da história. Se, na segunda peça, os Egípcios já estão victoriosos, ou Pelasgo trucidado, nesse caso o arranjo dos termos entre eles, os Argivos e Dânao, daria material suficiente para

---

[1] G. Hermann, *de Aeschyli Danaidibus* (Opusc. II, pp. 319 *seqq.*). Wilamowitz, *Interpretationen*, p. 20.

uma peça. A objecção ao ponto de vista de Wilamowitz é o compromisso: porque é que as Danaides haveriam de bater em retirada, a não ser debaixo de extrema compulsão? «Um casamento honroso, não violento», diz Wilamowitz. Mas as Danaides esclareceram bem que não quererão nenhum casamento, seja ele qual for. Um ponto a ter em mente é a descrição que nos foi feita da grande extensão do reino de Pelasgo; não se imagina fàcilmente que foi derrotado na guerra com o Egipto. Contudo os Pelasgos tornaram-se Dânaos. Talvez por isso possamos conjecturar que as honras foram iguais na batalha, mas que Pelasgo foi morto. Assim Argos, agora sem chefe, podia, sem se desonrar, oferecer o trono a Dânao se ele fosse capaz de fazer um acordo com os Egípcios e, com certa justificação, pudesse concertar a sua trama com as filhas furiosas. Certamente que a morte de Pelasgo não seria uma consumação improvável do dilema trágico no qual já o encontramos colocado; e se nos sentirmos inclinados a perguntar se o Zeus de Ésquilo permitiria a destruição de um rei que tinha vindo em defesa das suplicantes, deveremos reflectir que este Zeus não é uma personificação reconfortante de uma «justiça natural» agradável: não impediu que os perversos Egípcios alcançassem Argos e em *Agamémnon* destrói um Rei porque o rei fez precisamente o que ele, Zeus, planeava. Estes deuses Gregos representam habitualmente a espécie de coisas que acontecem, em vez do que pensamos que poderia acontecer.

Consideremos agora as Danaides: o seu julgamento e a sua punição. Foram as que mataram os seus maridos culpadas por assassinato, e diante do povo de Argos, alegando-se para isso que eles tinham trazido poluição de sangue à terra? Ou Hipermnestra é que foi acusada? [1] Poderíamos abordar esta questão com um pouco mais de confiança se soubéssemos o que aconteceu às quarenta e nove; mas não sabemos. O mito que as condenou para sempre a encher de água um tonel sem fundo, não é certamente Esquiliano. Outra história dizia que Linceu, marido de Hipermnestra, vingou seus irmãos matando todas as suas cunhadas e Dânao também; não podemos acreditar à primeira que Ésquilo tenha usado um desenlace tão violento.

A aparição de Afrodite na terceira peça está numa relação muito natural com o final de *As Suplicantes*. Ora, Píndaro usa um mito no qual as Danaides são apresentadas para casamento, não muito gloriosamente, como prémios para todos os que venham competir numa corrida a pé: estavam postadas no fim da corrida e cada pretendente sucessivo, ao chegar lá, fazia a sua escolha [2]. Parece provável que Ésquilo tenha lançado mão do mesmo mito; Mazon, na verdade, conjecturou que Píndaro pode tê-lo tirado de Ésquilo. Assim as quarenta e nove Danaides seriam compelidas a aceitar a Κυπρίδος ἀνάγκη, a lei uni-

---

[1] Mazon diz: «Hipermestra est d'abord l'object de la colère de Danaos, car elle a trahi les siens, en laissant vivre un vengeur des Egyptiades.» (Edn. Budé, *Notice*, p. 8). [Em francês, no original (N. do T.)].

[2] Píticas IX, III *seqq*. Esta ode foi composta em 474 ou à volta disso.

versal da natureza contra a qual protestaram na primeira peça. Poderíamos continuar a conjecturar que, se os pretendentes não fossem Argivos, a cidade seria imediatamente aliviada de qualquer poluição que a sua presença continuada pudesse implicar. Hipermnestra, por outro lado, permanece em Argos e torna-se a antepassada da nova linhagem real e de Hércules. Assim, finalmente, uma descendente da Princesa Io regressa à terra da qual Io tinha sido expulsa pelo ciúme de Hera. Isto implicaria que as quarenta e nove é que foram postas à prova, não Hipermnestra. A punição, se na verdade é isso que Ésquilo imaginou, não é um castigo, uma punição por homicídio, mas por falta de consideração a Afrodite. No que diz respeito aos Egípcios, talvez a decisão fosse que mereceram o que tiveram. E já que estamos a adivinhar, aventuremo-nos a adivinhar uma última vez. Tendo em mente a dramaturgia arrojada de *Euménides*, onde Apolo defende Orestes as Erínias o acusam e Atena se senta em julgamento com colegas humanos, não vamos nós considerar possível que no *finale* da trilogia das Danaides aparecesse não uma deusa, mas duas, Ártemis ao lado de Afrodite? A sua função seria denunciar a sensualidade dos Egípcios e assim assegurar a ilibação das Danaides da acusação de assassinato.

Tudo isto é muito incerto. Pisaremos terreno bastante mais firme se regressarmos à peça que sobreviveu e perguntarmos a nós próprios de que trata.

O drama, dizem-nos, envolve sempre conflito — o qual abunda em *As Suplicantes:* as Danaides entram em conflito com os Egípcios; Pelasgo e os seus cidadãos têm de escolher entre políticas em conflito, qualquer uma das quais lhes trará a morte e, possìvelmente, a destruição; por fim, até agora apenas esboçado, há nas próprias Danaides o conflito latente entre Ártemis e Afrodite — conflito que não deveria existir. No entanto, acima de tudo encontra-se o poder último de Zeus.

> *The world itself is peisèd well,
> Made to run even upon even ground.*

Perguntámos se Ésquilo também construiu sobre estes alicerces. Parte de *As Suplicantes* pode, deste modo, ser considerada consistente. O dilema de Pelasgo não necessita de implicar um universo irracional, um Zeus cujo espírito, na medida em que não é de todo obscuro, se contradiz a si mesmo. É uma sequência trágica perfeitamente normal, que nos é familiar no poeta trágico clássico inglês [1]: a violência moral, uma ofensa contra a Dike, irrompe no Egipto quando os Egípcios decidem casar com as primas contra vontade delas. Resistindo a isso, as Danaides fogem e revelam não pouca violência quando ameaçam profanar os altares. Pelasgo enfrenta um conflito de deveres no qual podemos, como Pelasgo, procurar uma resolução justa, mas a procura é em vão; não porque o universo seja irracional, ἄνευ δίκης, mas porque o curso da dike foi

---

[1] Discuti o assunto com brevidade num ensaio sobre as *Histories* de Shakespeare: *More Talking of Shakespeare*, pp. 35-54 (Longmans, 1959).

violentamente perturbado pelos Egípcios. É por esta razão que Pelasgo «não encontra saída senão através do desastre» (v. 442). Num caso destes podemos suplicar aos deuses que venham em nossa salvação, mas (como Antígona verificou), os deuses não virão. Nem na tragédia acabada, nem na própria vida constatamos que os deuses autores das leis intervenham num caso particular para evitar que as leis funcionem. Zeus não evita que os Egípcios alcancem Argos a salvo nem, a esta altura, o facto de as Danaides terem de casar com eles. Contudo, nem Zeus evita que as Danaides os assassinem, nem elas — se a nossa reconstrução se aproxima da verdade — têm de pagar com o sangue, o derramamento de sangue que fazem. Têm, na verdade, de oferecer reparação a Afrodite, mas ao fazê-lo, a dike é restabelecida.

Isto é, talvez, aceitável até certo ponto, mas há outro tema na peça: Io. A sua história, podemos estar bem certos, tinha para Ésquilo um profundo significado: numa trilogia posterior também a usou entrelaçada com a história de Prometeu. Cada trilogia é agora um fragmento, de modo que apenas podemos proceder por tentativas. Em *Prometeu Agrilhoado*, a crueldade, e na verdade, a tirania de Zeus em relação a Prometeu, justapõe-se à sua crueldade para com Io. Prometeu pode profetizar que do sofrimento de Io nascerá a graça divina [1] e que da sua descendente Hipermnestra nascerá a linhagem real de Argos e Hércules que libertará Prometeu; mas

---

[1] *Prometeu Agrilhoado*, 846-76.

no princípio, o amor de Zeus pela jóvem princesa é apresentado como sendo não mais do que uma paixão que Zeus está decidido a satisfazer [1] e se o pai não obrigar Io a ceder-lhe, Zeus destruirá toda a sua família com um raio. É uma paixão cega, que não difere essencialmente da sua raiva cega contra Prometeu. Contudo, em cada um dos casos, a violência passa. Nestas duas trilogias fragmentárias, muita coisa, necessàriamente, permanece obscura; contudo, da história de Io emerge bastante claramente a ideia de que a violência pura e o caos no universo dão lugar, no tempo, à paz e à ordem. Afortunadamente, uma trilogia permanece intacta; essa reforça, certamente, a mesma ideia. Não podemos dizer quão importante deve ter sido na trilogia das Danaides.

2. «As Suplicantes» e a Tragédia anterior a Ésquilo

A tragédia grega passou por formas distintas e, a não ser que queiramos reduzir a nossa crítica ao absurdo lamentando-nos porque *As Troianas* não está tão «bem construida» como *Ifigénia na Táuride,* ou achando *Os Sete contra Tebas* uma obra rígida em comparação com *Rei Édipo,* devem por-se bem em evidência as suas principais características bem como as suas virtudes peculiares. As formas significativas parece serem quatro, das quais as três primeiras são

---

[1] *Prometeu Agrilhoado,* 640-86, especialmente 649 *seq.* e 654.

claramente distintas. Aristóteles anota brevemente e sem uma palavra de explicação, que Ésquilo introduziu o segundo actor e Sófocles o terceiro, com cenários. O significado destas inovações será o tema de muito do que se segue; de momento, importa reter que elas são para nós importantes marcos miliários. A tragédia foi profundamente modificada por cada uma delas. Temos a tragédia lírica de Téspis, com um actor, a mais antiga de Ésquilo com dois, a de Sófocles com três. Será conveniente chamar à esquiliana Tragédia Antiga, Intermédia à de Sófocles e Nova ao drama último de Eurípides. As diferenças que temos em mente são outras que não as pessoais, referentes aos três poetas. *Medeia* tem mais em comum com *Antígona* do que com *Ifigénia na Táuride;* e a Tragédia Nova foi escrita não só por Eurípides, mas também (aparentemente) por Ágaton. Da Tragédia Antiga, as peças que chegaram até nós são *Os Sete contra Tebas, Os Persas* e *Prometeu* — a última a despeito dos seus três actores e mesmo que o Professor G. Thomson tenha razão ao situá-la posteriormente a *Oresteia. As Suplicantes* é um elo de ligação entre a Tragédia Antiga e a ainda mais antiga Tragédia Lírica que é o assunto do nosso inquérito presente.

Não temos qualquer prova directa nem quanto à forma nem quanto ao espírito essencial do drama pré-esquiliano[1]. Sabemos que era desempenhado por

---

[1] Kranz, *Stasimon,* está cheio de interessantes especulações sobre o desenvolvimento das formas corais, mas aqui estamos a tratar da forma dramática das peças como um todo.

um actor e coro [1], mas isto não nos leva longe. Aristóteles fala da tragédia pondo de parte o elemento satírico e renunciando ao metro trocaico, mas pouco há aqui que nos auxilie. Em primeiro lugar, Pickard--Cambridge [2] fornece razões sérias para se supor que Aristóteles estava apenas a teorizar, e em segundo lugar, mesmo que a consideração de Aristóteles seja verdadeira, não podemos supor que a tragédia foi satírica no estilo e irresponsável no espírito num ano tão tardio como 535 A. C., quando Pisístrato a incorporou no seu ampliado e glorificado Festival Dionisíaco. Sabemos, por Aristóteles, que levou muito tempo até a Comédia ser considerada digna de ter lugar no festival: a tragédia de Téspis deve ter sido, por certo, uma forma séria de arte.

Contudo se nos limitarmos ao período que precede imediatamente Ésquilo, podemos formar uma impressão geral, retrospectivamente a partir de *As Suplicantes,* tarefa aparentemente incerta que é possível devido à ociosidade dramática de Dânao. A peça é essencialmente um drama de um só actor até ao

---

[1] Recuso-me decididamente a discutir qual era o tamanho do coro; mas há uma questão que me interessa. É geralmente aceite que o coro tinha cinquenta elementos, e Wilamowitz, na sua maneira robusta, disse ser ridículo supor que o coro posterior de doze elementos pudesse, de algum modo, personificar as cinquenta filhas de Dânao, o que tem uma certa força; mas na última peça, quando Hipermnestra se tinha separado, presumìvelmente, de suas irmãs, usou Ésquilo um coro de quarenta e nove elementos? O efeito de uma dança em que faltava um elemento, seria impressionante e talvez não demasiado arrojado para Ésquilo.

[2] *Dithyramb, Tragedy, and Comedy,* pp. 128 seqq.

ponto em que Dânao é capaz de fazer algo de útil, indo para Argos.

O primeiro e mais óbvio mérito de *As Suplicantes* é a força dos passos líricos. Ésquilo trata o coro com a mesma segurança e confiança que Sófocles usa para com o diálogo. Não há sinal de hesitação. Se não tivéssemos provas externas, poderíamos ainda ter a certeza que a parte lírica era a mais antiga da tragédia, porquanto é suficientemente claro que Ésquilo tinha atrás de si uma longa tradição. Mas não só a composição das odes é firme e variada; também a caracterização é amadurecida. Estas pessoas não são um grupo de cantoras e de dançarinas, mas as Danaides e nem por um momento elas poderiam ser confundidas com o Coro de outra peça. Os coros de Sófocles, embora louvados como são por Aristóteles, nunca atingem este grau de caracterização [1]. Vemos com bastante clareza em *Ájax* que se trata de marinheiros de Salamina, na *Antígona* de senadores de Tebas; todos estes cantam de acordo com o seu papel, mas esse papel não está estampado nas suas canções ou discursos como está o papel das Danaides. Cantarão πολλὰ τὰ δεινά e pensamos que se trata de um Coro puro; pouco depois dirão alguma coisa a Creonte e verificamos que se trata de senadores Tebanos; as Suplicantes nunca, por um momento, permitem que nos esqueçamos que são as Suplicantes.

Podemos ir mais adiante. Ésquilo torna esta personagem tão dinâmica como viva. A tragédia grega

---

[1] Não uma queixa, mas um cumprimento, ver p. 288 *seq.*

nunca se interessou, excepto talvez em algumas trilogias perdidas das quais *Prometheia* é um exemplo possível, pelo desenvolvimento da personagem [1], mas revelou gradualmente uma personalidade já desenvolvida. Ésquilo aplica aqui este princípio com simplicidade, mas muito poderosamente, ao seu coro. As Danaides são, em parte Gregas, em parte bárbaras; a confiança delas em Zeus dá ênfase à sua tensão por um lado, à sua violência por outro. O primeiro longo movimento coral fecha de modo bastante dramático com o surgir da tensão bárbara e estabelece um contraste que Ésquilo usa repetidas vezes como ritmo básico unificador e poderoso. Ora Sófocles nunca o usou; Ésquilo, por seu lado, escassamente. Veremos, mais tarde, porque não.

Portanto, para a tragédia anterior a Ésquilo, podemos postular um alto nível de competência no emprego do coro e na sua dramatização. «O Coro era o Protagonista». Esta é a conclusão que ressalta da sua posição em *As Suplicantes* e que é uma conclusão duvidosa [2]. Não devemos pensar em *As Suplicantes* como sendo Tragédia Grega, exemplo n.º 1 ou n.º 2. Trata-se de *As Suplicantes*, uma peça única

---

[1] O Professor Webster argumentou (*Introduction to Sophocles*, pp. 94 *seqq.*) que sim, mas apenas afirmando que uma importante mudança de ideias (por exemplo Ájax, que afinal de contas, resolve não se matar), é que constitui desenvolvimento de uma personagem. Qual é a palavra grega para personagem, neste sentido? Não pode ser φύσις e, obviamente, não é ἕξις; e τὴν γνώμην μετατίθεσθαι não significa «desenvolver a sua personalidade».

[2] Aristóteles, note-se, não diz que o coro era o protagonista, mas τὰ τον χοροῦ, o elemento lírico, o que é uma coisa diferente.

e individual; e Ésquilo nunca aprendeu bem a arte de produzir peças em série.[1] O mito que ele usa nesta trilogia é, evidentemente, fora do comum a este respeito na medida em que o agente principal era não um indivíduo mas uma multidão. Se as cinquenta filhas de Dânao tivessem absolutamente de aparecer no palco, só poderia ser na qualidade de coro. O mesmo problema surgiu, de súbito, numa trilogia posterior e foi resolvido da mesma maneira. Em *Euménides*, um dos actores era uma personalidade múltipla e estas Fúrias transformaram-se de modo inevitável e efectivo no coro e, virtualmente, em co-protagonistas com Orestes. Não concluímos daqui que Ésquilo se está a tornar primitivo outra vez, regressando às tradições dramáticas da sua juventude; nem devemos estar demasiadamente certos de que a posição dramática do coro em *As Suplicantes* é apenas um sinal de data. Este grau especial de dramatização não está necessàriamente na tradição, mas era provàvelmente uma consequência directa do plano geral deste mito particular. O elemento lírico era predominante, mas não temos razão para supor que era dramático neste sentido específico; estava, provàvelmente, para o coro de *As Suplicantes,* como o coro de *Agamémnon* está para o de *Euménides*.

Olhemos agora, outra vez, para a futilidade de Dânao. A dificuldade que Ésquilo tem em se servir dele não é simplesmente um sinal de técnica primitiva e de inexperiência, mas consequência espe-

---

[1] Ver adiante, p. 179.

cial desta lenda. Por maiores que fossem as dificuldades dramáticas, não impediram que Ésquilo, para o fim da sua vida, fizesse uma peça, desde que tivesse enxergado na sua história uma ideia trágica; basta-nos apenas considerar *Prometeu* para ver isso. Portanto, o comentário de Sheppard de que Ésquilo inventou a ferramenta mas não a sabe utilizar devidamente, não se deve deixar passar sem protesto. O segundo actor é utilizado bastante bem quando é o Arauto e não precisamos de duvidar que Dânao era suficientemente eficaz nas últimas peças, quando tinha um papel independente. O carácter das filhas é uma das duas importantes forças dramáticas que fazem *As Suplicantes,* e o facto não pode ser ensombrado por qualquer característica forte do pai. Porque, se Dânao pretende fazer aqui algo de dramático, apenas o pode fazer tornando-se uma terceira força dramática adicional ao coro e ao Rei. Deve ser a força motriz por detrás das suas filhas ou opor-se a elas ou apresentar a situação delas de outro ponto de vista; e nenhuma destas coisas pertencia, absolutamente, à concepção trágica que Ésquilo tinha da história. Portanto ele é apenas «um antepassado epónimo vestido de cerimónia para o palco», mas porque a situação não permitia outra coisa, não porque Ésquilo não fosse capaz de fazer melhor.

Esta posição invulgar do coro nesta peça explica também porque é ele especificamente dramático como os coros posteriores (excepto as Fúrias) não o são. Se Ésquilo em *Agamémnon,* ou Sófocles em *Antígona* tentassem dramatizar o seu coro tão completamente como Ésquilo o faz aqui, teriam diminuido a dramatização das personagens em cena e feito algo que podia ter sido interessante, mas que teria obscurecido a ideia trágica. Se há uma coisa que se pode dizer sem reservas sobre toda a Tragédia Grega (enquanto permaneceu trágica) é que ela nunca admite seja o que for que não contribua directamente para a ideia trágica. Tem, na íntegra, a austeridade e a lógica de qualquer outra arte clássica Grega e não lança mão, desnecessàriamente, nem da caracterização nem de qualquer outra coisa.

Deixemos agora, por momentos, o Coro. Vimos que Ésquilo já está muito mais à vontade com ele do que em *Os Sete contra Tebas* ou na *Oresteia*. A sua personalidade cresceu, mas a este propósito a sua arte já estava madura e podemos concluir que os que o tinham precedido imediatamente eram também, no seu respectivo grau, mestres nesta parte do drama. E quanto às outras partes?

«*As Suplicantes* é deficiente quanto à caracterização». Isto é um equívoco. Certamente que as poucas tentativas de Dânao para ser uma personagem são monótonas, mas Dânao já está explicado. Restam o Arauto e o Rei. Para os Arautos a regra boa e suficiente é «tal o patrão, tal o criado», como diz H.W. Smyth e não provocaremos briga com Ésquilo quanto a este ponto. Mas diz-se que Pelasgo não é uma personagem; não é nenhum Etéocles, nenhum Édipo. E porque havia de ser? A sua tragédia não gira à volta de nenhuma ἁμαρτία; nem sequer remotamente é baseada no seu carácter. Seja o que for, está perdido e Ésquilo é um artista bom demais para investir nele uma personalidade desnecessária.

Tudo o que precisamos é que ele seja, tanto no aspecto moral como no intelectual, suficientemente grande para compreender totalmente o que lhe sobreveio e para ver o dilema ante o qual ele e o seu povo estão colocados; e estes elementos temo-los nós. Sófocles delineou personagens tão brilhantemente não devido à sua habilidade, mas porque a sua tragédia girava à volta disso; Ésquilo delineou Pelasgo como o fez não porque fosse primitivo e não fosse capaz de fazer melhor, mas porque a sua concepção trágica pedia isto e nada mais.

O poder de Ésquilo de apresentar caracteres era absolutamente igual à necessidade de o fazer e podemos verificar que, noutros aspectos, não estava a seguir uma tradição de puerilidade. O passo em que se volta a página é magistral: Ésquilo nunca fez coisa melhor. Era isto algo de novo para o palco Grego ou estava na tradição? O seu poder é, com certeza, puramente de Ésquilo, mas em certo sentido — na sua clareza e no seu ir a direito — é puramente Grego. Tudo o que podemos dizer é que a possibilidade de tais efeitos dramáticos estava à mão se houvesse um poeta capaz de os usar. É igualmente claro que o discurso iâmbico de tipo dramático não era novidade. Podemos talvez concluir que havia mestres anteriores nesta arte, a partir de passos como o 468-89 que não se lê como sendo poesia de um pioneiro. Croiset observa que «o estilo poético, embora possua admiráveis qualidades de força, grandeza e brilhantismo, é deficiente na sua tendência excessiva para se retirar a si próprio do plano da fala normal. Para evitar parecenças com a prosa, carrega-se

de um excesso de imagens por vezes bizarras, de
perífrases artificiais, de voltas nas falas, quase enigmáticas [1]. O que está certo, se nos lembrarmos que a
fala iâmbica, trazida a um contacto tão íntimo com
a fala lírica, deve evitar o prosaico a todo o custo.
Pensamos na antítese artificial entre mar e terra (77)
«A poeira, o mensageiro mudo de um exército» (180),
ἀβουκόλητον τοῦτ' ἐμῷ φρονήματι (929). Estas coisas são
significativas talvez não de uma fase primitiva na composição de iâmbicos, mas do próprio Ésquilo. Noutra
peça antiga encontramos mais um passo em falso,
pior do que qualquer destes: «os filhos privados de
voz do impoluto», referindo-se aos peixes (*Os Persas*,
577). Estas expressões tensas de *As Suplicantes* são
Ésquilo genuíno, tal como a vivacidade singela de
δεδορκὸς ὄμμα, μηδ' ἄγαν ᾠνωμένον («um olho claro,
não demasiado turvado pelo vinho»), que reaparece no boi, na expressão do Vigia em *Agamémnon*.
Temos aqui o autêntico Ésquilo na sua força e fraqueza e não se pode deixar de sentir que a sua fraqueza teria sido mais pronunciada, caso não tivesse
tido alguns mestres mais antigos pelos quais modelou o seu estilo.

Sabemos então que na lírica dramática — e podemos estar bastante certos que no iâmbico dramático
também — Ésquilo teve alguns predecessores consideráveis. Seremos capazes de nos aventurar a formar
uma ideia mais definida de como era esta tragédia
mais antiga?

---

[1] *Eschyle*, p. 67.

Deduzimos um coro que, embora não actor como o coro de *As Suplicantes,* é, contudo, essencialmente dramático, exprimindo nos seus longos movimentos a necessidade de determinada situação trágica e trazendo ao actor alguma força moral ou espiritual. Então como mais tarde, o coro normal era com certeza um grupo de cidadãos, senadores, captivos ou coisa semelhante, representando, no seu formalismo apaixonado, uma grande ideia ou emoção colectivas — a cidade, os vencidos, os oprimidos; um corpo que ultrapassava a estatura individual, mas não uma simples abstracção desprovida de toda a personalidade. Mesmo se menos completamente caracterizado do que as Suplicantes, encontrava-se, pròvàvelmente, muito mais caracterizado que coros posteriores; porque, das duas forças que se chocavam no drama, uma procedia necessàriamente deles. Não havia lugar para o «espectador idealizado».

Contra este coro encontra-se um só actor. Também ele deve ter sido desenhado apenas em esboço, como Pelasgo, porquanto um desenho pormenorizado da personagem estaria errado contra este pano de fundo e o exíguo pessoal dramático não o teria permitido, nem o tipo de ideia trágica o pedia. O actor deve representar a ideia complementar ao coro — o Rei, o vencedor, o transgressor. Pelasgo é o tipo perfeito, nem uma abstracção nem muito individual. O seu estilo, bem como a sua caracterização, devem harmonizar-se com os do coro pois que, qualquer aproximação do naturalismo estaria fora do esquema. Em conformidade com os metros líricos rigorosamente regulados que formam a maior parte da peça, deve falar regularmente. Um passo como o de *As Suplicantes* 347-406 pertence, evidentemente e por natureza, a esta espécie de drama, fazendo assim esticomitia desde que seja suficientemente formal. A subtileza intelectual e a erística não podiam desempenhar aqui um papel.

É crença habitual que a tragédia anterior a Ésquilo era apenas uma espécie de Oratória: «Ésquilo achou uma Cantata e transformou-a em Tragédia». Se a palavra Cantata pode ser ampliada para abranger coisas tão essencialmente dramáticas e trágicas como a maior parte de *As Suplicantes* (descontando ainda Dânao), então nada há que dizer; mas se a palavra significa uma série de trocas entre um coro e um actor, desempenhando ambos um papel, mas não sendo nenhum deles especìficamente dramático, nesse caso a asserção parece não se justificar. Frínico era, evidentemente, mais lírico do que dramático, mas não devemos julgar que qualquer pessoa era também um Frínico. As peças antigas acerca das quais estamos melhor informados são a sua *Tomada de Mileto* e *As Fenícias*, as quais parecem ter sido drama patético — narrativo em vez de tragédia; verdadeira cantata, de facto. Mas deve notar-se que tais assuntos de crónica não eram os habituais e eram particularmente difíceis de pôr em forma dramática. Ésquilo, muitos haveriam de o admitir, não foi totalmente feliz com a sua peça histórica, *Os Persas*. Se nenhum outro dos seus trabalhos tivesse sobrevivido, poderíamos agora dizer que a tragédia permaneceu lírica ou narrativa na concepção da forma até que Sófocles a salvou. Mas sabemos que *Os Persas,* no estilo como na estrutura, não é típica de Ésquilo; a parte média de *As Suplicantes,* e *Os Sete contra Tebas* inteira são muito mais especìficamente dramáticas quanto à forma. Por analogia, parece provável que o drama normal anterior a Ésquilo fosse mais especìficamente dramático do que *As Fenícias* e *A Tomada de Mileto.* Somos talvez levados, de novo, a exagerar a importância do segundo actor e a subestimar as possibilidades do actor único com o coro. A partir de *As Suplicantes* podemos obter algumas ideias sobre a espécie de enredo e o tipo de situação trágica de que o drama antigo deve ter tratado; e se se conclui que a possibilidade do drama real está lá, ninguém que conheça os Gregos se preocupará em negar que a possibilidade foi alcançada.

O enredo, como o estilo e a caracterização devem ter sido altamente convencionalizados e nada naturalistas. Isto era inevitável, pois a não ser que o actor passasse a maior parte do seu tempo no camarim, o movimento livre do enredo era impossível. O coro entra e expõe a situação; o actor entra e dá-nos uma impressão da sua posição geral. Agora todas as forças dramáticas estão presentes; algo pode ficar de reserva, assim como em *As Suplicantes* a ameaça de suicídio fica de reserva [1], mas nada de novo pode entrar. Contudo, é mais importante notar que nada de novo se deseja. A limitação, como muitas

---

[1] De reserva, quer dizer, quanto ao Rei. Ésquilo poderia ter--nos dado uma surpresa dramática barata, mantendo-a de reserva também quanto a nós, mas ele era artista e um artista Grego. (Ver adiante, p. 171, II vol.)

das limitações para o grande artista, não significa pobreza, mas intensidade. Aqui, significa a oportunidade para exibir uma forma de Tragédia que é talvez a mais profunda, na sua forma mais pura, liberta de superficialidades que desviam da atenção; e essa é a forma de Tragédia que temos em *As Suplicantes,* o espectáculo do herói isolado diante de uma certa fenda horrível no universo, contemplando, como Pelasgo, o abismo que o há-de tragar. A forma simples da tragédia de Téspis ajustava-se maravilhosamente a uma tal ideia trágica, ἄνευ λύπης οὐδαμοῦ καταστροφή, não há acontecimentos sem desgraça; e é difícil supor que ninguém vira o facto antes de Ésquilo ter alterado a forma com o seu segundo actor. A teoria da cantata não explica *As Suplicantes.*

Tem-se afirmado que a crise é a do actor, não a do coro e que, neste sentido, o actor era realmente, ou veio a ser, o protagonista. A hipótese é necessária. Pode não ter sido verdade quando Téspis ganhou a sua famosa vitória em 534, mas foi-o òbviamente quando a tragédia ficou ao alcance da voz de Ésquilo. O actor único atrai necessàriamente o olhar; deve ser o centro do nosso interesse mais agudo porque é o ponto de convergência das forças morais que agem na peça. O coro é a voz da Humanidade, os seus sofrimentos são os sofrimentos comuns à Humanidade; só os do actor podem ser tornados tràgicamente significativos. Este está obrigado a sobressair da multidão; sua deve ser a escolha na crise; ele, o indivíduo, deve ser visto em luta com o seu destino. O drama no qual o coro toma o primeiro lugar apenas pode ser patético; ser a população de uma cidade tomada ou a vítima de opressão cruel, não é trágico no sentido mais rigoroso da palavra; e embora o coro na trilogia das Danaides seja, no seu todo, o protagonista, na verdade um herói trágico que actua tràgicamente e sofre tràgicamente, as coisas passam-se assim porque não se trata de um coro normal, de um simples grupo representativo, mas de uma personagem individual multiplicada por cinquenta. Os seus elementos são tràgicamente uni--laterais, como Hipólito, não uma comunidade como o coro em *Os Persas* ou *Agamémnon*.

Podemos portanto, e por tentativas, mas não sem algumas provas, sugerir o seguinte como tipo, não o único, mas o melhor, da tragédia antiga:

Primeira ode.
Entrada do actor e revelação da situação geral.

Segunda ode, na qual se descarrega nele a pressão.
A crise aumenta. Kommos?

Terceira ode
O actor enfrenta a crise e toma a sua decisão.

Quarta ode.
O resultado. Mensageiro?

Quinta ode.

É uma forma simples, mas não infantil. Permite o lirismo mais requintado e mais poderosamente dramático e pode exprimir a mais profunda e a mais comovente das situações trágicas. A sua «rigidez» não é defeito. «Não será possível,» disse o Crítico Dramático de *The Times* ao comentar a representação de Delfos de *As Suplicantes*, em 1930, «que o drama anterior a Ésquilo tivesse já uma chave que lhe desse a libertação das limitações do naturalismo — chave pela qual os dramaturgos modernos, de Strindberg a Lenormand se têm empenhado desesperadamente»? É, penso eu, não só possível, mas certo.

CAPÍTULO II

A TRAGÉDIA ANTIGA

1. Introdução.

Chegamos àquela forma do drama Grego cuja característica externa é o emprego de dois actores e do coro.[1] A nossa tarefa deve ser tentar imaginar porque surgiu esta forma, porque queria Ésquilo o segundo actor, porque não quis um terceiro; por outras palavras, qual foi o mérito especial deste tipo de tragédia. Temos vindo a sustentar que não é necessário considerar a Tragédia Lírica como algo de imaturo e incompleto, ansiosamente à espera de Ésquilo para lhe dar forma e significado; devemos ser também cuidadosos quanto à tragédia Antiga e não pensarmos que se tratava apenas de drama Grego sem o terceiro actor, outra forma incompleta embora menos. Considerada do ponto de vista histórico ou

---

[1] *Prometeu* está incluída neste grupo, apesar dos seus três actores, porque o emprego do terceiro é inteiramente fortuito.

biológico, pode ser uma forma primitiva; considerada estèticamente não o é. Está perfeitamente adaptada ao propósito a que se destinava e encontra-se, por consequência, completa. Ésquilo acrescentou um actor e não dois não porque fosse fundamentalmente conservador e cauteloso (nenhum dramaturgo foi mais arrojado), nem porque a sua técnica não fosse ainda capaz de governar três actores, mas porque as suas concepções trágicas exigiam esta forma e não a outra.

Discutiremos mais tarde [1] a razão porque Ésquilo introduziu o segundo actor e inventou o emprego característico da trilogia estatutária, mas parece-nos oportuno antecipar aqui um ou dois aspectos. É certo que ele não tinha ideia de empregar o segundo actor como antagonista do primeiro, tornando a tragédia num ἀγών, numa disputa entre os dois. Isto só se verifica com a aparição do terceiro actor e é inteiramente estranho ao pensamento trágico de Ésquilo. A essência da Tragédia Antiga não era uma personagem ligada por um conflito a outra, mas o herói solitário enfrentando o seu próprio destino ou representando até ao fim o drama interior da sua própria alma — como Pelasgo [2]. Pelasgo não se encontra mais solitário do que Etéocles e Prometeu; Etéocles não passa a vias de facto com Polinices, mas consigo

---

[1] Ver adiante, pp. 88-89, 196 seg. e 277-78.
[2] Por conveniência, falo aqui confiado; na verdade, Ésquilo constitui o desespero do crítico, porque nunca escreveria duas peças de modo idêntico, nem mesmo na *Oresteia*.

próprio — não porque Ésquilo fosse impedido pelo seu pequeno elenco, mas porque não queria Polinices.

Mas se o segundo actor não revolucionou o drama neste aspecto, fê-lo noutro; permitiu ao enredo mover-se, e mover-se longitudinalmente em acção, bem como verticalmente em tensão. O enredo da Tragédia Lírica era, em certo sentido, estático; quando o coro e o actor se encontravam, o círculo estava fechado. Agora não; há um segundo actor que pode entrar com notícias frescas — como Dario ou o Espião em *Os Sete contra Tebas* — ou pode apresentar ao herói facetas diferentes da situação — como Oceano e Io em *Prometeu*.

Este movimento do enredo parece não ter sido forjado meramente por razões dramáticas, para tornar o drama mais vivo. É natural que pensemos assim, mas o artista inovador pensa de modo diferente; pelo menos podemos estar razoàvelmente confiantes de que a primeira razão de Ésquilo para inovar foi porque a forma antiga não lhe permitia dizer o que queria. Temos um belo exemplo de emprego do enredo estático na parte média de *As Suplicantes*, o que é já parte de um tema dramático muito mais vasto. O segundo actor torna possível colocar dramàticamente o herói numa posição que não só parece mas é, também, inocente. Agora a situação pode mudar; mensageiros trazem notícias ou arautos fazem proclamações e o que era seguro tornou-se perigoso. *Os Sete contra Tebas* é o exemplo perfeito deste método dramático; não vemos aí um abismo súbito aberto debaixo dos pés do herói, mas sim um horror que aumenta diante dos nossos olhos.

Tècnicamente este é, sem dúvida, um vasto aperfeiçoamento, mas não foi antes considerado assim. As implicações trágicas do segundo actor são ainda mais importantes do que as dramáticas. Uma vez que a situação se movimenta, o herói deve ser de um certo tipo; deve — se temos tragédia — ser de uma constituição moral de tal ordem que se oponha a este movimento, não que se conforme com ele. O herói da pura tragédia de situação era o Homem, quase indiferenciado; o herói de *Os Sete contra Tebas* deve ser como Etéocles, alguém que não diga, como um homem comum, no v. 653: «As circunstâncias alteram as situações; é evidente que não posso combater contra o meu próprio irmão». Por outras palavras, o enredo móvel estava delineado para mostrar e testar o carácter moral, para dar lugar à escolha moral e aos seus resultados.

Tal parece ter sido a génese do segundo actor. Uma vez em acção, podia naturalmente ser usado para outros fins; Dario, por exemplo, proporciona-nos a primeira surpresa dramática; teremos ocasião de ver uma ou duas aproximações do realismo — do qual, na verdade, já tinhamos um exemplo em *As Suplicantes;* o Rei mal podia ter falado em cerveja ao coro, mas pode fazê-lo ao Arauto.

Examinando as três peças sobreviventes desta fase do drama, deparamos imediatamente com uma dificuldade esclarecedora; em duas das peças Ésquilo trabalha esforçadamente material que se adapta mal ao drama. Em *Os Persas* navega de acordo com os ventos da Épica; em *Prometeu* a sua imaginação prende-se a um assunto que outro dramaturgo teria rejeitado, nesta forma, por impossível. O interesse técnico de *Os Persas* é seguir os passos que nos levem até a uma história essencialmente épica que foi amoldada para o palco; o de *Prometeu* é ver como Ésquilo extrai o movimento dramático interno de uma situação essencialmente imóvel; o de *Os Sete contra Tebas* é ver a Tragédia Antiga no que ela tem de melhor.

2. «Os Persas»

Os Persas é talvez única entre as tragédias históricas. A peça foi representada em 472 A. C. A batalha de Salamina, episódio central da peça, tinha-se dado apenas oito anos antes e sòmente a alguns quilómetros do teatro. Uma grande parte do público devia ter tomado parte na batalha; todos que eram de Atenas tinham saído da cidade como refugiados; os templos na Acrópole, destruidos pelos Persas, ainda estavam em ruínas. Mas a segunda grande vitória Helénica em Plateias, em 479, destroçara os invasores e nos anos intermediários a Confederação Marítima de Delos, com Atenas à cabeça, por eleição, libertara a Jónia do domínio Persa e tinha afastado a ameaça Persa. Uma vitória tão completa deveria ter parecido um milagre.

Portanto, como a dramatização de acontecimentos recentes não era novidade — Frínico, por volta de 493 tinha levado ao palco a sua infeliz *Tomada de Mileto* e em 476 a sua versão das Guerras Pérsicas — era natural que Ésquilo fosse atraído pelo assunto. Acontece que estamos bastante bem documentados quanto a factos da guerra e sabemos um pouco acerca da peça de Frínico, de modo que estamos em posição para ver qual era a ideia de Ésquilo em tal dramatização — não só para ver o que ele fez, mas também o que se recusou a fazer — e podemos, em certa medida, comparar a sua perspectiva dramática com a de Frínico.

Sabemos o seguinte da peça de Frínico: o palco da acção era em Susa, o coro constituído por mulheres Fenícias, e um eunuco, colocando assentos para os nobres Persas, diz um prólogo no qual se faz referência à derrota de Salamina. O prólogo começa por:

Τάδ' ἐστι Περσῶν τῶν πάλαι βεβηκότων

verso que Mazon chama finamente «uma saudação de cortesia» e que Ésquilo usa para a sua abertura, mas substituindo o ominoso οἰχομένων [1].

Destes poucos factos Croiset tirou algumas conclusões interessantes. Como o coro é composto de mulheres, a estes nobres deve ter sido dado algum outro papel na peça e um actor deve ter sido o seu porta-voz, ficando para o outro o papel de mensageiro. Ora, não poderia ter havido muita confusão dramática, principalmente porque a derrota já era conhecida no palácio. O elemento principal da peça deve ter sido a lamentação lírica — na qual sabemos que Frínico se distinguiu. Não poderia ter havido aí surpresa; como diz Mazon, parece ter havido

---
[1] Ver J. T. Sheppard, *Greek Tragedy*, pp. 45-46.

menos uma tragédia do que uma cantata. Frínico usou o segundo actor de Ésquilo, mas permaneceu fiel à sua própria concepção da tragédia; veremos Ésquilo, por sua vez, a fazer coisa semelhante.

Servindo-se do mesmo tema apenas quatro anos mais tarde, Ésquilo mostra que tinha algo de novo com que contribuir. Também ele faz decorrer a acção em Susa, o que era necessário. Só do ponto de vista Persa é que o acontecimento era trágico, e autênticamente trágico não no campo Persa, mas no centro do império ameaçado. De novo se exprime aqui rudemente a opinião de que o afastamento do lugar é compensado pela proximidade no tempo. O grande perigo era que o poeta fosse atraiçoado pelo naturalismo, por situações em que o tratamento realista fosse o único possível. Os acontecimentos estavam ainda frescos na memória dos homens e os pormenores seriam adversos ao desenvolvimento de um largo tema moral, tal como justificariam por si só a dramatização de um acontecimento recente. O perigo apenas podia ser evitado indo para Susa. Só lá é que a história podia ser suficientemente simplificada. Além disso, Susa dava a oportunidade, do género das que Ésquilo nunca desprezava, para se conseguirem efeitos cénicos surpreendentes. Neste aspecto, portanto, Ésquilo teve de seguir Frínico.

Significativa é a escolha de nobres Persas e não de mulheres, para o coro. Tècnicamente foi um melhoramento na medida em que deixou livre um actor para desempenhar outros papéis, portanto para desenvolver a força dramática — no que Frínico tinha pouco interesse. Moralmente é até mais importante.

Numa peça em que o coro fosse de mulheres Feníciaɔ, o tom predominante deveria ter sido, evidentemente, patético: «Ai dos mortos!» Com um coro de Conselheiros, o tom torna-se mais profundo: «Ai da nossa nação caída!» O coro de *Os Persas* é capaz da perspectiva histórica e pode desenvolver o tema trágico que Ésquilo vê na história — eles e só eles podem mostrar-nos que a política de agressão desenfreada de Xerxes é responsável pelo desastre.

Ésquilo não segue Frínico ao permitir que as notícias do desastre sejam já conhecidas quando a peça abre. Estava a compor um drama e não uma trenódia, precisando para tal de todo o movimento dramático que lhe fosse possível obter. Mas isto levanta uma questão interessante: se Ésquilo estava ocupado — como deve ter estado — em criar situações dramáticas a partir deste material épico, porque não se antecipou a Heródoto, começando a sua peça com uma mensagem triunfante de Xerxes a anunciar a captura e saque de Atenas? O que poderia ser mais evidente ou mais eficaz? Que a peça comece com cenas de júbilo; formarão o contraste perfeito com a catástrofe que virá. A propósito, este golpe teria abrangido um momento embaraçoso, a transição da primeira ode para o primeiro episódio (vv. 140 *seqq.*). «Vamos», diz o Corifeu, «deliberemos. Como se arranja Xerxes?» Uma vez que não sabem como, não há material para deliberação; mas temos de ser informados de quem eles são e porque estão ali. O coro está, de facto, numa situação desvantajosa e ficamos satisfeitos quando a Rainha chega para o libertar dela.

Uma vez que *Os Persas* não é uma peça onde o realismo mundano é importante, não precisamos de exagerar este defeito; mas é-o, e um defeito que teria sido desnecessário se tivesse sido forjada uma primeira mensagem de triunfo porque nesse caso o coro teria tido assunto para debate. De modo que perguntamos mais uma vez porque não começou Ésquilo com uma mensagem a anunciar a vitória. É claro que se pode dizer — embora seja difícil de acreditar — que nesta altura Ésquilo era incapaz de um golpe tão dramático. É talvez mais prudente concluir que uma ideia dramática que nos é óbvia era também acessível a Ésquilo e procurar saber se a verdadeira explicação não será mais profunda. Antes de o fazer, podemos levantar outras questões da mesma natureza e ao tentar responder-lhes, aclarar um pouco mais dois assuntos: a relação entre a Tragédia Antiga e a Épica e o significado e propósitos de uma peça como *Os Persas*. Tem-se dito, erradamente, na minha opinião, que a peça representa uma fase na evolução do drama na qual este ainda não se tinha emancipado da tradição e da técnica épicas; enquanto que, por outro lado, deveremos chamar-lhe uma peça religiosa ou patriótica? A política e a religião não se encontravam, certamente, tão claramente separadas no século quinto como se encontram hoje; contudo, se um crítico diz: «Esta é uma peça religiosa acerca da punição da ὕβρις», e outro: «Trata-se de uma peça patriótica que celebra a vitória», não estão a dizer a mesma coisa e talvez seja possível provar que um está substancialmente certo e o outro substancialmente errado. Porque, se Ésquilo era um dramaturgo competente que não porfiava numa forma que dominara imperfeitamente, uma apreciação justa da sua forma deveria levar-nos directamente a uma apreciação justa do conteúdo. Se pusermos a nós próprios as perguntas certas acerca da forma da peça, seremos levados, penso eu, directamente à conclusão de que ele não pretendeu compor uma peça para o palco que celebrasse Salamina e Plateias — tema que poderia ter dado uma boa epopeia — mas sim criar drama e só drama, sobre o tema da ὕβρις e a sua inevitável punição. A celebração patriótica que lá se encontra — e há, evidentemente, alguma — vem a propósito.

Como matéria, Ésquilo tinha a invasão Persa; mas achamos que a usou com a mesma liberdade que os dramaturgos estavam habituados a usar quando tratavam do mito — e para os mesmos fins, isto é, para remover tudo que não tivesse relação com a ideia dramática e dar ênfase ao que é significativo a fim de que cada pormenor do enredo possa ser dramàticamente eficaz. Em linguagem Aristotélica οἷα ἐγένετο, o que aconteceu, é modificado até se tornar em οἷα ἂν γένοιτο, o que *teria* acontecido; o drama torna-se «mais filosófico do que a história».

Supondo que a forma reveste a ideia e que Ésquilo era capaz de manejar a sua forma como desejava, lancemos os olhos sobre ela, fazendo a nós próprios determinadas perguntas acerca do enredo e da manipulação do material. Já pusémos uma destas questões: porque não começa Ésquilo com as notícias de um êxito considerável? Outras perguntas são: porque representa Dario como sendo o Rei prudente que nunca pôs o pé fora da Ásia, embora tivesse invadido a Cítia e tivesse algo a ver com Maratona? Porque exagera tanto a importância da pequena acção em Psitália? Porque representa a retirada de Xerxes de Salamina como sendo uma fuga incontinente, de tal modo que chega a Susa como um fugitivo abatido? Porque inventa aquele desastre impossível no Estrímon? Porque, ao descrever a batalha de Salamina, evita tão notòriamente a menção aos nomes individuais e às proezas pessoais? Porque representa como ímpia a construção da ponte através do Helesponto, se a atitude Grega normal em relação a estas realizações parece ter sido (como esperamos que tenha sido) de admiração interessada?

Escusado será dizer que foram dadas respostas a muitas destas perguntas e nem todas são más. A dificuldade é que são todas diferentes, enquanto que as perguntas são uma e a mesma — a saber, porque moldou Ésquilo a sua peça desta maneira? Quanto à personalidade de Dario, dizem-nos que os Atenienses, não possuindo a *Cambridge Ancient History*, não sabiam grande coisa sobre ela; mais, que o prudente Dario contrasta nìtidamente com o furioso Xerxes e os dramaturgos gostam de contrastes de carácter. Lá isso é verdade, mas iria Ésquilo alterar a história apenas por causa de um «efeito» dramático? Quanto à congelação outonal do Estrímon, este encontrava-se muito longe e os Atenienses, com toda a certeza, não sabiam grande coisa dos seus hábitos; em todo o caso, Ésquilo gostava de maravilhas. Esta é uma má resposta, pela razão, se não por outra, de que em vez de confiar na ignorância ateniense, Ésquilo sai fora do seu caminho e chama a geada ἄωρος, extemporânea.) Quanto à acção em Psitália já se aventou que Ésquilo tinha aqui em mente a necessidade de promover a unidade social na Ática: está a mostrar aos Atenienses que cada classe de cidadãos teve a sua comparticipação na glória de Salamina, as classes mais pobres a bordo, os hoplitas na ilha. Mas o exagero é propaganda pobre. Pois a fuga desordenada de Xerxes é um equívoco honesto; Ésquilo está a ridicularizar alternativamente os Persas — de novo uma maneira pobre de celebrar uma vitória. O facto de não serem usados nomes Gregos é um golpe de mestre de simplificação artística que, simultâneamente, evita o desagradável — embora talvez sintamos aqui algumas dúvidas; porque, suponhamos que Ésquilo tinha escolhido tratar o seu tema em estilo épico, com um Catálogo de Navios, numa fala eriçada de nomes Gregos — não teríamos achado isto «artístico» também e enchido os nossos comentários de paralelos com Milton? O «artístico», afinal, é apenas o que é necessário e o que está certo. Mostremos que o tema exigia precisamente este tratamento; saberemos então porque é artístico.

Das respostas dadas aqui algumas são plausíveis, outras podem ser mesmo parcialmente verdadeiras. Mas são extremamente variadas ao invocarem a política, a ignorância e a procura de certos efeitos dramáticos isolados. Se encontrássemos uma simples resposta para todas as perguntas — incluindo a primeira, à qual não se respondeu ainda — poderíamos sentir uma certa segurança por estarmos na pista certa. E encontramos uma tal resposta na suposição de que Ésquilo não estava a escrever uma peça — épica, patriótica ou seja o que for — acerca da vitória, mas estava a construir um drama religioso a partir das Guerras Pérsicas, precisamente no mesmo espírito em que construiu outro a partir da Guerra de Tróia. A ὕβρις de Xerxes levou-o a violar uma lei divina. Pecou como Páris e Agamémnon; e como eles foi punido por Zeus através de instrumentos escolhidos por Zeus, Páris através dos dois filhos de Atreu, Agamémnon através de Clitemnestra, Xerxes através dos Gregos e da Grécia. A diferença — profunda diferença, na verdade — é que em *Agamémnon* a «justiça» infligida é, em cada caso, um crime que, por sua vez, clama por justiça enquanto que em *Os Persas* a punição é simples e final. Com esta importante reserva, o paralelo mantém-se e explica a peça.

Vejamos antes de mais o tratamento «mítico» da história recente. O sr. D. S. MacColl conta como uma pessoa que servia de modelo se queixou a um escultor Escocês de que o busto que tinha feito não se parecia com ele. «Não é qualquer pessoa», disse o escultor, «que se pode parecer com o seu busto». Era esse o problema de Dario. Xerxes teria de ser castigado pelo céu porque cometera ὕβρις. O poeta, querendo um símbolo claro dessa ὕβρις, usa a distinção nítida entre Europa e Ásia; aqui se encontram limites traçadas pelo Céu. Evidentemente, com história ou sem ela, não pode ter sido permitido a Dario ultrapassar estes limites ou o julgamento do Céu teria caído sobre ele. Portanto Dario deve ser judicioso e prudente; deveria ter respeitado escrupulosamente esta lei. O contraste de carácter é, na verdade, impressionante, mas é um subproduto.

E que dizer da descrição da batalha, de Psitália, da fuga precipitada de Xerxes? Para Ésquilo as forças Gregas são um Vingador, um instrumento nas mãos do Céu. Por isso os nomes individuais devem ser suprimidos a todo o custo. Eis a razão porque o tratamento da batalha é «artístico». Com efeito, cita-se uma façanha individual com bastante simplicidade, o estratagema de Temístocles. E que diz Ésquilo acerca disto? Que veio até Xerxes um certo Alastor ou qualquer espírito mau.

Quanto a Psitália verifica-se um segundo golpe do deus que destrói não os aliados dos Persas, como em Salamina, mas a própria nobreza Persa. Então é que Xerxes foge aterrorizado. De facto, ele não fugiu; na peça sim — porque o seu adversário real é mais que humano. E quanto ao Estrímon, não falemos na ignorância Ateniense ou no amor de Ésquilo pelo maravilhoso. Em primeiro lugar os sofrimentos preliminares dos Persas em retirada são todos atribuidos a causas «naturais», não humanas; não a ataques hostis de patriotas nas montanhas, mas à fome e à sede. É verdadeiramente o solo da Grécia que se opõe aos invasores. Em segundo lugar é «o deus» que gela o rio «fora de época»; e quando os Persas se encontravam sobre o gelo agradecendo aos deuses a sua libertação, «o deus espalhou os seus raios» e os Persas foram afogados. Há um paralelo directo com este passo, em *Agamémnon*. «Eles que se lembrem», diz Clitemnestra, «de poupar os templos, pois ainda necessitam de regressar a salvo». Não pouparam os templos e não houve regresso a salvo porque «aqueles inimigos mais encarniçados, o fogo e a água, conspiraram juntos» para destruir a armada. Esta conspiração de inimigos não é decoração ociosa, antes um sinal de que o deus estava em actividade, tanto aqui como em *Os Persas*.

Esclarece-se agora o motivo pelo qual Ésquilo não se serve de uma mensagem preliminar de vitória. O Deus de Ésquilo não se move do modo misterioso do Deus de Sófocles; é directo e quando atinge, fá-lo a direito e com força. Não zomba antes. A notícia de que Atenas já estava destruída poderia sugerir que tinha sido ele; seria um efeito «dramático» ruinoso para a ideia. E finalmente, não se deve procurar no simples facto o motivo pelo qual Ésquilo faz da ponte um assunto tão ominoso; não que pensasse sobre ele diferentemente de Heródoto ou supusesse que os Persas o fizessem; é que, simplesmente, precisava de um símbolo da ὕβρις de Xerxes. A ponte pode tornar-se num caso explícito da transgressão, por parte de Xerxes, dos limites fixados pelo Céu; e o público de Ésquilo, não habituado à poesia, pode aceitá-lo como tal, seja o que for que tenha pensado pessoalmente desta engenharia civil.

Achamos, assim, a mesma resposta para todas as perguntas; a forma revela o conteúdo. *Os Persas* é tão puramente dramática, na sua concepção, como qualquer outra peça de Ésquilo. Não tem ligação real com a épica e não deveria ser usada para apoiar a teoria de que a Tragédia, em certo sentido, teve origem na épica. A «coloração épica» vem de um acidente, não de um facto essencial — o acidente é que grande parte da acção deve ser apresentada através da narrativa; afinal, a este respeito, *Os Persas* é muito semelhante a *Prometeu*. Em *Prometeu*, a acção é, em parte, passada, em parte, acção interior no espírito do herói; em ambos os casos necessàriamente transmitida através de uma série de falas. Nenhuma das peças tem ligação verdadeira com a épica; de facto, um dos pontos notáveis na descrição de Salamina é precisamente o modo pelo qual Ésquilo evitou a expansão e o pormenor épicos. O que temos aqui é drama puro; não realmente a forma à qual estamos acostumados, mas uma que podemos compreender prontamente desde que ponhamos de parte preconceitos derivados de formas posteriores. «Fatias de Homero» foi uma expressão brilhante, mas que difìcilmente faz justiça à independência e integridade autênticas da Tragédia Antiga.

Vejamos agora em pormenor como é que Ésquilo dá forma dramática a esta concepção dramática. Desde os dias de Sófocles, sobretudo de acordo com a interpretação de Aristóteles, a forma trágica tem implicado um conflito de personagens, de linhas convergentes da intriga, de surpresa e de «felicidade» que passa a «infelicidade». Ésquilo não podia trabalhar assim; a sua filosofia religiosa não podia ser expressa através desta forma. É coisa certa que Deus punirá o pecador; a única surpresa possível é a prontidão e a plenitude da punição; o único movimento possível é o que vai do mau presságio para a execução.

É-nos fácil dizer: «Deus pune o pecador» e pensar que sabemos o que isso quer dizer; mas o que isso significa para nós, se é que tem algum significado, pode não ser o que significava para Ésquilo: o Platonismo, a nossa herança Judaico-Cristã e algumas outras influências, diferiam. Portanto, é bom observar com certo cuidado o que Ésquilo faz.

Primeiramente o coro faz uma impressionante chamada dos principados e poderes que compõem a «irresistível avalanche de homens» que rolaram em direcção ao ocidente contra a Grécia. Os deuses, conforme somos informados, deram à Pérsia o domínio por terra; os Persas também aprenderam a parecer não ter medo no mar. (O fantasma de Dario tem algo a dizer sobre isto, mais tarde.) Mas o tom de confiança dá lugar a um tom de ansiedade e a mudança verifica-se, não por algo tão específico como a chegada de notícias calamitosas, mas devido à reflexão — que Platão teria enèrgicamente desaprovado — que o deus, o *theos,* é enganador, δολόμητις «astucioso», e que a Ate sorrirá e atrairá um homem para a sua ruína.

A Rainha-mãe chega e conta o seu sonho ominoso; passa da apreensão vaga para o medo real. O coro aconselha-a: que ela imole àqueles *theoi* a quem, como saberemos depois em *Agamémnon* (vv. 69 *seqq.*), nada apaziguará; nenhuns deuses te salvarão das consequências do que fizeste. Mas antes que ela apronte o seu sacrifício, Ésquilo desafia o naturalismo pondo-a a fazer certas perguntas acerca de Atenas. Evidentemente que as perguntas, toscamente metidas, eram imaginadas tendo em vista as respostas. No diálogo linha-por-linha que se segue somos levados com frequência a ver o tom de satisfação patriótica: o poeta ateniense está a convidar o público ateniense a rejubilar com a vitória para a qual Atenas tanto contribuiu. Não se refere o passo, duas vezes, à vitória Ateniense de Maratona? — Sim; mas o estilo é muito severo, não exactamente o que excita a multidão; como poeta patriótico, Ésquilo podia ter feito algo de muito mais eficaz do que isto. O passo menciona Maratona duas vezes — mas também a descoberta de um rico filão de prata em Láurion e os factos de que os Atenienses não depositavam confiança no arco (ver vv. 85 *seqq.*), mas sim na lança e no escudo — como, evidentemente, todos o outros Gregos — e de que não eram súbditos de um déspota, mas cidadãos livres. Uma vez que, neste ponto, o estilo é tão completamente não-emocional, seria mais prudente supor que Ésquilo se referia a factos que tendem a reforçar o temor do público do teatro. Pelo menos é este o modo pelo qual a Rainha vê as coisas; o seu comentário final é: «Não há muito conforto aqui para os pais dos nossos soldados.»

A chegada sem demora do Mensageiro, converte o medo numa terrível realidade. Nas quatro falas que Ésquilo escreveu para ele há vários aspectos a anotar, especialmente que Salamina não é o ponto culminante delas. No diálogo lírico que dá início à cena, o nome de Atenas é mencionado duas vezes com horror — e é a penúltima vez que a cidade é mencionada, facto estranho se o poeta pensava estar a glorificar a cidade. A primeira das quatro falas é outra chamada, desta vez de notáveis Persas cujos corpos andam agora baldeados nas águas de Salamina. A seguir vem a história viva da batalha. Embora Atenas fornecesse quase dois terços da armada Grega, Ésquilo nunca alude ao facto, mas refere-se com firmeza aos «Helenos». O que assegurou a vitória — na peça? Duas coisas: primeiro, o valor e a disciplina dos Gregos a que se acrescenta o estratagema enganador de «um Grego do campo Ateniense» e a presunção que levou Xerxes em linha recta para a armadilha; segundo, os *theoi*. Foram os *theoi* que «deram a glória da luta naval aos Gregos» (vv. 454 *seq.*) e foi «um *daimon* hostil ou Alastor» que enganou Xerxes. O *daimon* pode ser apenas um sinal de atenciosa piedade (ou de superstição, como preferem muitos estudiosos), ou pode muito bem fazer sentido. Temos de esperar para ver. Pelo menos, estão a aparecer sinais de uma construção séria. O *daimon* evoca o *theos* «astucioso»; a auto — disciplina dos Gregos livres é posta em confronto com a situação dos capitães Persas que iam para a batalha sob a ameaça do déspota, de que seria cortada a cabeça a quem vacilasse; e todos sabiam que fora com a prata de Láurion que os Atenienses tinham construído a sua grande armada.

Agora o Mensageiro assusta o público e surpreende-nos, ao afirmar que metade ainda não foi dito. O que se segue não é històricamente exacto e se nos contarmos entre aqueles infelizes que pensam dever a tragédia histórica ser, pelo menos, boa história, então é o fim de tudo: trata-se de uma peça pobre e apenas se pode perguntar porque é que

Ésquilo a escreveu. De acordo com Heródoto, alguns hoplitas Atenienses sob o comando de Aristides desembarcaram em Psitália e destruiram as forças militares Persas que lá tinham sido postadas: o poeta Ateniense suprime Aristides e não menciona que os hoplitas eram Atenienses, mas chama-lhes «Gregos» e transforma as «forças militares» Persas na fina flor do exército Persa, «os que eram melhores e mais nobres, aqueles em que Xerxes depositava maior confiança». Se conservarmos os olhos não sobre a história Grega mas sobre a peça, não teremos dificuldade em compreender porque é que Ésquilo assim fez: não está a exagerar grandemente a importância militar da acção em Psitália, mas a fazer com que a Rainha e o coro sintam ainda mais vergonha e humilhação.

Finalmente, como vimos acima, o público no teatro está esmagado com mais dois desastres, e em nenhum deles tomam qualquer parte Atenienses ou Gregos: como Dario diz mais adiante (v. 792), o próprio solo da Grécia volta-se contra os invasores; e então, quando o valor dos Gregos e o solo da Grécia acabaram virtualmente a tarefa, o próprio *theos,* aparecendo por fim quase em pessoa, termina com tudo. O *theos,* exercendo a sua actividade em várias acções naturais ou através delas, tem estado connosco desde o princípio; é claro que o coro diz o que tem a dizer quando, no início da sua próxima ode, declara que é Zeus o Rei que encheu de luto as cidades da Pérsia. O que temos a fazer é compreender estas coisas visto que, muito provàvelmente, eram compreensíveis ao público para o qual Ésquilo escrevia.

Até agora pouco se disse do carácter do próprio Xerxes e dos seus motivos. Se pretendermos ver nele um herói trágico, temos de ficar desapontados. Disseram-nos que ele é um θούριος ἄρχων, um «comandante fogoso», um ἰσόθεος φώς, «um homem igual aos deuses» (vv. 73, 80); a Rainha diz-nos que ele tencionava vingar Maratona, mas em vez disso perdeu tudo (v. 475 seqq.): e é quase tudo. Mas quando o Fantasma se ergue ficamos a saber mais. Dario fica aterrado ao saber que seu filho se atreveu a lançar uma ponte sobre o mar, «pensando dominar os *theoi*, mesmo Poseidon». Lembremos que os *theoi* tinham concedido à Pérsia que dominasse por terra; parece não terem aprovado a tentativa de ir mais longe; que os navios foram a sua ruína, será o tema da ode que se segue. A Rainha e Dario concordam em que algum *daimon* baixou sobre Xerxes para lhe retirar o discernimento. Para alguns estudiosos modernos este *daimon* é algo de «sobrenatural»; Ésquilo parece não concordar porquanto mais à frente (753 seqq.) faz com que a Rainha dê uma explicação inteiramente natural: não sendo, em caso nenhum, «impetuoso», Xerxes encontrava-se assediado por maus conselheiros que tanto o censuraram que desprezou os conselhos de prudência que seu pai lhe tinha dado. A este respeito Xerxes faz lembrar Páris em *Agamémnon;* também ele foi assaltado pelo *daimon* da Tentação, filha da Ruína; sendo como o «mau bronze» foi incapaz de resistir e pagou o castigo habitual.

Nada há aqui de sobrenatural, antes de desastrosamente natural. A Tentação, a Loucura são realidades sempre presentes.

Dario está a profetizar o desastre culminante de Plateias. Alguns viram aqui uma grave incongruência: se apenas alguns poucos Persas sobreviveram ao Estrímon, donde vem o poderoso exército que está para ser destruído, aparentemente pela segunda vez? Nestes assuntos é um real tormento ser-se esperto sem ser inteligente: Ésquilo, como Sófocles (ver adiante, pp. 198-99, II vol, sabia quando errar. Devemos pensar novamente no público do teatro e também no público real. Visto que Ésquilo, cuidadosamente, *não* disse que Xerxes deixou na Grécia um grande exército sob o comando de Mardónio, a profecia que vaticina ainda mais ruínas é tanto mais aterradora.

Mais uma vez Ésquilo não é muito cuidadoso para ser histórico. Na realidade o exército Ateniense em Plateias contribuiu notàvelmente para a vitória Grega; o nosso poeta Ateniense nem sequer menciona que eles estiveram presentes na batalha, mas dá todo o crédito à «lança Dórica» — e a Zeus; porquanto somos agora informados que as hostes Persas incendiaram templos e profanaram lugares sagrados e que Zeus, «castigador do orgulho» e «de contas implacáveis» os punirá pela sua impiedade.

Há aqui outro ponto a considerar. É fácil dizer (como eu próprio disse em edições anteriores deste livro) que a peça sofre da falta de uma forte personagem central. O próprio Ésquilo ignorava evidentemente este importante requisito: podia muito simplesmente ter representado este exército como outra vítima da ambição e da loucura de Xerxes, mas em vez disso, fá-lo vítima da sua própria e imprudente impiedade. É verdade que podemos ajudar o poeta a sair deste pequeno embaraço dizendo que Xerxes era responsável uma vez que se encontrava no comando quando os Persas incendiaram os templos da Acrópole; mas Ésquilo não pensou em dizer tal coisa e é má crítica pôr numa peça o que o seu autor não pôs. O caso é que, naquela altura, Ésquilo sentia-se contente por esquecer Xerxes que não serve para herói trágico; o que ele não esqueceu no *theos* é o facto — ou a crença — de que pune a hybris. A hybris de Xerxes era uma espécie de presunção à qual chamaríamos mais loucura do que pecado; o exército mostra uma hybris de outro género a qual *chamaríamos* pecado. O que têm em comum é a presunção de pensar que se pode fazer *tudo*, que não há limites. O mesmo *theos* ou *theoi* castigam a ambos.

Isto permite que a cena final e também o final da presente tenham, para nós, mais sentido — pois Dario e a Rainha fazem um espalhafato estranho quanto à recepção de Xerxes, quando ele chega e quanto a ataviá-lo mais uma vez com vestes que se adaptem à sua condição real. Neste caso ele aparece diante de nós tal como está, esfarrapado ou no que em Ésquilo equivale a farrapos. Desta cena final perdeu-se irremediàvelmente o que possìvelmente mais importava — os movimentos de dança, a música, e o contraste visual entre os nobres do coro e o Rei batido; podemos ainda apreciar o tom de acusação, mesmo de ameaça, em que se dirigem ao que já não consideram «igual aos deuses» bem como a confissão miserável dele de que é tudo culpa sua. Anteriormente na peça (vv. 212 *seqq.*) a Rainha disse: «Se ele tiver êxito todos o admirarão: se falhar — pelo menos a nação não pode chamá-lo a contas». A palavra correspondente foi também usada por Dario: «Zeus é de contas rigorosas». Não vemos Xerxes em vestes reais; foi chamado por Zeus para prestar contas.

Com acerto chamaremos a esta peça «religiosa»; depois de o fazermos teremos de deduzir o significado da palavra «religiosa» porque não é exactamente o que poderíamos supor. Ésquilo dramatiza para os seus concidadãos um mito que contém uma semelhança surpreendente com acontecimentos em que eles justamente desempenharam um papel primordial. A peça não é, claramente, uma celebração da grandeza da cidade nem a tragédia de um herói trágico não muito heróico. Não é simplesmente uma Moralidade edificante sobre o tema da punição, por parte dos deuses, da presunção dos homens: a «religião» é mais exploratória do que declaratória, dado que explora *como* o *theos* operava no caso presente. As minas de prata tinham algo a ver com o facto bem como as armas superiores e um sistema político superior e um espírito superior e a confiança excessiva. Xerxes foi tentado e bateu em retirada; comandando tanto poder, ele, um homem «igual aos deuses», pensou que podia comandar qualquer coisa, sem limites. Mas o *theos* é astucioso; as coisas não correram de acordo com o plano. Não por Zeus ter ajudado os seus Gregos, mas porque houve muitas coisas que Xerxes não tomou em consideração. A Ate sorriu-lhe: o grande exército avançou em triunfo e incendiou Atenas. A seguir a Ate tornou a sorrir consigo própria. Tem-se dito que a história ensina uma lição: que os homens não aprendem a lição da história. Talvez o mesmo seja verdade para o drama. Em todo o caso, sessenta anos mais tarde reuniu-se outra grande e irresistível força, desta vez não em Sardes, mas no Pireu, que navegou também para a destruição completa. Quem se der ao cuidado de ler Tucídides VI e VII com atenção e consciência, encontrará nele um interessante trecho que faz companhia a *Os Persas*.

3. «Os Sete contra Tebas»

Tinha passado a terça parte do século quinto quando Sófocles ganhou a sua primeira vitória e no ano seguinte, 467, Ésquilo mostrou do que a Tragédia Antiga era capaz, levando à cena *Os Sete contra Tebas*. Quando dois terços do século tinham passado e coisas novas andavam outra vez no ar, Sófocles voltou-se para esta lenda de Tebas e coroou a Tragédia Intermédia levando à cena *Rei Édipo*. Cada peça assinala uma época e assinala-a com ênfase e condignamente. *Rei Édipo* ostenta as virtudes peculiares à Tragédia Intermédia com perfeição e carácter definitivo reveladores de que, se em breve não se tentar algo de novo, a tragédia decairá; e *Os Sete contra Tebas* é um exemplo perfeito da Tragédia Antiga. Tem aquele equilíbrio completo de forma e conteúdo que constitui a principal glória de *Rei Édipo* e, na nossa herança lamentàvelmente reduzida da Tragédia Antiga, é a única peça que coloca o primeiro actor, o segundo actor e o coro naquela relação que parece ter sido predestinada. *Prometeu*, embora sendo de concepção mais vasta e tenha sido muito mais importante para a educação do mundo, não tem a beleza e o equilíbrio de *Os Sete contra Tebas* e a *Oresteia* não é, na nossa definição, Tragédia Antiga. É um tributo à história de Tebas, tributo que o senso formal dos Gregos teria aprovado pelo facto de, não só estas duas peças de crise, *Os Sete contra Tebas* e *Rei Édipo*, mas também o último e o mais estranhamente belo dos dramas Gregos, *Édipo em Colono*, para lá se terem voltado à procura de inspiração.

Vimos, ou concluímos, que a tragédia lírica de um só actor se encontrava caracterìsticamente apta a transmitir um tipo de situação trágica, aquela em que o herói, independentemente do seu carácter e do que possa fazer, é submergido como Pelasgo o foi. Um tal drama não pode e não necessita de mover-se, mas nada é mais insensato do que afirmar que, devido a isto, não tem características dramáticas. O drama está no plano lírico e consta de uma tensão crescente. O segundo actor permite ao enredo mover-se e é deste movimento que nascerá a verdadeira vibração dramática. Em vez de observarmos um Pelasgo apanhado inextricàvelmente, veremos a reacção entre a situação móvel e o herói; e uma vez que o facto trágico depende da não acomodação inócua do herói a este movimento, o herói terá de ser caracterizado. Pelasgo está perdido, seja que espécie de homem for; Etéocles, embora em perigo, não está perdido, se for suficientemente razoável para ouvir o coro. A grandeza de *Os Sete contra Tebas* reside no facto de concretizar tão perfeitamente as virtudes da Tragédia Antiga, de ser a tragédia da personagem e de uma personagem única, de relacionar esta personagem de forma íntima e significativa com cada movimento da situação e de conseguir o equilíbrio perfeito entre os actores e o coro. Este último ponto não podemos aplicá-lo a *Os Persas* nem a *Prometeu;* no entanto podemos dizer algo de muito semelhante quanto a *Rei Édipo*.

Das duas primeiras peças da trilogia não sabemos pràticamente nada, mas pelo menos o plano geral da história encontra-se bem estabelecido. Como assunto para esta terceira peça, Ésquilo tinha a realização da maldição lançada por Édipo sobre os filhos; como material, a expedição Argiva a Tebas e a morte dos irmãos em combate singular. Com estes dados, os únicos necessários, é claro que Ésquilo tinha pulso livre para dispor o seu enredo e não era tarefa gigantesca descobrir acção que chegasse para encher uma peça. É interessante verificar o que ele escolheu e mais interessante ainda ver o que rejeitou; pois o enredo feito por ele não é inferior, em efeito trágico, ao famoso enredo de *Rei Édipo* e está tão perfeitamente de acordo com o génio da Tragédia Antiga como aquele com o da Intermédia. A diferença é característica: o enredo de Sófocles é maravilhoso pelo que traz, o de Ésquilo pelo que põe de parte.

A omissão notável é Polinices. A peça é toda de Etéocles. Talvez não seja para surpreender que Polinices não apareça em pessoa — o que deveria ter sido difícil de conseguir com plausibilidade; o que surpreende é que não se tire conclusão nenhuma da briga e seus efeitos sobre o espírito de Etéocles, que não haja negociações entre os dois, nem desafio, nem sequer menção de Polinices antes do momento fatal. Não podemos imaginar qualquer dramaturgo posterior servindo-se deste tema e deixando de fora a situação central; seria *Hamlet* sem o Príncipe.

Não que Ésquilo tivesse qualquer intenção de conservar o nome de Polinices na sombra por causa do efeito dramático. Na verdade baseou o seu enredo em tal silêncio, mas a concentração completa num dos irmãos é anterior ao facto. Ésquilo não estava interessado nos dois irmãos, mas sim apenas num deles. O seu espírito bem como a sua imaginação dramática estavam absorvidas por questões como: as relações entre o Homem e Deus, o destino, o Universo, não pelas suas relações com o Homem. Sófocles, podemos afirmá-lo, teria aproveitado esta situação para fazer um estudo sobre a actuação fatal do carácter de um irmão sobre o carácter do outro; Ésquilo vê aqui o problema de um homem e o seu destino. O segundo irmão é o alvo principal da peça, mas dramático, não moral. Portanto, uma cena entre Etéocles e Polinices era exactamente o que Ésquilo não queria; teria implicado uma acção mútua entre presonagens, o que não era a sua preocupação dramática — se tivesse sido, ele e não Sófocles teria introduzido o terceiro actor; e o dia em que cenas como esta foram arquitectadas pela sua própria emoção, estava ainda bastante longe. Em *Os Sete contra Tebas* temos novamente o herói a sós com o seu destino. O seu isolamento é absolutamente completo. O segundo actor é incolor como personagem, ou personagens, uma vez que é perfeitamente indiferente se o Espião e o Mensageiro forem uma e a mesma pessoa ou não. São meros instrumentos no enredo. Também o coro está reduzido quanto à sua estatura; já não é o centro da acção, que é Etéocles, e é caracterizado muito menos distintamente do que as Suplicantes. A este coro é atribuida uma característica simples e ampla, o Medo — emoção natural num grupo — que é usado em escala importante no enredo; mas na maior parte da peça o coro não passa de um puro Coro, não um agente pessoal como as Suplicantes. Mas embora Etéocles, o actor, abra esta peça e não nos deixe dúvidas desta vez, acerca de quem é o Protagonista, o coro é ainda uma parte tão integrante da estrutura que, artìsticamente, dá forma a todo o drama.

Ésquilo escolhe então um irmão e inventa uma situação — de qualidade particularmente boa — na qual todo o interesse se concentra sobre ele. Mas isto é apenas o princípio. Tem de se fazer com que o enredo se movimente e o poeta tem de decidir como é que o destino vai alcançar a sua vítima. Se por puro acaso — e então o antigo disparate [1] acerca do Destino na Tragédia Grega seria verdadeiro e não haveria tragédia; se pela sua procura deliberada e encontro com Polinices em campo aberto, o que nos dá uma amostra edificante de perversi-

---

[1] E não de todo antigo. Willems (*Melpomène*, pp. 43, 91, 93) fala das personagens de Ésquilo como sendo «jouets», «assujettis aux caprices des dieux». [Em francês, no original. (N. do T.)].

dade, mas, mais uma vez, não temos tragédia e sim apenas melodrama. Dramàticamente, o melhor será, se for possível, ver o fratricida designado a passar de uma improbabilidade aparente para uma probabilidade terrível; moralmente, se formos capazes de enxergar, sendo Etéocles o que é, que não era possível outra saída e que o triste destino herdado é a projecção da situação herdada e do carácter herdado. Se o enredo de *Os Sete contra Tebas* merece ser comparado com o de *Rei Édipo* é porque Ésquilo conseguiu dar-lhe esta forma através de meios simples e naturais e lançando mão das convenções próprias da Tragédia Antiga. Fê-lo com o mínimo de meios e o máximo de efeitos.

A cena de abertura é esplêndida quanto à montagem, poesia, e caracterização. A força de Etéocles é projectada contra o sombrio pano de fundo, o perigo iminente em que está a cidade, sendo-nos imediatamente transmitida a sensação de que ele é, com certeza, um homem digno da crise e de a enfrentar. Com calma e prudência toma as suas resoluções; domina absolutamente a situação. Mas de repente, (v. 70) ao ouvirmos a sua invocação de uma «maldição vingadora de um pai», compreendemos que a cidade ameaçada não é mais do que o pano de fundo para a realização da própria ruína de Etéocles. O perigo público mostra-nos, com certeza, os homens desesperados que são os irmãos ou finalmente, Polinices, mas a não ser que os vejamos apenas à luz da supressão dos perigos públicos, a realização do destino deve erguer-se, na escala dramática, mesmo acima da ameaça a Tebas. Ésquilo é um dramaturgo seguro de si.

Nesta cena não se sugere que os irmãos se vão encontrar nesse dia em combate singular [1]. Etéocles é Rei e na sua qualidade de Rei toma as suas disposições para a defesa da cidade, o que implica, conforme o Mensageiro lhe diz, colocar nas sete portas «os campeões escolhidos, os mais valentes da cidade». Polinices é também chefe de um exército. O seu nome é cuidadosamente conservado na sombra e não somos levados a pensar que os dois chefes entrarão em combate. Sabemos qual será o resultado; mas para Etéocles e para nós, se analisarmos a situação de momento, parece remoto que este dia veja o cumprimento da maldição.

O coro, no entanto, altera as coisas. Num contraste marcante com a dignidade varonil da cena de abertura, chega atabalhoadamente um coro de mulheres jóvens [2] mortalmente atemorizadas pelo inimigo de fora e apelando descontroladamente para os Deuses de dentro. Contra este turbulento pano de fundo Etéocles conserva-se firme. De novo nos é dada a estatura do homem — mas há mais do que

---

[1] A minha dívida para com Verral é aqui evidente. Nunca vi uma resposta à pergunta de Bayfield (*Classical Review*, 1904, pp. 160 *seq.*) acerca de qual poderá ser a questão dos vv. 653 *seqq.* Etéocles suspeitou que o próprio Polinices pudesse ser um dos Sete Argivos?

[2] E no excitado ritmo dócmio, não no anapesto de marcha que era habitual. Ésquilo esqueceu, de momento, como a Tragédia Grega é estática.

isto no episódio. As mulheres são um elemento tão perigoso na cidade sitiada que para as tranquilizar Etéocles diz que ele próprio ficará a uma das suas portas. A alteração do plano natural e pressagiado faz-se quase que acidentalmente, aparentemente a partir da turbulência das mulheres. O coro, pensamos, já justificou a sua existência ao fornecer um tão admirável pano de fundo; agora podemos ver nele algo mais do que simples decoração. A improbabilidade de os irmãos se encontrarem tornou-se sensìvelmente menor e isso sem culpas para Etéocles [1]. Não tem motivos para supor que também Polinices combaterá em pessoa; age por simples prudência — o que sabemos, e a sua inconsciência é terrível.

Tendo, por fim, forçado o coro a uma ordem decente, Etéocles vai tratar do seu assunto deixando o coro a cantar uma ode viva sobre os terrores que caem sobre uma cidade capturada — terrores que Polinices está pronto para infligir à sua própria cidade.

Vem agora a cena longa e crucial. O Espião diz ao Rei o que descobriu. Sete campeões das hostes Argivas foram escolhidos para assaltar as portas. Descreve-se cada um, em cada uma das portas — o seu carácter, a sua aparência e o emblema e mote

---

[1] Kranz (*Stasimon*, p. 172) salienta que este Coro perde gradualmente o carácter, tornando-se os seus elementos simples representantes da cidade que chamam a Etéocles τέκνον (686). É isto que esperaríamos: o Coro é vivamente caracterizado *sómente enquanto afecta a acção;* a data é irrelevante.

no escudo. Etéocles aponta a defesa apropriada contra cada um e de cada uma das vezes o coro canta uma estrofe curta. Se nos contentarmos em aceitar tudo que seja de Ésquilo desde que seja boa poesia e boa moral, esperando pelas nossas emoções dramáticas até a tragédia ter crescido, podemos achar a cena comprida, formal e insípida. Formal é, como formal era o colóquio de Pelasgo com o coro e pela mesma razão que o coro é ainda um elemento de domínio na peça e não um pano de fundo para os actores; pela razão também que esta formalidade é o acompanhamento perfeito do fogo vulcânico que está latente sob a superfície. Esta rebuscada ostentação de heráldica, esta antífona de vícios e de virtudes constituem um desfile irónico e cerimonial que conduz Etéocles à morte.

Há sete portas e podemos adivinhar, embora Etéocles o não suspeite, que Polinices tomará a seu cargo a sétima. Portanto Etéocles tem seis oportunidades de segurança — mas o interesse da cena é que Ésquilo não deixa as coisas à sorte. Faz de Etéocles não só um comandante prudente mas também um homem de agudas percepções morais, e deste modo arruina-o. Contra cada atacante, que é prefigurado igualmente no seu físico, no seu emblema, no seu mote, na sua linguagem, nomeia não só um combatente adequado, mas o homem melhor preparado, pelo seu carácter moral, para enfrentar o assaltante determinado. É impossível a Etéocles dizer de cada vez: «Sou o homem para resistir a esta forma de perversidade». Não enfrenta o seu opositor natural enquanto não chega à sétima porta.

Na primeira Tideu blasfema raivosamente. «Quem», pergunta o Espião, «lhe opões?» Não é, como penso, sem um desígnio, que Ésquilo faz começar a resposta por: Κόσμον μὲν ἀνδρὸς οὕτινος τρέσαιμ' ἐγώ: «A indumentária de nenhum homem me poderia intimidar». Parece que Etéocles está decidido a tomar a primeira porta. Durante dez versos ficamos em suspenso; ouvimos então o pronome outra vez: «Eu, contra Tideu, mandarei o bom filho de Ástaco» — e veremos que isso era impossível. Ficam cinco oportunidades e Etéocles não sabe que Polinices está a combater.

Capaneu é pior que Tideu. «Quem esperará, sem vacilar, este homem e a sua jactância?» Etéocles continua o seu inconsciente minuete com a Morte; outra vez se torna inevitável que pense em outro que não ele. Quatro oportunidades.

A terceira porta: Etéoclo. Aceitará, certamente, o Rei, um augúrio? Etéocles contra Etéoclo? Não; Megáreu, «por um acaso feliz» já foi mandado — um belo golpe. Na quarta porta encontra-se Hipomedonte, um segundo Capaneu; e o opositor que a natureza lhe destinou é Hipérbio. Desta vez o Rei aceita um augúrio; Zeus num escudo, levará a melhor, mais uma vez, sobre Tifeu no outro. A seguir, a figura romântica de Partenopeu, cujo adversário na maneira de ser, e portanto também na batalha, deve ser um ἀνὴρ ἄκομπος, um homem sem jactância. Mais uma vez, a escolha é óbvia para Etéocles; Actor é enviado e perde-se uma oportunidade de segurança.

Mas, ai! Na sexta porta está a figura nobremente trágica de Anfiarau, «o vidente, o mais virtuoso dos homens e o mais valente no combate», ele próprio condenado a não regressar a casa e, por estar nesta porta, condenado a causar o cumprimento da maldição de outrem, a maldição de Édipo sobre seus filhos; pois agora, mais do que nunca, Etéocles não pode pensar em si próprio. Todos sabíamos, evidentemente, que Anfiarau fazia parte da história. Tinha de entrar nela como figura trágica, mas não sabíamos que seria desta maneira. É um clarão crestado de ironia trágica, que quase não tem paralelo em Ésquilo e com o qual não há aproximações, seja onde for. Esta última oportunidade, ver que o seu próprio opositor fosse Anfiarau, nunca existiu; resta apenas a Etéocles ouvir quem é o seu próprio adversário, ouvir falar da raiva insensata que anima Polinices e que desafia a sua própria.

Não é preciso falar da força com que esta cena é conduzida até ao desfecho. Uma súbita revelação patenteia-nos o outro lado de Etéocles, o seu ódio pelo irmão, a sua falta de perícia e a relutância em dominar a louca e fatal precipitação em direcção ao seu trágico destino [1]. Consuma-se aqui o domínio rígido exercido durante tanto tempo.

---

[1] Não consigo ver aqui ou em qualquer outra parte da peça um sinal de que Etéocles se entrega à morte a fim de salvar Tebas e a teoria da Tragédia Grega de Pohlenz. Se o fizesse, seria uma ideia dramática, mas não de Ésquilo, penso eu. O aspecto da maldição, de que qualquer descendência de Laio destruiria Tebas, é conservado

Ao longo desta cena o coro mantém-se activo, cantando e dançando uma estrofe depois de cada par de falas e mantém-se fiel ao tema único que é o perigo que impende sobre Tebas. Interligado o coro, deste modo, com o diálogo, as falas têm uma ressonância tão antifónica; um diálogo vivo entre estas expressões líricas formais teria sido impossível. O conjunto é de concepção arquitectónica, com um equilíbrio perfeito: o coro maleável, tremendo pela cidade, o herói capaz de ver com tanta clareza e de ser tão cego, avançando lentamente em direcção ao seu destino, o quase automático Espião fornecendo os factos. O segundo actor, como é apenas um instrumento, não pode diminuir a estatura do herói; a única força pessoal que pode entrar ao lado da do herói é a do coro e esta, sendo a emoção comum do medo, não compete com a personalidade do herói, antes a coloca numa posição de isolamento, o que a torna mais impressionante.

Na ode que se segue, o interesse, de certo modo, alarga-se; estamos a aproximar-nos do final da trilogia. Esquecendo de momento o seu próprio perigo, o coro pensa apenas na ruína da casa real. Aparece

---

muito em segundo plano; evidentemente que Ésquilo não nos pode permitir a sensação de que, se Etéocles for sensato bastante para escutar o coro, Tebas está perdida. Por isso é que a referência só é feita *depois* de se consumar a escolha fatal (vv. 745 *seqq.*). Méautis (*Eschyle*, 105 *seqq.*) arranja um Etéocles também interessante, mas demasiado dependente do γε do v. 71 e de inferências possíveis mas não necessárias.

a imagem do Estrangeiro de Cálibe, elemento característico das figuras de Ésquilo, desta vez inteiramente ao serviço do seu inventor; uma nota tensa que revela perfeitamente espíritos tensos. A ode desenvolve-se com uma sombria magnificência, raia apenas durante um momento o perigo comum e acaba por ficar na Maldição, quando o Mensageiro entra com as notícias da vitória, cuja ressonância é estranhamente remota.

Os actores tiveram a palavra; encontramo-nos numa zona onde apenas o coro pode viver. A Tragédia Intermédia teria finalizado esta história com um discurso do mensageiro, sóbrio e eloquente, a descrever o fim dos dois irmãos, e um breve lamento por parte do coro. Está bem assim, porquanto tais descrições do acontecimento são a conclusão lógica do seu tratamento mais realista. A Tragédia Antiga omite os pormenores porque não pertencem ao seu tom mais lírico. Um juízo passageiro é um passatempo disparatado; bastará dizer que este final também é lógico e belo [1]. Esta última cena é também um aviso para que não nos sintamos demasiado prontos a explicar a última cena de *Os Persas* citando a ausência da música e da dança. Também aqui elas faltam, mas a nobreza do hino fúnebre é, não obstante, aparente. É um longo hino, pois tem de suportar o peso de toda a trilogia e encontra-se

---

[1] A cena entre o Arauto e Antígona, que aparece no nosso texto, é espúria.

trabalhado com todo o cuidado, ilustrado por um simbolismo imaginativo que quase não soa a Grego — o Estrangeiro de Cálibe. Encontrámo-lo na ode anterior (v. 727). O Mensageiro corrobora, aparentemente, com o seu Σκύθη σιδήρῳ (817); e através do simples σὺν σιδάρῳ do v. 883 e o duplo σιδαρόπλακτοι dos vv. 912-13, chegamos à completa personificação nos vv. 941 *seqq.*:

πικρὸς λυτὴρ νεικέων
ὁ Πόντιος ξεῖνος ἐκ πυρὸς συθεὶς
θηκτὸς σίδαρος [1]

As imagens são sentidas tão vivamente que o Estrangeiro se torna quase num actor sobrenatural que só o coro pode ver. Esta ode não é um substituto, um mero libreto, antes uma composição dramática lírica pensada e sentida tão intensamente como qualquer outra parte da peça e que leva a trilogia a um final que beira uma nova dimensão.

Podemos agora ver a resposta a algumas das questões que o segundo actor levantou. Em caso nenhum usurpa a solidão do herói; Etéocles está tão solitário como Pelasgo. O segundo actor não se destinava a ser um realce ou complemento do primeiro, mas simplesmente a fornecer-lhe os factos aos quais tem, de um modo ou de outro, de se acomodar.

---

[1] «Solução cruel da contenda, o Estrangeiro do Ponto que salta do fogo, a espada afiada».

Não há acção recíproca entre os dois. O Espião leva certas forças a actuar sobre Etéocles e este absorve-as todas; não olhamos para trás para ver o efeito que ele, por seu turno, produz sobre o Espião, como olhamos outra vez sempre que duas personagens de Sófocles, sejam elas quais forem, entram em contacto. Nem a função do coro é muito diferente. Na verdade, o coro tem personalidade, mas o facto é usado como «momento» único, na situação. Uma vez que o seu pânico fez com que Etéocles desse o primeiro passo fatal, a sua influência pessoal está exausta e torna-se puro Coro. Não há uma acção recíproca real de personalidades, e estamos mais longe do que nunca da cena cruzada de Sófocles.

A função do segundo actor é fazer com que a situação se desenvolva. Em vez da situação estática de *As Suplicantes* que apenas cresce em intensidade, temos uma situação que se movimenta graças às informações recentes que o Espião é capaz de trazer.[1] O que tem como consequência importante que o herói deve ser caracterizado. Não importava muito o tipo de pessoa que Pelasgo era; é de vital importância o que Etéocles é. Se não for o homem que é — o comandante corajoso mas prudente, um

---

[1] Um sinal da superioridade de *Os Sete contra Tebas* sobre *Os Persas* é que, se Etéocles é afectado por algo de pessoal, é-o pelo coro. O coro afecta-o por ser alguma coisa, o outro actor só por dizer alguma coisa. A personalidade do coro, sendo da comunidade e mantendo-se na orquestra, obscurecerá menos a do herói do que uma personalidade ao lado dele no palco.

homem de profundo discernimento moral, mas combinado com a imprudência fatal que o leva a atravessar o risco — então, nada acontece. *Os Sete contra Tebas* é a nossa primeira tragédia de uma personagem e Etéocles o primeiro Homem do palco Europeu. Vemos Etéocles em corpo inteiro, não esboçado como Pelasgo, nem uma personagem sem relevo como Xerxes; mas temos de nos acautelar contra a tendência para tratar o processo de caracterizar as figuras de Ésquilo como uma questão de cronologia. Ésquilo não «avança» nestes pontos essenciais nem o processo de caracterizar as figuras de Sófocles é um «avanço» sobre as suas. É diferente porque a ideia trágica é diferente. Agamémnon está manifestamente menos modelado do que Etéocles porque a sua tragédia é concebida de modo diferente; e porque ficamos a saber que Édipo se zanga com os seus subordinados, e que Creonte é uma fera para os seus enquanto que Etéocles não toma simplesmente qualquer atitude para com o seu Espião? Não porque Ésquilo esteja ainda a aprender a arte da caracterização dramática e continue sem saber que estes efeitos dramáticos são bons. Abstém-se de dramatizar o comportamento de Etéocles em relação ao Espião, tal como se recusa a dizer-nos como se comporta em relação a sua mulher, ou se é que a tem: porque isso não tem significado para a tragédia de Etéocles. A impaciência de Édipo e a aspereza de Creonte são significativas; eis porque os traços estão lá. Os Gregos deixaram aos mestres modernos da caracterização o esgotar das possibilidades do insignificante.

Quer dizer, a caracterização é tão altamente convencionalizada como a realização, o estilo e o enredo — porque é altamente convencional que o ataque e defesa de Tebas devam ser moralmente idealizadas desta maneira. O uso da convenção deve ser minucioso, caso contrário sobrevir-lhe-à a desarmonia. A estrutura rígida da peça, a inobservância do naturalismo, o uso restrito da caracterização não são os arcaísmos bizarros de um drama que ainda não atingiu a maioridade, mas sim convenções deliberadamente procuradas para dificultar a intrusão de um naturalismo que destruiria a ilusão.

Contudo, as linhas severas da peça encontram-se atenuadas num aspecto importante. O enredo não oferece desvios, deformações e palpitações, antes se desenvolve num crescendo simplesmente terrífico; obtém-se no entanto um alívio notável pelo manuseamento do coro. A este facto estão atribuidos dois temas principais, o perigo para a cidade e o perigo para Etéocles. Ao princípio prevalece o primeiro; quando Etéocles reduziu o coro à submissão e começa a rejeitar as suas oportunidades, uma atrás da outra, é ainda — naturalmente — o perigo normal que ocupa o espírito do coro. Etéocles aproxima-se nìtidamente mais do desastre, mas Ésquilo conserva-se ainda retirado com o seu coro, «escolhendo a ocasião» para o seu golpe até que, no último momento, quando Etéocles se precipita, o perigo para a cidade é esquecido e o coro lança todo o seu peso sobre o tema da queda da casa de Laio. Podemos assim observar o movimento dramático através de dois meios, na acção e no espírito do coro; e o coro, que desta maneira é entretecido na própria teia do drama, desempenha um papel mais importante do que em *Os Persas,* embora tendo concedido ao actor o privilégio de abrir a peça. A história técnica da Tragédia Grega é, em grande parte, a relação dos esforços para tornar o Coro parte integrante de um sistema contìnuamente em mudança. Várias vezes o equilíbrio se perdeu e se encontrou. Aqui se obtém o resultado pretendido e a consequência é o tremendo poder de uma peça que se acha concebida nos moldes da perfeição: o tema exactamente realizado quanto à forma, o enredo simplesmente genial e a caracterização e poesia do mais belo que Ésquilo jamais fez. «Nada a não ser perfeição e beleza».

4. «Prometeu Agrilhoado»

Prometeu, seja qual for a sua data [1], pertence ao tipo de drama que temos vindo a chamar Tragédia

---

[1] Quanto à data, as judiciosas observações na edição de Sikes e Wilson (Introd., pp. 35 *seq.*) ainda me parece darem o que se pode dizer com proveito, que a peça se encontra entre *Os Sete contra Tebas* (467) e a *Oresteia* (458), embora o tema quase apocalíptico nos possa levar a colocá-la mais perto da *Oresteia* do que de *Os Sete contra Tebas.* O Professor G. Thomson (na introdução à sua edição) argumenta a favor de uma data mais tardia do que a *Oresteia* e não negarei

Antiga. Embora no prólogo sejam usados três actores [1], com determinado propósito, durante o resto da peça todo o interesse gira à volta do herói e do seu destino e tudo lhe está subordinado tão rìgidamente como em *Os Sete contra Tebas*. Olhamos sempre a partir das personagens menores para o herói, nunca para trás, excepto talvez bastante ligeiramente no que toca a Oceano; não há, certamente, justaposição de personagens, pelo menos como é o caso de Agamémnon e de Clitemnestra [2]. Com efeito, como se quisesse afirmar na sua forma mais extrema

---

a possibilidade, mas a sua análise da doutrina do πάθος μάθος, na minha opinião, não convence e, de qualquer forma, é coisa por demais incerta para se tomar por base de uma cronologia precisa; e as suas estatísticas de estilo, quando muito apenas provam que a peça é tardia. E não esqueçamos que as provas das estatísticas de estilo se referem ao estilo, não à data — até que se prove posteriormente que o estilo do poeta mudou cronològicamente. O de Eurípides mudou, mas não o de Sófocles — pelo menos não sem muito grandes reservas — e eu, pela minha parte, hesitaria em fazer uma afirmação tão simples acerca de um dramaturgo tão corajoso como Ésquilo. (Pohlenz faz uma pergunta pertinente sobre o estilo de Ésquilo àqueles infelizes que julgam que Ésquilo não escreveu esta peça: Porque *falaria* Prometeu como Cassandra?).

[1] Croiset diz bem, quanto à ideia de que, no prólogo, Prometeu era representado por um manequim e que portanto havia apenas dois actores: «Il n'est pas donné à tout le monde de croire à ce mannequin» (*Hist. Lit. Gr.*, III, 188, nota). [Em francês, no original — (N. do T.)].

[2] É isto que causa a minha relutância em aceitar a data do Professor Thomson porquanto *Prometeu* parece encerrar definitivamente uma época; mas estou muito longe de julgar que tais épocas não se sobrepõem.

os direitos do drama mais antigo, Ésquilo dá-nos um herói literalmente incapaz de se mover e um enredo que se pode considerar como uma reacção ao do de *Os Sete contra Tebas*. O drama novo e activo que estava a entrar em moda é firmemente colocado no seu lugar. No prólogo Prometeu é agrilhoado por Hefestos sob a direcção das abstracções Poder e Força personificadas, e daqui até à chegada de Hermes a situação permanece sem alteração. O coro das Oceânides vem manifestar simpatia e Oceano instigar à submissão; Io passa perto, no seu voo e provoca uma renovada indignação contra o perseguidor comum; mas no sentido próprio nada «acontece» até que Hermes ordena a Prometeu que revele o seu segredo e Prometeu é empurrado para baixo, para o Tártaro, por causa da sua desobediência. Em sentido real, temos dois movimentos dramáticos relacionados durante estas cenas. A crueldade de Zeus e a decisão de Prometeu de resistir até ao fim são cada vez mais patentes; e um poderoso movimento dramático se origina na revelação gradual do segredo que é a arma de Prometeu contra Zeus.

Ésquilo empenhou-se aqui na tarefa de transformar uma longa série de acontecimentos em drama quase sem auxílio da acção. Tem de esboçar as relações entre Zeus e Prometeu desde o princípio — como Prometeu abandonou os Titãs e auxiliou Zeus na vitória porque os Titãs não eram nada inteligentes no uso que faziam dos seus estratagemas, ao contrário de Zeus (297 *seqq.*); como salvou de Zeus a raça humana (231 *seqq.*); como, ao fazer isto por pura compaixão para com os homens, foi mais longe e lhes ensinou todas as artes da vida. A raiva de Zeus, a punição de Prometeu, a sua continuada provocação e a sua esperança distante completam esta parte da história e formam a única parte que pode ser representada no palco. Com efeito Ésquilo dramatiza as emoções, não os acontecimentos.

Aqui não há muito material claramente dramático. É claro que o agrilhoamento fará uma cena, mas um estado de provocação contínua não é a mais aparente fonte de acção dramática. Havia outras dificuldades. Os tratamentos dos deuses omnipotentes uns com os outros não são fàcilmente tornados dramáticos; o que acontece, realmente, quando o irresistível se encontra com o inamovível? Homero, sem dúvida, não fez os seus deuses muito à semelhança divina, em parte porque esta era a única maneira de se servir deles como agentes dramáticos; Ésquilo apropria-se das concepções primitivas, algumas das quais sustentam o seu mito, em particular a concepção sombria de uma Necessidade ainda mais forte que os deuses. Não precisamos de ver nisto mais do que uma conveniência dramática. Ésquilo não está a propor uma ideia teológica, mas a tornar possível uma disputa entre os dois deuses; porque, se nada é superior a Zeus, Prometeu não pode ter domínio sobre ele. Outras dificuldades são simplesmente ignoradas, por exemplo, como é que Prometeu foi capaz de salvar a raça humana desafiando Zeus. Ambos são tratados vagamente como poderes coordenados, sendo Zeus certamente o mais forte, mas não omnipotente [1].

Sendo, deste modo, limitados os poderes de Zeus, o desafio contínuo do seu adversário torna-se dramàticamente significativo; mas não pode ser drama excepto no espírito do drama lírico, cuja essência não são o movimento e a acção, mas a emoção e a intensificação dramática. O verdadeiro movimento dramático aqui é o que se verifica no espírito do imóvel Prometeu e o modo como Ésquilo o apresenta faz dele um dos maiores triunfos do teatro Grego.

Ésquilo começa esta apoteose da Tragédia Antiga enxertando-lhe corajosamente a invenção do Terceiro Actor, de Sófocles. Teremos mais a dizer sobre esta atitude de Ésquilo quando chegarmos a *Agamémnon*. Tem-se afirmado que ele usou três actores juntos apenas com a condição de que não deveriam falar todos três ao mesmo tempo, mas tal timidez não é, de modo nenhum, própria de Ésquilo. Raramente queria três actores que falassem ao mesmo tempo porque as suas concepções trágicas não se orientavam nesta direcção. Pelo menos aqui, o caso é perfeitamente claro. O terceiro actor permitia a Ésquilo representar a cena da crucificação em acção, sem sacrificar o grande efeito dramático do silêncio

---

[1] Méautis (*Eschyle*, pp. 78) discute este ponto muito sensatamente e Bogner (*Philologus*, 1932, 470) salienta que apesar de Homero, os deuses não estão «fixados»; Zeus podia ser submetido à Μοῖρα.

desdenhoso de Prometeu; o seu espírito está fixado em Zeus e não condescenderá em falar aos seus sequazes. Mas se Prometeu não falar, alguém terá de o fazer e um monólogo do que crucifica será menos interessante e valioso do que o diálogo que se pode agora conseguir. Ésquilo bem podia ter feito aparecer o seu coro imediatamente, mas isso teria sido usar demasiado depressa o movimento dramático à disposição e teria sacrificado outro efeito dramático, a solidão extrema do lugar. O terceiro actor resolve todos estes problemas. Kratos (com Bia como supra-numerário) dirige Hefestos e Prometeu permanece silencioso. Um, dois ou três perseguidores — é-lhe completamente indiferente. Posteriormente, agora que dois agentes estão presentes, será mais dramático e interessante caracteriza-los de forma diferente e este ponto óbvio é utilizado para um bom fim: Kratos é inteiramente desumano, Hefestos é relutante e tem simpatia para com o deus seu semelhante. Além disso, o contraste, já de si interessante, dá-nos uma sensação poderosa da estatura de Prometeu—o que ele tão esplêndidamente ignora, e contém uma forte crítica a Zeus. Hefestos é uma «testemunha hostil» na medida em que pertence ao lado cujos privilégios Prometeu infringiu; o fogo em particular, «a tua flor», como Kratos lhe recorda, roubou-o ele e deu-o ao homem. Contudo Hefestos mostra a maior repugnância pela sua tarefa. Admite que Prometeu actuou mal (πέρα δίκης), mas o castigo é de uma selvageria que só a novidade da soberania de Zeus pode explicar. Contudo nem a acusação nem a simpatia arrancam uma única palavra a Prometeu.

Depois de se terem ido, Prometeu, ao que supomos, fica silencioso por algum tempo. O prólogo terminou e inicia-se a peça, peça de situação estática em que todo o movimento é interior e que começa com o silêncio quase intersideral deste lugar remoto [1], terminando com o ribombar de montanhas que se abrem. Está construida sobre uma série de embates do coro, Oceano, Io e Hermes em Prometeu — mas embates que produzem mais luz e calor do que movimento. Prometeu é mostrado numa série de relações cuidadosamente dispostas; primeiro sòzinho, depois com o coro das Oceânides, a seguir com Oceano, depois com Io. A escolha destes e a ordem por que aparecem não é arbitrária, mas não é, de modo nenhum, inevitável; não podemos dizer que vêm κατὰ τὸ εἰκὸς ἢ τὸ ἀναγκαῖον, conforme a lei da sequência inevitável ou provável de Aristóteles. Seria possível, e tão justo como natural, que Io aparecesse diante de Oceano — o que não implica censura, por parte de Aristóteles, de peças nas quais as cenas podiam ser transpostas sem que isso fizesse qualquer diferença. A regra de Aristóteles não é válida aqui. Há uma lei de tensão crescente e não de sequência lógica ou «natural». Trocar as posições de Oceano e de Io não seria infringir a lógica — a

---

[1] A solidão e o silêncio são ambos mencionados por Hefestos na sua primeira fala.

não ser a lógica que obriga o Prelúdio a preceder a Fuga e o Scherzo a seguir-se ao Andante. Oceano e Io não estão lá para ajudar à apresentação de uma série lógica de acontecimentos pois, como vimos, Ésquilo está a dramatizar uma condição e não acontecimentos que simplesmente se desenvolvem no drama interior, a oposição de Prometeu a Zeus.

Depois da crucificação vemos Prometeu sòzinho, gritando a sua indignação à terra e aos céus [1]. O propósito da cena é bem claro. Protela ainda a entrada do coro, efeito que não é para ser usado tão cedo e que nos mostra claramente aquele silêncio e distância de que Hefestos falava, efeito dramático poderoso (e parte essencial da punição) que não deverá ser desperdiçado. O benfeitor da humanidade não tem ninguém para quem se voltar a não ser a natu-

---

[1] Schmidt-Staehlin (I, 2, p. 73, nota 5) afirmam, como parte do argumento que *Prometeu Agrilhoado* é apócrifo, e que Ésquilo não conhece as monódias: «Aischylos kennt diese Form nicht». [*Em alemão, no original* — (N. do T.)]. Não sei o que isto quer dizer. Se significa para nós o facto assente de que ele nunca escreveu nenhuma, não é verdade e trata-se de uma *petitio principii*. Se a implicação é que, numa situação dramática como esta Ésquilo não teria tido a perspicácia, ou a coragem (se é que coragem era precisa) para se servir de monódias, não tem valor. Se significa que Ésquilo nunca se teria permitido meter-se numa situação destas, sobrevaloriza a prudência dramática de Ésquilo. As monódias não aparecem em Sófocles até *Electra,* que é relativamente tardia, não porque Sófocles não «as conhecesse» até então, mas porque até então não tinha precisado delas. As razões das monódias em *Electra* são perfeitamente simples, se as procurarmos, e são muito semelhantes às das monódias aqui.

reza inanimada. Mas neste curto passo há mais do que economia dramática e patético: a solidão dá uma amplitude mais vasta ao ritmo da peça. Enquanto Sófocles nos mostra Electra sòzinha antes de a sujeitar às forças dramáticas que fazem a sua peça e que agem, por assim dizer, do nível mais baixo possível até ao mais alto, assim Ésquilo prolonga esta solidão o mais que pode; é este o melhor contraste possível com a terrível catástrofe com que a peça vai terminar.

O passo seguinte consiste na introdução do coro, um bando de donzelas do mar semi-imaginárias; contraste esplêndido com Prometeu, a rocha agrilhoada a uma rocha. Estas gentis interlocutoras permitem a Prometeu, à boa maneira de Ésquilo, relatar os seus serviços tanto a Zeus como à humanidade; mas além deste propósito evidente, têm outro: pela sua comiseração, extrair cada vez mais a indignação de Prometeu contra Zeus, orientar na direcção da sua primeira alusão ao segredo (189 *seqq.*) [1] e reforçar a imagem já sugerida da crueldade do novo tirano. O carácter deste coro é largamente determinado pelas necessidades do ritmo dramático. O ponto culminante na revelação dos modos cruéis de Zeus e na resistência que lhe é oferecida, está a ser reservado para Io, pelo que o coro deve ser relativamente brando.

Quanto às séries de falas que Prometeu faz ao coro, devemos observá-las no que são; na represen-

---

[1] Hefestos fez a primeira insinuação (v. 27): «O teu salvador ainda não nasceu».

tação actual este ponto seria suficientemente claro. Ésquilo não está simplesmente a explicar-nos a situação, como é que surgiu. O que Prometeu fez por Zeus, o que fez pelo Homem não são apenas coisas que conduziram à situação actual; *são* a situação actual, parte do estado de espírito actual de Prometeu — pois que o drama essencial é precisamente o seu estado de espírito actual. Milton faz o mesmo quanto a Sansão (o *Agonistes* é Tragédia Antiga pura) naquelas falas iniciais em que Sansão compara o que é com o que foi; falas perante as quais nos espantamos que algum crítico tenha tido a audácia de dizer que Milton «não era dramático»[1].

Para conferir uma força nova a Prometeu e aprofundar a nossa compreensão da sua hostilidade para com Zeus — aproveitando para quebrar esta sequência de falas — Ésquilo introduz Oceano; pessoa amável com inclinações políticas, capaz de dar conselhos e oferecer mediação como o coro não pode. A resposta de Prometeu é instigá-lo a não se ocupar com o que o possa levar à ruina; Zeus é implacável e invencível. Descreve-se a punição de Atlas e o poder e castigo de Tifeu, com uma minucia que poderia, à primeira vista, parecer não-dramática enquanto Oceano é mantido à espera. Mas nesta peça intemporal que não se ocupa de uma série de aconteci-

---

[1] Quer em *Agonistes* quer no *Paraíso Perdido*. Os passos em que o *Paraíso Perdido* é não-dramático, devem-se ao facto de Milton, ao contrário de Ésquilo, não pôr quaisquer limites ao poder do seu Deus.

mentos, a espera não tem importância; a descrição
é dramática, não decorativa, porque brota directamente (mesmo a descrição do Etna) do tema dramático da peça isto é, os pensamentos de Prometeu
acerca de Zeus. O único fito da cena de Oceano
é dar-nos a medida do poder de Zeus e o desafio
que lhe faz Prometeu.

Quando Oceano é firmemente mandado embora,
o coro desenvolve o tema cantando explìcitamente
a tirania de Zeus, e abrangendo todo o mundo,
representa todas as nações que manifestam o seu
pesar pelo destino de Prometeu. Este vasto reunir
de povos está de acordo com os discursos geográficos feitos por Io; está igualmente na mesma linha
do relato, que vem a seguir, dos serviços de Prometeu ao Homem. Também aqui Milton apresenta
características semelhantes a Ésquilo. Quando S. Miguel
e Adão ascendem «ambos nas visões de Deus» e
abarcam do alto do Paraíso a extensão do mundo
e o caminho futuro do Homem [1], Milton está (primeiramente) muito próximo do espírito de Ésquilo,
enquanto este abarca a extensão do mundo e o
caminho passado do Homem — mesmo que, mais
tarde, possamos começar a sentir que em Ésquilo
o herói é que estava agrilhoado, enquanto que no
Paraíso Perdido era o poeta.

O silêncio mantido por Prometeu no final da
ode e o desespero em que cai no fim da sua fala
seguinte, são momentos poderosos no ritmo dramá-

---

[1] *Paraíso Perdido*, XI, 370 *seqq.*

tico do conjunto. Aqui, no meio da peça, ao contemplar o que fez pelo homem, está no seu ponto mais baixo — o que contrasta com a sua rejeição decidida das ofertas de auxílio de Oceano, um contraste maior com o que se seguirá à aparição de Io [1]. A cena termina com a segunda alusão de Prometeu ao segredo; também Zeus está sujeito à Necessidade — mas o que a Necessidade lhe tem reservado precisa de uma personalidade mais poderosa que a do coro para o extorquir de Prometeu.

Quando o coro sugere a Prometeu que honrou o Homem (esse ser fraco) a mais, e Zeus a menos, surge esta personalidade mais poderosa. Io, precipitando-se freneticamente para cá e para lá perseguida pelo seu moscardo imaginário, constitui o contraste completo com Prometeu agrilhoado, mas é igualmente vítima de Zeus e da sua «lei privada»; [2] ela é quase uma personificação da crueldade simplória do Deus. O seu papel estimula ainda mais a nossa

---

[1] De novo se pode ver uma semelhança entre esta peça e *Electra*. (Ver adiante, p. 311 *seq.*). E as duas falas aqui, a primeira tratando da mais primitiva das artes que Prometeu ensinou ao homem, a segunda das artes mais altas da civilização, deveriam certamente estar no espírito de Sófocles quando construía a segunda ode de *Antígona*.

[2] Ἰδίᾳ γνώμᾳ (543) faz lembrar ἰδίοις νόμοις κρατύνων (403). Ambos os adversários estão a actuar «particularmente»; sugestão clara de que mais algum sistema universal está para ser estabelecido no fim. — Méautis (*Eschyle,* p. 82) considera que Io, sofrendo às mãos de Zeus, forma uma espécie de paralelo com Prometeu, de modo que a libertação eventual dela é garantia da dele — como, na verdade, é o descendente dela que o irá libertar.

indignação para com Zeus e faz com que Prometeu revele o segredo da queda final de Zeus — trazendo assim a catástrofe. O relato que Io faz da sua terrível perseguição, embora pouco tenha a ver com Prometeu, faz parte essencial do ritmo da peça; e a geografia, como os pormenores do Etna, empresta o seu peso à nossa compreensão do que as vítimas de Zeus têm de sofrer, levando-nos assim em direcção ao ponto culminante.

Quer dizer, a sensação de toda a cena é essencialmente lírica. Apesar dos pormenores geográficos, a concepção e o movimento do todo estão mais perto do drama da música do que do drama do intelecto e da prosa. Na verdade ao apresentá-los por meio de actores e não de um coro, Ésquilo coloca-se a si próprio em dificuldades. Para evitar a repetição da história das desgraças de Prometeu, tem de cavalgar na frase de Ésquilo Τοσοῦτον ἀρκῶ σοι σαφηνίσας μόνον (621). A história passada de Io (que não pode ser dispensada) é trazida não sem naturalidade — supondo que as Oceânides são Helénicas — pela simples curiosidade do coro e a sequência das falas é, mais uma vez, cuidadosamente interrompida, agora pelo diálogo acerca do segredo (757 *seqq.*); mas quando Prometeu restringe Io a uma escolha entre duas falas e então dirige uma a ela e a outra ao coro, como uma dádiva, não podemos deixar de sentir que a matéria está a submeter a forma a uma tensão severa (780-5), especialmente quando, alguns versos mais tarde, Prometeu contradiz a sua própria e inexplicável relutância em falar, dando-nos um «extra» que ninguém tinha pedido (823 *seqq.*). Estes artifícios bastante incómodos não são sinais de primitivismo ou de falta de engenho. Ésquilo sabia fazer peças suficientemente bem feitas, se isso fosse tudo que se queria, mas ele era mais do que um dramaturgo. O seu material aqui, cuja qualidade dramática é mais imaginativa do que directamente intelectual, teria talvez desembocado, gratuitamente, numa grande ode como as odes de abertura de *As Suplicantes* ou de *Agamémnon,* mas a situação dramática não permitia uma coisa destas porquanto Prometeu não era um coro; de modo que é inevitável um certo artificialismo. Ésquilo contudo, como Platão, iria para onde quer que o argumento o levasse e uma simples contrariedade dramática nunca o dissuadiu (ou a Eurípides ou até a Sófocles) de fazer tragédia onde via uma ideia trágica.

Um problema mais pequeno que se levantou durante esta peça era o de fazer entrar e mandar sair actores que se pretende não que façam alguma coisa, mas que seja alguma coisa. Shakespeare, numa ocasião incomparável (*The Winter's Tale,* III, 3) livra-se de uma personagem por meio da simples indicação cénica *Sai Antigono perseguido por um urso:* Ésquilo encontra uma solução à mão e extremamente dramática, no moscardo. A segunda vítima de Zeus retoma a sua terrível fuga em circunstâncias que levam a nossa indignação ao mais alto grau.

Não nos deixa a ode seguinte um pouco desapontados? É dramática na medida em que se opõe à situação; o coro implora que nunca possa inspirar amor a um deus, mas que possa encontrar o amor na sua própria condição da vida — reflexão perfeitamente natural sobre o destino de Io; mas é dramática daquele modo acompanhando a acção, não controlando-a ou desfigurando-a. Este coro, como vimos, é, necessàriamente, uma figura mais fraca do que Io e como força lírica foi suplantado por ela pelo que não pode construir um ponto culminante mais alto sobre a saída dela.

Os sofrimentos de Io, os passados e os que hão-de vir, levaram o ritmo dramático a uma altura que só a catástrofe pode coroar. O segredo, que se define cada vez mais em cada fase do drama, é agora proclamado aos quatro ventos por Prometeu a um coro incrédulo e aterrado. Agora comove mesmo Zeus que manda o seu «lacaio» Hermes extorquir o segredo por meio das mais terríveis ameaças. Prometeu recusa e ainda agrilhoado, é empurrado lá para baixo, para o Tártaro, por entre convulsões ensurdecedoras do firmamento — o cumprimento da quietude espectral com que a peça começou. Contudo, mesmo este ponto culminante majestoso, como a enorme igreja de Beauvais, é sòmente uma promessa; apenas andámos um terço da trilogia.

Tal é a forma pela qual Ésquilo trata esta parte do seu mito. O herói solitário é tudo; e não o que ele faz, mas o que sente e o que é. Acção entre o prólogo e a catástrofe não há nenhuma. As narrativas de Prometeu, embora possam dar a ilusão de acção, não tinham esse desígnio. É um drama de revelação, não de acção; de tensão crescente numa situação que não se move. Apesar do segundo e do terceiro actores, apesar da liberdade e da limpidez de estilo que distinguiu esta peça do resto das de

Ésquilo, *Prometeu* é a última afirmação triunfante, numa forma extrema, dos direitos da tragédia mais antiga [1].

---

[1] Discuti a interpretação da trilogia em *Journal of Hellenic Studies*, 1934, pp. 14 *seqq*. Resumindo, a minha sugestão era, e é, que Ésquilo apresentou uma disputa entre Zeus (= Poder, Ordem) e Prometeu (= Inteligência). Ambos têm de fazer algumas concessões e assimilar algo, antes de se reconciliarem na ordem cósmica perfeita e última, de Zeus. Um tema de tal forma evolutivo explica a importância dada à evolução da civilização, na nossa peça, e concorda bem com o tema evolutivo que se torna predominante em *Oresteia* (Ver adiante, pp. 135, 175-76).

Gostaria de aproveitar esta oportunidade para agradecer ao Professor L. A. Post que fortaleceu, segundo creio, o meu argumento original, citando um passo que eu tinha deixado passar, Platão, *Ep.*, II, 310e — 11b (*American Journal of Philology*, LVII, 206-7). Platão, ao falar das suas relações com Dioniso observa que a sabedoria e o grande poder atraem-se naturalmente; e, depois de citar exemplos clássicos da história e da poesia (Sólon-Creso, Tirésias--Creonte), acrescenta: «Na minha opinião também Prometeu e Zeus foram ligados por esta espécie de relação pelos antigos». O passo é interessante, e é sugestivo e lisonjeiro que se possa ter razão na companhia de Platão.

O mito em *Protágoras* (320 c *seqq*.) vale a pena ser igualmente considerado neste contexto. A sabedoria prática, τὴν περὶ τὸν βίον σοφίαν, teve-a o Homem de Prometeu: τὴν δὲ πολιτικὴν οὐκ εἶχεν. ἦν γὰρ παρὰ τῷ Διί. Zeus, na versão que Platão deu do mito, era a fonte da moral social e da ordem.

CAPÍTULO III

«A ORESTEIA»

1. «Agamémnon»

Para o leitor moderno, a *Oresteia* não é de fácil acesso. A sua grande amplitude, o poder dramático de muitas das suas cenas, o corajoso delineamento das personagens, o esplendor da poesia — estas e outras qualidades são visíveis ao primeiro relance, mas repetidas vezes Ésquilo deixa de fazer coisas com que contávamos ou faz outras que não esperávamos, de forma que, de momento, perdemos o contacto imaginativo com ele. Diz, com bastante clareza ou implìcitamente, coisas tão estranhas, tão surpreendentes que instintivamente lhes opomos resistência e tentamos explicá-las satisfatòriamente. O resultado pode ser, embora sintamos a grandeza do conjunto, tratar-se de uma grandeza remota, tanto no estilo como no pensamento; consideramo-la arcaica e fazendo concessões. O que devemos tomar em consideração é, não tanto o arcaísmo de Ésquilo, mas a nossa própria modernidade por supormos tão fàcilmente que os métodos e objectivos da nossa época são partes imutáveis do próprio drama. [1]

Por exemplo, o autor da edição mais recente de *Agamémnon,* o Professor Page, escreve o seguinte sobre a cena do Arauto: «A tensão é elevada por meio da sua fútil jovialidade; desejaríamos que ele se fosse embora, para que soubéssemos o pior imediatamente»; e assim, sobre a cena de Egisto: «A peça está quase terminada, mas primeiro devemos observar, com toda a epécie de emoções, as atitudes grotescas de Egisto». Quando o Arauto chega esperamos, evidentemente, duas coisas: que faça «avançar o enredo» e que seja uma personagem interessante. Em ambos os aspectos ficamos desapontados. Claro que quando para o fim da peça Egisto é acrescentado à soberba Clitemnestra, deveria atingir um ponto culminante, mas revela-se não muito mais do que um vulgar poltrão e mesmo assim passa grande parte do seu tempo a narrar histórias antigas. Por isso é que consideramos a cena como não constituindo um ponto culminante; culpamos Ésquilo em vez de pormos em causa as nossas hipóteses básicas. Vários comentadores acharam necessário ser indulgentes para com Ésquilo pelo seu tratamento rígido e não-dramático do coro no momento em que Agamémnon está a ser assassinado, bem como pelo modo estranho como Cassandra é mantida em silêncio durante tanto tempo, sobretudo quando Clitemnestra e o corifeu estão a tentar falar com ela e Ésquilo

---

[1] Ver adiante pp. 181 a 192

apresenta a ideia bizarra de que talvez a senhora não compreenda o Grego. Pinero [1] não teria feito nada disto, nem mesmo Sófocles. Inventamos cânones para a tragédia Grega ou refugiamo-nos na ideia de que Ésquilo ainda não tinha dominado o seu trabalho. Mas tais críticas provam apenas uma coisa; que os que as fizeram não compreenderam nada do que se passa. Esperamos uma coisa e Ésquilo dá-nos outra. Não necessita de indulgência. Sabia escrever para o teatro com tanta inteligência como qualquer dramaturgo e com mais garra do que muitos. Tudo que devemos fazer é compreender o que *ele* tinha em mente quanto à matéria das suas peças; então tudo se tornará claro — incluindo o facto de nunca nos devermos esquecer que no seu tempo ele não era um dramaturgo de élite, mas sim imensamente popular.

Seria salutar se qualquer pessoa que se abalançou a comentar a *Oresteia* separasse das peças, em primeiro lugar, o material que Ésquilo utiliza nelas e a seguir, servindo-se de todo este material, esboçasse o cenário para uma peça ou peças de Shakespeare tratando do mesmo assunto. Só em *Agamémnon*, o material inclui a história da Casa de Atreu, Ifigénia, a Guerra de Troia, a história de Cassandra e o duplo assassinato. O exercício recomendado acima revelaria que Ésquilo não ordenou o seu material segundo a maneira óbvia; poderia também projectar dúvidas

---

[1] Sir Arthur Wing Pinero (1855-1934) dramaturgo e comediógrafo inglês de origem portuguesa, muito em voga sobretudo entre 1890 e 1910 (N. do T.).

sobre a noção de Wilamowitz (que parece encontrar-se num certo perigo superficial de reviver) que os dramaturgos Gregos não tinham ambições dramáticas para lá da muito elementar ambição de pôr em cena a Saga. Ésquilo deixa quase até ao fim da sua peça aqueles acontecimentos que se sucedem primeiro no tempo: Tiestes cometeu adultério com a mulher de seu irmão (1193 *seq.*) Atreu vingou-se de Tiestes e finalmente, o filho de Tiestes do filho de Atreu — pelo adultério e o assassinato. Tudo isto é narrado por Egisto na última cena da peça, numa espécie de segundo prólogo, como poderíamos apressadamente chamar-lhe. À trilogia tem por vezes sido dado o sub-título de *A Maldição na Casa de Atreu*. Talvez não seja necessário disputar sobre este ponto, mas pelo menos podemos observar que a primeira peça se encontra dois terços acabada antes que a Maldição seja mencionada e que a trilogia não termina quando a Maldição é retirada, mas sim com uma reconciliação com as Erínias e as divindades Olímpicas, ocasionada por Atena, e não em Argos mas em Atenas, tendo a prosperidade da Ática como factor importante. Talvez, por isso, o sub-título não chegue a indicar o que Ésquilo pensava quanto ao assunto da sua trilogia.

Escolheu a última história para principiar, história que começa com o rapto de Helena por Páris. Ora, tudo indica — embora alguns estudiosos não concordem — que Ésquilo estava na posse de uma coisa que chamamos *pensamento* e que também dedicou algumas ideias à composição da sua trilogia. Se estas hipóteses forem aceitáveis, suspeitaremos que ele teve as suas razões para construir a sua peça segundo estas linhas; que embora Páris e Helena nada tivessem a ver com a Maldição, apesar disso há uma ligação realmente orgânica entre as duas histórias. Quando vemos Agamémnon que jaz morto e Clitemnestra de pé, triunfante sobre ele, como consequência directa do que ele tinha feito em Áulide e quando a este espectáculo se acrescenta Egisto que reivindica a vingança como sua própria, esperaremos que, se Ésquilo foi realmente um artista e não um pobre artesão, este desembocar de duas histórias separadas numa catástrofe comum faça imediatamente sentido. E não só isso, pois não estamos a olhar para um corpo, mas para dois; justifica-se a nossa expectativa de que a tragédia de Cassandra tenha uma relação orgânica e não apenas uma relação histórica com a de Agamémnon. Se tudo isto não se combina numa ideia unificada e inteligível, nesse caso louvemos Ésquilo, certamente por outras coisas, mas recusemo-nos a seguir os que lhe chamam um grande dramaturgo. Os que fazem jus a este título, constroem bem e com significado.

«Peço aos deuses que me livrem desta lida... estendido sobre este telhado como um cão que observa a companhia noturna das estrelas, molhado do orvalho, à espera, estação após estação — à espera de um sinal de que Tróia foi capturada...»

Trata-se de um começo forte. O homem sobre o qual cai o dever solene de abrir a *Oresteia* não é mais do que um soldado comum, mas Ésquilo fá-lo vivo; não é um simples instrumento, como o Espião em *Os Sete contra Tebas*. É a primeira das personagens menores a que é dada vida. Contudo devemos ser cautelosos, a fim de não pensarmos que Ésquilo o criou para se divertir, enriquecendo a sua peça com um pormenor decorativo tirado da vida. Porque inventou ele este homem do qual não voltamos a saber mais nada? De repente faz soar a nota da apreensão: nem tudo está bem dentro do palácio. Para sua alegria vê o sinal luminoso. A sua preocupação passou; o Rei regressará em breve — mas há qualquer coisa que não está bem. Ésquilo irá repetir este efeito na cena do Arauto: o Rei está a chegar — mas qualquer coisa não está bem. Mas o Vigia faz mais do que isto. Ésquilo, como poeta que é, e dramaturgo, comunicará algumas das suas ideias através destas figuras. Esta súplica por ἀπαλλαγὴ πόνων, libertação dos trabalhos difíceis, repetida por personagens mais importantes na trilogia, torna-se a prece da humanidade sofredora que espera a sua própria libertação; a luz que o Vigia vê a brilhar na escuridão culmina, depois de várias outras luzes falsas, na procissão de archotes que acompanha as Euménides para a sua nova morada em Atenas e, na verdade, põe ao alcance do homem, se ele a conseguir, «a libertação da miséria».

A estatura aumentada, nesta peça, das personagens menores, não diminui a do coro. Metade da peça é lírica; a primeira ode, com mais de duzentos versos, leva vinte minutos a representar. Encontra-se claramente articulada em quatro secções, distintas para nós por meio dos metros, para o público original, pelas figuras da dança e pela música [1]. Uma ode composta nesta escala não é um simples prelúdio à acção, um mero ornamento; na verdade consolida, tão firmemente quanto é possível, os alicerces intelectuais de toda a trilogia. Merece a nossa atenção.

Começa com sessenta versos em anapestos, no ritmo regular da marcha. Passaram quase dez anos desde que os dois filhos de Atreu foram para Tróia, ministros da retribuição (Dike), para punir o crime de Páris. Foram enviados por Zeus. Como algum deus, Apolo ou Zeus ou Pan, ouve o grito de um abutre a quem roubaram o filho e manda uma Erínia para o vingar, assim Zeus mandou os dois reis para vingar o mal que Páris fez a Menelau — para o vingar pela guerra, com luta para Gregos e Troianos, de modo idêntico. Mas a segunda parte da composição traz um revés, o presságio das duas águias que se banqueteiam no corpo de uma lebre prenhe. A violência provocou a indignação de Ártemis; o vidente receia que ela, na sua cólera contra as águias aladas de seu Pai, possa pedir um sacrifício tal que crie, em casa, uma ira permanente, uma μῆνις, contra o comandante do exército.

Devemos fazer um exame cuidadoso porquanto este drama se nos apresenta numa escala que não nos é familiar. A guerra foi concebida por Zeus; contudo outra divindade não permitirá o seu avanço a não ser em termos que lhe tragam retribuição a

---

[1] Ver adiante pp. 211 *seqq*.

ele que faz a guerra. Ártemis não está interessada em qualquer coisa que Agamémnon já tenha feito, mas no que ele vai fazer. A fim de sublinhar isto, Ésquilo (que não estava mais subordinado às suas fontes do que Shakespeare) altera o mito aceite. Este dizia que Agamémnon tinha enraivecido Ártemis por ter abatido um dos seus veados, gabando-se disso. Uma vez que isto não lhe era útil, Ésquilo abole o veado, substitui as águias e coloca como causa da ira de Ártemis (tanto quanto vemos, de momento) não Agamémnon, mas Zeus e as suas águias a banquetear-se. (Quanto ao que vai seguir-se neste capítulo, peritos em história da religião Grega disseram-me que é completamente impossível que Ésquilo quisesse ter dito tais coisas; a única resposta que me ocorre é que não há dúvida de que ele as disse.)

Os termos de Ártemis são que Agamémnon deverá fazer uma coisa tal que o envolva na ira, μῆνις, e na retribuição. É ela mais esclarecida do que Zeus? De modo nenhum; ela não se assemelha nada a Prometeu. Ésquilo não se refere a ela outra vez; em parte nenhuma ela chega aos calcanhares de Zeus. Pelo contrário somos explìcitamente informados que tudo aqui foi provocado por Zeus, a causa de todas as coisas (1481-9), incluindo, portanto, o que Ártemis forjou para Agamémnon. Mais tarde na trilogia encontramos algo semelhante a uma guerra civil entre os deuses, mas não nesta peça, nem dizendo respeito a Ártemis. Nem, de facto, ela é mais «esclarecida» do que Zeus ou do que o Apolo de quem ouvimos falar, posteriormente, na peça: são todos destruidores implacáveis.

Porque exige Ártemis o sacrifício? O que instiga a sua indignação é a destruição cruel da vida, cometida pelas águias; não que elas comam uma lebre, pois as águias têm de comer, mas que devorem também a cria por nascer. O ponto de comparação é a destruição indescriminada da vida que esta guerra vai trazer. Era não só uma parte inevitável mas também declarada do plano de Zeus: provocará, «por causa de uma mulher impura, muitos combates em que o joelho toca o pó e a lança é quebrada, tanto para os Gregos como para os Troianos» (60-67). Quanto aos Troianos, veremos, na terceira ode, que se tornaram cúmplices de Páris e sofreram o inevitável castigo, mas os Gregos, pelo menos, estavam inocentes. Acerca deles, Ésquilo mais tarde (437-74) escreve duas das suas mais sentidas estrofes: homens corajosos são mortos nesta guerra «por causa da esposa de outro homem» — guerra que os próprios Anciãos tinham considerado indefensável (799-804) — e a raiva pública em Argos contra o Rei é tão amarga que o coro teme pelo seu assassinato. Isto seria consequência natural da guerra, mesmo tendo sido concebida por Zeus; e se a raiva respeitante aos mortos se faz recair, desta maneira, sobre Agamémnon, será a contraparte, no plano da realidade vulgar, da indignação sentida por Ártemis em relação às águias. Acções deste tipo têm as suas consequências. «Os deuses não são indiferentes áqueles que derramam sangue» (462) — «os deuses», não Ártemis sòzinha.

O seu preço é Ifigénia. Também aqui Ésquilo está a combinar lendas de maneira propositada e muito imaginativa. Com excepção de que Agamémnon, não pela última vez, está cego para as realidades, nada o podia dissuadir mais eficazmente da guerra; se tem de derramar tanto sangue inocente «por uma mulher impura», que derrame, em primeiro lugar, o sangue inocente de sua própria filha — e aguente as consequências. Com efeito Ártemis está a fazer-lhe o que Clitemnestra lhe faz mais tarde, quando o tenta a pisar as tapeçarias tornando assim a sua culpa manifesta. Ifigénia ergue-se como símbolo da destruição irreflectida da vida, o que faz mais tarde o coro tremer por Agamémnon; também ela faz com que o assassino não seja nenhum cidadão enraivecido de Argos, mas Clitemnestra. Ao matar Agamémnon ela está, conscientemente, a vingar as suas ofensas particulares, mas uma vez que «os deuses não são indiferentes aos que derramam sangue», está também a satisfazer a raiva de Ártemis e a vingar os mortos trucidados diante de Tróia. De facto, o sacrifício de Ifigénia é o mais forte dos laços que ligam a história de Tróia à história de Atreu.

À primeira vista pode parecer incrível que Ésquilo tenha apresentado os deuses comportando-se desta maneira, mas não há que fugir-lhe. Zeus concebeu a guerra para vingar Menelau e enviou os Atridas para o combate; Ártemis, abominando a carnificina, afirma que também esta será vingada: os deuses não perdoam o derramamento de sangue e é perigoso ser saqueador de cidades. Agamémnon não excedeu a sua incumbência (pois a destruição dos altares em Tróia é um facto separado: foi um acto cometido pelo exército e pago por ele); é destruido por Zeus ou pelos «deuses», ou através de Ártemis (pois esta é imaterial) por fazer o que Zeus ordenou da maneira que Zeus previu. Isto é o que Ésquilo diz, tão claramente como um dramaturgo o pode dizer. Tudo faz sentido e é importante se estivermos prontos a admitir que Ésquilo sabia fazer e controlar uma peça.

Chegamos à terceira secção. Zeus, «quem quer que seja», será invocado como a Última Instância. É o deus triunfante que derrubou o deus que tinha derrubado o *seu* predecessor; o vencedor que estabeleceu a lei: aprender através do sofrimento. O deus cujos favores vêm através da violência. (A expressão «Guia, Luz amável», não era uma ideia Grega.) Notamos duas coisas. Tempo houve em que Zeus não era o deus supremo, mas tornou-se a si próprio como tal por meio da pura força. Será com proveito que nos lembraremos disto no final de *Euménides*. Notamos também que Zeus não é chamado o deus da Sabedoria e da Justiça, antes o deus do conhecimento através da experiência, da dura experiência; pelo menos, o que Ésquilo diz dele é que trouxe uma nova lei, a Aprendizagem através do sofrimento. Como é que isto era novo? Não podemos imaginar que entre os seus predecessores os homens aprendessem sem sofrer; Ésquilo não acreditava numa Idade de Ouro passada. A única interpretação é que sob os deuses mais antigos o homem sofria, mas não aprendia; nada vinha da dura experiência. É isto que o poeta celebra aqui; sob o reinado de Zeus, a aprendizagem, o progresso, tornaram-se possíveis.

Até aqui a acção tem sido apresentada apenas no plano divino. Agora, por fim, vemos algo de Agamémnon e temos de pôr a nós próprios a pergunta habitual: qual é a ideia que o dramaturgo tem da relação entre o que fazem os deuses e os agentes humanos? Neste ponto Ésquilo não difere, fundamentalmente, de Sófocles e de Eurípides: os agentes humanos são absolutamente autónomos; quando a mesma acção é atribuida tanto aos deuses como aos homens, o efeito é que nós a contemplamos como sendo uma acção individual que tem a natureza de uma universal. Tanto o início como a conclusão da guerra são atribuidas a Zeus e a Agamémnon; Agamémnon refere-se correctamente a Zeus, quando lhe oferece agradecimentos pela vitória, como sendo μεταίτιος, à letra, «sócio», muito embora um sócio divino [1]. Zeus «enviou» Agamémnon, «como uma Erínia», para fazer a guerra; quando a vitória chega é Zeus que atira à volta de Tróia a rede da qual ninguém podia escapar (355-67). Mas em qualquer outra parte a guerra é tratada como um acontecimento puramente político; vimos como o coro diz a Agamémnon considerá-la um erro hediondo (vv. 799-804). O Arauto, naturalmente, atribui a glória tanto a Zeus como a Agamémnon. Tal duplicação não é apenas um procedimento tìpicamente Grego; é também familiar nas nossas próprias cerimónias religiosas. Se um homem inteligente, após um serviço religioso da Celebração das Colheitas dissesse: «Mas não se pode optar pelos dois lados — quem é, no vosso espírito, responsável pela colheita,

---

[1] Sobre este passo tantas vezes mal compreendido, ver a nota de Fraenkel, *Agamemnon*, 811.

Deus Todo Poderoso ou o Lavrador Jones?», seríamos tentados a responder-lhe que estava errado na sua perspectiva mental. Agamémnon é autónomo. Quando o vemos a primeira vez através dos olhos do coro, parece não compreender que está a ser «enviado» por Zeus, mas considera a guerra como sua própria ideia e, sem dúvida que, quando é apanhado no seu dilema, não lhe ocorre apelar para o deus que está a «enviá-lo», nem Zeus o ajuda. Page pede, com razão, uma explicação da ἀνάγκη, a inevitabilidade, à qual Agamémnon tem de se curvar (v. 218) e lamenta, com razão, que os comentadores não tenham dado uma. A sua não é persuasiva; é que todos os agentes humanos nas peças são levados desamparadamente pelos Poderes irracionais, sobrenaturais — Demónios simples como a Tentação, a Esperança, o Entusiasmo Absorvente; os agentes humanos não deverão ser culpados, pois não podem recorrer a si mesmos. Estes vários Demónios exercem o seu poder sem finalidade; fazem-no porque é da sua vontade. Page admite que isto constitui o absurdo do drama; de Ésquilo não espera nada a não ser confusão, grande poesia e drama poderoso [1] — estranha combinação, na verdade. Aparentemente, contudo, Ésquilo censura Páris por dar lugar a Peitho ou Tentação: pelo menos diz que Páris «derrubou o altar da Dike» (v. 381-4); e persuade-nos que Clitemnestra, entre outras, actuou por razões próprias, positivas e definidas — ofendendo-se, por exem-

---

[1] *Agamemnon,* ed. Denniston and Page, *Introduction,* p. XV.

plo, com o assassinato de sua filha por Agamémnon, e não apreciando muito a ideia de ter em sua casa a amante do seu marido. Por isso, pode talvez haver mais probalidade numa explicação da ἀνάγκη que não reduza a trilogia à confusão intelectual; a confusão compra-se demasiado cara.

Agamémnon aceita como verdadeiro que uma guerra por uma mulher indigna é coisa conveniente: é o seu conceito de Dike. É também o conceito de Zeus e Zeus vai segui-lo ao destruir o destruidor. A «necessidade» é a necessidade de derramar sangue inocente numa tal guerra, o que Ártemis antecipa exigindo-lhe em primeiro lugar, como condição, que derrame algum sangue inocente da sua própria família como antegosto e que aceite as consequências. Ele pode evitar o derramamento do sangue de Ifigénia, e de muito mais sangue inocente, apenas se desistir da guerra e da sua vingança sobre Páris. Isto, conforme ele explica, é impossível; contudo, a necessidade obriga-o a derramar sangue [1]. Tem de aceitar as consequências da sua política. A conclusão óbvia é que estamos aqui em presença de uma concepção de Dike que não pode funcionar, embora sendo a vontade de Zeus. Se isto já não é simples, o resto da peça assim o fará: a inclinação para a retribuição violenta e sangrenta domina e unifica toda a peça, e no fim, leva a um colapso total; esta-

---

[1] A afirmação de Page de que, em qualquer caso, os outros comandantes Gregos teriam assassinado Ifigénia, não é afirmação que Ésquilo faça.

mos para ver como é a bancarrota moral, filosófica e política.

A Rainha fala. Quanto a ela o Vigia deu-nos uma sugestão; a ode faz-nos ver nela a vingadora designada; num plano, a vingadora de Ifigénia, noutro, da lebre e de todos os que foram mortos diante de Tróia. Nesta cena Ésquilo está ocupado, não tanto em delinear o seu carácter, como em dar uma ideia da sua estatura: a fala sobre os archotes, ergue o que não era mais do que uma peça competente da organização, ao nível de algo semelhante aos elementos. A primeira palavra é «Hefestos»: o próprio deus do fogo lhe trouxe a notícia e quando ela acabou, o coro maravilha-se. Ela fala outra vez: traça um quadro vivo do tumulto e da matança dentro da cidade conquistada — e nós lembramo-nos do presságio e da raiva de Ártemis. Então ela lança um aviso: que se lembrem de poupar os lugares sagrados porque precisam ainda de um regresso a salvo.

Segue-se outra longa ode. O seu prelúdio corresponde rigorosamente ao da primeira ode; o primeiro a mover-se nela é Zeus. Lançou sobre a cidade uma tal rede que nem os jóvens nem os velhos podem escapar; é a destruição total. A ode pròpriamente dita começa com Páris. Corrompido pela riqueza, foi assaltado pela tentação e caiu; calcou aos pés a beleza das coisas sagradas e os deuses não toleram tal coisa. Tal como o bronze de má qualidade depois de martelado mostra as suas impurezas, assim Páris, martelado pela Tentação, mostra as suas. O pecado que Helena cometeu de ânimo leve legou a guerra à Grécia; causou o luto na casa de Menelau, bem como trouxe o luto a todas as casas na Grécia. Provocou a raiva também, quando começaram a regressar ao lar as cinzas, em vez dos homens vivos que tinham partido: raiva contra os Reis que eram os campeões da retaliação por causa da esposa de outro homem; e tal raiva é como que uma maldição pública. Os deuses não toleram o derramamento de sangue; as Erínias estão à espreita; o coro receia algum acto sombrio de vingança. De quem? O contexto permite apenas uma resposta: de alguns dos que tão iradamente murmuraram contra os Reis. «Que eu nunca seja um saqueador de cidades!» A ode dá-nos uma proporção: O crime de Páris: o castigo de Páris:: o crime de Agamémnon: ?.

Às seis pesadas estrofes Ésquilo acrescenta um Epodo executado aparentemente ou pelos três sectores do coro ou (mais provàvelmente) pelos três chefes de sector. Aqui Page faz, de novo, uma pergunta pertinente, e na minha opinião, dá uma resposta errada [1]. A pergunta é: porque duvida o Coro, inexplicàvelmente, nesta altura, do que até agora foi considerado ponto assente, isto é, que Tróia caiu verdadeiramente? Porque sugerem agora que Clitemnestra é pouco mais do que uma louca? Ora, a resposta de Page é que Ésquilo não fazia bem ideia de como se construia uma ode coral, acabando por arruinar esta ode. Talvez não seja assim. Veremos daqui a pouco que Ésquilo tinha boas razões dramáticas para fazer com que *alguém* dissesse esta espé-

---

[1] Ver a sua nota *ad loc.* (Ver também adiante, pp. 307-08.

cie de coisas acerca da Rainha. É, evidentemente, incompatível com o que o coro acaba de cantar. Contudo três indivíduos destacados do coro são uma *persona* dramática muito diferente do corpo unido; ora, não parece uma conclusão inevitável que Ésquilo aqui confundisse completamente o seu público.

O Arauto é, sem dúvida, mais personagem do que o foi o Espião em *Os Sete contra Tebas*, mas Ésquilo não se ocupou muito com o facto. Num aspecto ele é como o Mensageiro de *Antígona*: uma pessoa que entra na peça exprimindo ideias convencionais que, para nós que temos estado na peça desde o princípio, estão carregadas de ironia. O Arauto, tal como o Vigia, está profundamente satisfeito por se ver livre de tudo. Todos sofreram; muitos estão mortos. Mas a Vitória sobreveio! — Sendo a Vitória outra das luzes falsas que iluminam toda a trilogia. «Que ao conquistador seja dada glória! Derrubou completamente Tróia com a barra de ferro vingadora de Zeus e com ela devastou a terra. Os altares e os templos dos deuses já não existem; a origem de todo o país está destruida.[1] Recorde-se o que Clitemnestra disse: Que eles se lembrem! Ainda necessitam de um regresso a salvo».

---

[1] O verso acerca dos altares e dos templos é retirado do texto por muitos responsáveis pelas edições, principalmente porque aparece, quase exactamente com a mesma forma, em *Os Persas* (811). Se é uma interpolação, o interpolador foi um génio. Dei as minhas próprias razões para resistir à eliminação em qualquer outra parte (*Form and Meaning in Drama*, pp. 15 *seqq.*).

A Rainha fala outra vez — não para responder directamente ao Arauto; porque, neste tipo de drama, no qual vemos os agentes humanos em relação directa com os deuses, a relação pessoal de uns para os outros é de pequena importância. Primeiro ela triunfa desdenhosamente sobre o coro: «Chamaram-me louca! Disseram que as minhas notícias não eram verdadeiras!» De repente vemos como o pormenor serve, outra vez, para aumentar a sua estatura; vemos também porque é que Ésquilo incumbiu o coro de impugnar a verdade das notícias; em breve veremos mais alguma coisa. A seguir, voltando-se para o Arauto, ela manda uma mensagem falsa de boas vindas a seu marido.

Agora o Arauto tem outra longa fala, fala terrível se soubermos ler a cena. Aqueles dois ancestrais inimigos, o Fogo e a Água, conspiraram para destruir a armada Grega na sua viagem de regresso à Pátria; apenas um navio, que se saiba, conseguiu alcançar terra — o de Agamémnon, salvo por alguma mão divina que segurava a cana do leme. Algum deus trouxe Agamémnon são e salvo para casa — para junto de Clitemnestra.

Não é este um drama íntimo, mas sim de escala arquitectónica. Podemos agora apresentar de novo a nossa proporção: O pecado de Páris: a destruição de Páris: : o sacrilégio das hostes Gregas: a destruição das hoste Gregas: : O pecado de Ágamémnon: ?.

A terceira ode leva a uma fase mais avançada deste apertar da tensão. Os Troianos, ao darem as boas vindas a Helena, tornaram-se comparsas no crime de Páris. Tal como a cria do leão, animalzinho encantador enquanto novo, tem de crescer e cumprir a sua natureza que é encharcar de sangue o pátio da herdade, assim a chegada de Helena provocou, primeiro felizes hinos nupciais e depois gritos de luto e lamentação. «Não é a prosperidade que enraivece os deuses, mas a perversidade. A Hybris provoca mais Hybris e então o dia do ajuste de contas acaba por chegar. A Dike conduz todas as coisas até ao fim designado». *Entra* Agamémnon, *como um rei, com uma jóvem.* Que entrada dramática jamais foi preparada com maior beleza?

Costuma dizer-se que o coro, ao dirigir-se ao Rei, está a tentar avisá-lo contra a Rainha. Não consigo ver como uma simples palavra se encaminhe em direcção à Rainha. Evidentemente que sabem do seu adultério; não podem acreditar que ela planeie contra a vida dele, mesmo quando Cassandra lhes diz (ver em particular 1251 *seq.*). Por outro lado conhecemos suficientemente o que eles temem: que a indignação pública em Argos possa dar livre curso a algum feito tenebroso. Falam da diferença entre o amigo sincero e o insincero — um aviso ao qual o Rei responde com complacência característica — e revelam a sua própria sinceridade dizendo--lhe sem cerimónia o que pensavam da sua guerra. Os cidadãos descontentes é que têm em mente, não Clitemnestra.

A cena continua, carregada de ironia. Agamémnon não é capaz de ver a falsidade das boas vindas de sua mulher nem lhe pode resistir quando, de forma aterradora, ela emprega uma metáfora. Páris «calcou aos pés a beleza das coisas sagradas»; Clitemnestra espalha ricas tapeçarias a seus pés e tenta-o, por sua vez, a calcar aos pés a beleza das coisas sagradas. Ele sabe, de modo genérico, o que lhe é pedido que faça — e fá-lo: arrisca-se ao φθόνος, à «indignação» dos deuses.

Quanto à mulher no carro, não há uma palavra — não porque Ésquilo não soubesse usar o terceiro actor, mas porque sabia. Conhecemos Clitemnestra; sabemos que Agamémnon, ao trazer Cassandra, pregou o último prego no seu caixão. Que necessidade há de falar? Apenas uma coisa é dita acerca dela — por Agamémnon a Clitemnestra: «Recebe a senhora estrangeira e trata-a bem». Está cego para as realidades como o estava quando começou a sua guerra e quando matou a filha.

O coro, na sua quarta ode, é torturado por uma ansiedade que mal pode compreender. «O Rei está a salvo em casa e contudo não posso rejubilar. Ouço o canto das Erínias. O sangue derramado no chão clama por mais sangue. Se não se desse o facto de uma coisa ter de contrabalançar a outra, poderia estar tranquilo». Quanto à mulher no carro, sentada à parte, nem uma palavra.

Segue-se uma curta cena extremamente enigmática — até se descortinar o seu significado. Finalmente alguém presta atenção directa a Cassandra: Clitemnestra sai do palácio para lhe dizer, em termos sinistramente irónicos, que entre e tome parte no sacrifício. Desta vez Clitemnestra não triunfa; nem ela nem o corifeu podem estabelecer qualquer contacto com ela. A técnica dramática é, neste passo, soberba; tem sido muitas vezes rejeitada como mero disparate. Cassandra não toma conhecimento de nada que lhe dizem; os outros estão desconcertados e a sugestão desesperada de que ela, não sabendo Grego, pode precisar de um intérprete, dá a medida da desorientação reinante. Em breve será o coro quem necessita de um intérprete (v. 1254). Clitemnestra está completamente derrotada. O facto é evidente, mas porque o forja Ésquilo? A razão começa a aparecer quando, finalmente, Cassandra fala, ou antes, grita — não contra Agamémnon, ou os Gregos, ou mesmo a loucura de seu irmão Páris, mas, bem inesperadamente, contra Apolo, «o meu destruidor». Por toda a longa cena que se segue insiste em que é vítima de Apolo e diz explìcitamente porquê: Apolo queria-a e subornou-a; ela aceitou o dom profético, do deus, a seguir recuou, negou o deus e está agora a ser destruida pela sua «raiva», κότος (1211). Foi Apolo que a trouxe aqui, a este covil das Erínias manchado de sangue, esta casa de tantos crimes passados e futuros. Agamémnon, cuja loucura a trouxe aqui, a vingativa Clitemnestra que a matará como um animal no cepo do carniceiro, não são senão os agentes inconscientes do deus. Foi para nos preparar para isto que Ésquilo a conservou durante tanto tempo à parte, como se estivesse num mundo só dela; e quando por fim ela vai para o palácio, não o faz sem antes despedaçar a sua insígnia de profeta, numa espécie de transe, e fez-nos sentir que não é outro senão o próprio deus que, na sua cólera, a está a arrastar para a morte.

Ouvimos os gritos de morte de Agamémnon. O que Ésquilo faz aqui com o coro tem sido, muitas vezes, lamentàvelmente mal compreendido. O choque fragmenta o sólido coro em doze indivíduos assustados; mas o que eles debatem não é, como tantas vezes se diz, se devem intervir e salvar o Rei. Alguns deles pensam que os gritos não querem dizer nada; outros que o Rei já está morto e o que têm de enfrentar é o que temiam na sua segunda ode — um assassinato político, um *coup d'état* [1]. O homem que propõe (1349) que deveriam erguer os cidadãos contra os assassinos não está a livrar-se da responsabilidade; o que ele diz é do mais comezinho bom senso. O que nenhum deles espera, apesar do aviso de Cassandra, é o que imediatamente vêem: Clitemnestra de pé sobre os dois corpos, vangloriando-se do seu feito e justificando-o — e como Agamémnon em Áulide, não a sugerir, de modo nenhum, que ela própria não seja inteiramente responsável pelo que Cassandra descreveu como sendo o trabalho de um deus, e que Clitemnestra mais tarde chama o trabalho do Daimon da família.

Só agora é que ouvimos falar da Maldição, o *daimon*, na Casa de Atreu — embora ouçamos mais acerca dela quando Egisto entrar. Duas coisas se tornam claras: a natureza do daimon e a sua ligação com o que era a nossa preocupação principal na primeira metade da peça, nomeadamente o pecado de Páris e a guerra de vingança. Os crimes sucessivos dentro do palácio e a guerra são exemplos de vingança violenta, instintiva e sangrenta por injúrias recebidas. À medida que a cena continua, com Cli-

---

[1] Em francês, no original (N. do T.).

temnestra a revestir-se cada vez mais do aspecto de uma criminosa condenada (embora agente de Apolo), a caçadora bem sucedida que será por sua vez caçada, são-nos lembradas, sempre com mais insistência, as leis que governam este aspecto do agir humano. Há a lei da Dike — não a «justiça», mas a «represália» — que as maldades feitas devem ser vingadas, «o que as pratica tem de pagar». Clitemnestra espera patèticamente, como já Agamémnon antes dela, que a lei possa não se aplicar no seu caso: «Pode muito bem ser (1568 *seqq.*; cf. 217, 846-54), mas sabemos que a esperança é em vão porque há também a lei da Hybris que diz que um ultraje gera outro até chegar o dia do ajuste de contas. O poder da cena vem, em parte, de a Rainha soberba e triunfante se ter colocado, pelo seu próprio acto, na mesma posição que o Rei sobre cujo corpo ela agora exulta.

Do ponto de vista errado, o que se segue é a contrapartida de um ponto culminante. Egisto é mesquinho, covarde, não redimido por qualquer toque de grandeza — o que ninguém diria de Clitemnestra. A sua longa fala podia ser escrita apenas como uma segunda exposição, um ensaio necessário, mas não emocionante, da história passada. A sua usurpação, com Clitemnestra, do poder real, e a fútil resistência do coro, poderiam ser consideradas como falhadas, a seguir a uma cena tão esplêndida como a que se passou antes.

Mas Ésquilo considerou-a um ponto culminante e Ésquilo tinha razão. Este não é um drama para ser interpretado exclusivamente em termos de carácter e acção individuais. Através das visões de Cassandra, Ésquilo já colocou em foco a vingança de Atreu sobre Tiestes, a de Clitemnestra sobre Agamémnon, a de Apolo e de Clitemnestra sobre Cassandra, a vingança do «lobo covarde» (1224) e o crime ainda por vir. Todas são consumadas neste palácio, todas trabalho das Erínias que Cassandra vê a assombrar o palácio — como era também a guerra de Agamémnon porquanto Zeus tinha-o enviado «como uma Erínia»; e Zeus é a causa de todas as coisas (1485 *seqq.*) Outras imagens reforçam esta cadeia de actos semelhantes. Ao repulsivo Egisto é dado entrar saudando «o dia que traz o revide»; quando ouvimos pela última vez o adjectivo δικηφόρος (525), foi usado relativamente à «barra de ferro» de Zeus» com a qual Agamémnon destruiu Tróia. De novo, e com satisfação, Egisto vê o seu inimigo estendido morto «numa túnica tecida pelas Erínias»; é a «rede da Morte», a δίκτυον ''Άιδου, (1115), que Cassandra tinha visto Clitemnestra atirar sobre Agamémnon. Outra metáfora nasceu: a rede que Zeus, pela mão de Agamémnon, tinha lançado à volta de Tróia (355-61). O ponto culminante é, em parte, que um acto tão repulsivo, executado por uma criatura tão repulsiva como Egisto seja, não obstante, do mesmo tipo dos outros actos de vingança executados pelos deuses ou pelos homens; e em parte, que toda a série agora desemboque no caos — pois esse é o significado do tema da Tirania, começado aqui e continuado em *Coéforas*. Ésquilo, como Shakespeare, usa a deposição de um rei legítimo por um usurpador como símbolo do caos político, social e moral. O coro receava que o ressentimento público contra o sangue derramado, causado por Agamémnon, pudesse resultar «nalgum acto tenebroso cometido de noite»; na realidade o derramamento de sangue foi vingado — contudo não por cidadãos enraivecidos vingando o sangue vertido em Tróia, mas por uma esposa vingando o sangue vertido em Áulide mesmo antes que Agamémnon pudesse navegar para Tróia, o que iria estigmatizar Agamémnon como homem sangrento e assegurar-lhe o castigo; também pelo seu cúmplice, adúltero e usurpador, que vinga um crime antigo na casa. Assim Argos vai parar às mãos de um tirano que mantém o seu poder não Διόθεν, «pela graça de Deus», como Agamémnon (43), mas sem respeito pela lei; e o herdeiro de direito e sucessor está no exílio.

2. «Coéforas»

A *Oresteia* é uma trilogia, mas de nenhum ponto de vista a divisão entre a segunda e terceira peças é tão larga ou tão profunda como entre a primeira e a segunda. Logo que *Coéforas* começa somos levados a sentir que estamos num mundo novo, embora um mundo ainda longe de ser confortável. O período de tempo imaginário que nos separa de *Agamémnon* é, realmente, de apenas uns dez anos, mas desde a primeira linha ficamos a saber que algo de novo entrou em cena, algo que se encontrava manifestamente ausente de *Agamémnon*. Orestes entra com o seu amigo Pílades; faz uma oração a Hermes na sua qualidade de intermediário entre os vivos e os mortos. O começo da sua fala, infelizmente, está em fragmentos, mas ficou o suficiente para mostrar que Orestes está a colocar no túmulo de seu pai presentes que, como exilado, não pôde oferecer em devido tempo e que está a orar a Hermes para que o proteja e ajude.

Sobre Orestes cai a tarefa de vingar o ultraje feito a seu pai. Aqui não há nada de novo; isso fora previsto por Cassandra. A lei da Dike é eterna; o problema é saber como se cumprirão as suas exigências. Até agora têm sido cumpridas no espírito da retaliação cega e culpada; Orestes aborda a sua tarefa de modo muito diferente. Encontramos, pela primeira vez, um vingador cujos motivos são puros.

Logo ele vê aproximar-se uma procissão solene conduzida por Electra. Os dois homens fazem lugar. Pelo coro das mulheres asiáticas cativas somos informados que, depois de muitos anos, uma cólera que não dorme, falou; a sua voz ergueu-se na noite e provocou o terror. Mais tarde na peça (527-39) sabemos qual foi o sonho de Clitemnestra; estava a amamentar uma serpente que tinha dado à luz e ela mordeu-lhe o seio. No seu terror enviou Electra para, finalmente, depor ofertas no túmulo, esperando assim conciliar a ira dos mortos. Mas nada pode remir o sangue derramado no chão.

Tanto é o que ficamos a saber pelo coro. A mesma imagem dramática foi usada mais tarde por Sófocles na sua *Electra:* no momento em que o vingador regressa do exílio, Clitemnestra tem um sonho que pressagia claramente a vingança. Em cada um dos casos o propósito é o mesmo: mostrar que a vingança não é uma simples exploração pessoal ou um crime. É claro que se trata do acto corajoso de Orestes mas nele estão também envolvidos os poderes ocultos do universo.

«Mas com que forma de oração», pergunta Electra, tenho de fazer a oferenda? Digo aos mortos, como é hábito: «Concedei uma paga justa pelo que damos»? «Pede», diz o coro, «que ele ajude os seus amigos e que sobre os que causaram a sua morte possa vir algum *daimon* ou algum homem». «Como juiz (δικαστής) ou como vingador (δικηφόρος)?—«Diz simplesmente: alguém que fará pagar o sangue com o sangue.»—«E esta oração é legítima?»—Sim, é legitima porque retribui aos inimigos com o mal».

Pagar aos inimigos com o mal era da ética normal dos Gregos e não há razão para supor que Ésquilo a pôs em causa. O aspecto interessante no passo é a distinção que Electra faz. A palavra δικηφόρος, «o executor da retribuição», foi ouvida duas vezes em *Agamémnon* e não conforta aqui. É a palavra usada pelo Arauto quanto à barra de ferro de Zeus que destruiu Tróia, e por Egisto referindo-se ao dia que trouxe a sua vingança. Mas a palavra δικαστής, em linguagem coloquial, «jurado», revela um vislumbre de qualquer coisa menos rude, embora tenhamos de esperar muito antes do vislumbre vir a ser luz do dia.

Agora Electra dirige uma oração—a Hermes, as forças inferiores, à Terra, a Agamémnon—para que tenham piedade dela e ajudem Orestes. Diz que é tratada como uma escrava; a assassina casou-se com o assassino; o par perverso roubou a Orestes a sua riqueza e está a esbanjar o que Agamémnon ganhou. E acrescenta outra oração — a qual é também diferente de tudo que foi dito ou pensado por alguém na primeira peça:

αὐτῇ τέ μοι δὸς σωφρονεστέρα πολὺ
μητρὸς γενέσθαι, χεῖρά τ' εὐσεβεστέραν

«E garanto a mim própria que posso ser mais casta que minha mãe, e mais reverente na acção».

Todas as características essenciais da nova situação trágica estão agora presentes: a primeira metade da peça outra coisa não faz do que defini-las e dar-lhes ênfase. Electra, como Orestes, está ligada ao seu dever para com os mortos. Como as coisas estão é impossível que o morto não seja vingado por seus filhos, mesmo por meio do matricídio: não há mais ninguém para o cometer. Mas é uma vingança que eles, diferentemente de qualquer dos vingadores em *Agamémnon*, procuram infligir com as mãos limpas e de coração puro; contudo, como é possível que as mãos de Orestes não fiquem sujas com o sangue de sua mãe? Estes novos vingadores, libertos de quaisquer motivos de culpa, devem, no entanto, fazer pior do que jamais se fez em *Agamémnon;* nisto reside a força trágica da peça.

A longa oração de Electra é seguida por um ritual impressionante: espalha pelo túmulo a libação tardia que Clitemnestra mandou e o coro acompanha a acção com um hino invocando a ajuda de Agamémnon contra os seus inimigos.

Segue-se uma cena que não é fácil de compreender — a cena do reconhecimento, que Eurípides parodiou na sua *Electra*. Electra vê um anel de cabelo colocado sobre o túmulo, como oferenda; acha-o tão parecido com o seu cabelo que conclui que deve ser de seu irmão, posto lá por ele ou por outrem em recordação dele. Então vê pegadas e constata que correspondem exactamente às suas. Ora é fácil fazer chacota de um passo trágico repetindo-o num contexto realista, que é o que Eurípides faz, tornando-o ainda mais divertido ao referir-se não a pegadas, mas a marcas de botas. A Tragédia Nova tornou-se muito sensível a coisas como cenas de reconhecimento, sem ter preocupações mais sérias quanto a elas; mas há dois aspectos a apontar antes de pormos Ésquilo de parte como trapalhão. Um é que o passo não é uma cena de reconhecimento: essa segue-se imediatamente quando Orestes sai do seu esconderijo e se apresenta. Tanto quanto se trata do simples enredo, não há razão para que Ésquilo não o tivesse feito tomar esta atitude logo que Electra e o coro tivessem terminado as suas orações. Parece concluir-se que ele tinha algum outro fim em vista ao interpor este passo. Um segundo aspecto está no que Orestes diz mais tarde (225-8): «Quando me vês em pessoa só com lentidão é que me reconheces embora quando viste o anel do meu cabelo e as marcas dos meus pés os teus pensamentos tivessem asas e imaginasses que me estavas a ver». Este contraste entre a actual cautela sensata de Electra e a sua excitação anterior deveria avisar-nos que, se consideramos a passagem prévia com o espírito mais prosaico possível, arriscamo-nos a não compreender as coisas.

Falando cruamente, o passo não é necessário; nenhuma acção subsequente se baseia na pretensão de que as supostas parecenças são válidas e a própria Electra imagina que o cabelo, afinal, pode não ser de Orestes, mas de qualquer inimigo (198). Como o passo, por assim dizer, se encontra livre, não ajudando a apoiar o enredo, conclui-se que Ésquilo o escreveu por qualquer outro motivo. Deveríamos meditar em que a cena foi escrita para o teatro e que o actor deve ter recebido instruções ou sugestões de Ésquilo, onde fosse necessário. Nós próprios temos uma sugestão; na sua linha final Electra fala da sua «angústia e tumulto de espírito» (211). Há a possibilidade, portanto, de Ésquilo tencionar que isso desempenhasse a função de ponto culminante altamente emocional — o que seria diferente. (Os músicos falam de um trecho musical que parece grosseiro no papel, mas que triunfa brilhantemente na execução). A nossa pergunta não deveria ser: «Porque foi Ésquilo um simplório tão grande ao ponto de supor que as pegadas de um irmão e de uma irmã se ajustariam? Mas sim: «É provável que esta cena que parece tão grosseira no papel, afinal de contas possa ter sido bem calculada para a representação?»

Não contribui para o enredo; contudo fornece-nos o que nada mais na peça nos fornece: um retrato das emoções mais profundas de Electra. O longo passo lírico que está para vir, o Kommos, é um Lamento e uma Invocação de concepção religiosa, não pessoal. Só aqui vemos Electra como irmã que espera, dilacerada entre a esperança e o desespero, isolada entre os inimigos de Agamémnon e os cidadãos que eles intimidaram, totalmente dependente da vinda de seu irmão. Quer dizer, o fundo da cena é lírico; Eurípides tê-la-ia escrito como uma monódia. Desempenhada em estilo simples e argumentativo, a cena mal podia realizar-se; cada leitor deve tentar estabelecer por si próprio até que ponto uma representação mais intensa, quase lírica, pode justificar os ilogismos. Com certeza que não compreenderemos nem a sua intenção nem o seu efeito se a tomarmos apenas por uma primitiva cena de Reconhecimento.

O irmão e a irmã encontram-se, finalmente reunidos. Que sofrimento Electra suportou, que alegria sente ela agora, concluiremos, se acharmos que devemos, do passo que temos estado a considerar. Orestes é, para ela, pai, mãe, irmão e irmã — «a irmã tão impiedosamente sacrificada»: é tudo. É a única referência, na peça, a Ifigénia; notável é que ela seja feita não por um dos inimigos de Agamémnon, mas por Electra. A apresentação de Agamémnon em diferentes tonalidades nas segunda e terceira peças serve o propósito de Ésquilo: a sua cegueira e loucura, o derramamento de sangue, a violência da sua conquista são esquecidos; ele é sempre o rei glorioso, abominàvelmente assassinado. A razão deste facto aparecerá mais tarde.

Nem a Orestes é permitido exprimir alegria particular. Em vez disso, ora a Zeus e repete, desde o princípio de *Agamémnon,* a imagem da águia: ele e Electra são a cria de uma águia abatida, retirados do seu ninho, espoliados do seu sustento. Recordamos como um deus ouviu o grito dos pássaros a quem roubaram os filhos e mandou uma Erínia para os vingar; recordamos, também, o que aconteceu ao vingador, graças à ira de Ártemis. Não é este o único passo em *Coéforas* onde a repetição da imagem nos faz perguntar, pouco à vontade, se os acontecimentos têm igualmente de se repetir. Electra (394 *seq.*) ora para que Zeus abata os culpados; recordamos como Zeus abateu Páris — e a seguir Agamémnon, que tinha vibrado o golpe. O coro (386 *seqq.*) suplica para que possam cantar o ὀλολυγμός, o grito de triunfo sobre um homem e uma mulher trucidados; recordamos o ὀλολυγμός cantado por Clitemnestra (*Agam.* 587 e 1236) e os feios hinos cantados pelas Erínias sobre o corpo de Agamémnon (*Agam.* 1473). Há súplicas repetidas pela vitória (148, 487, 868); recordamos certas aclamações prévias de vitória (*Agam.* 854, 1673) e quão passageira aquela vitória provou ser. *Coéforas* tira daqui muito da sua força trágica pois aí vemos os novos vingadores, muito diferentes em espírito dos antigos, mas ameaçados pelos mesmos sinais de perigo. E no entanto, com uma diferença, pois Orestes actua sob comando directo, na realidade as terríveis ameaças, de Apolo (269 *seqq.*).

Até agora o agir divino e humano têm sido coincidentes, mas independentes; é esta a primeira vez que um deus dá uma ordem directamente a um homem. Contudo a diferença não é radical; apenas questão de apresentação dramática. Os deuses começam a movimentar-se do pano de fundo em direcção ao primeiro plano do drama, mas o agente humano tem ainda as suas próprias razões para actuar como actua; Orestes não é um fantoche. Diz (297 *seqq.*) que deve cumprir a ordem do deus, mas mesmo sem ela tem de efectuar a vingança: é compelido pela dor por seu pai, pela sua própria pobreza, pela ideia que a sua própria gente se encontra sujeita vergonhosamente a tiranos covardes. A dupla motivação aqui é importante e é o que esperaríamos. Se Orestes estivesse a actuar contra a sua própria opinião, aterrorizado, nesse caso poderíamos começar a pensar em impulsos divinos, arbitrários e para além da razão; assim, vemos nìtidamente que o impulso de Apolo é simplesmente outro, mais universal, expressão do impulso que a situação, por si, exerce sobre Orestes. A decisão não é só de Apolo; é também dele próprio.

Segue-se o Kommos (306-478), em parte hino, em parte evocação, executado em uníssono pelo coro com Electra e Orestes à volta do túmulo. É da maior importância compreender que não há aqui nada de carácter psicológico; não se trata de delinear personagens nem dos meios pelos quais a determinação de Orestes é levada ao ponto de fixação. Orestes já está absolutamente decidido. É verdade que terá o seu momento de terrível inquietação ao enfrentar a mãe, mas o horror do acto não chega à peça a não ser naquele momento. O Kommos não faz avançar, de modo nenhum, o enredo; não contém nada de novo excepto a declaração de que Clitemnestra mutilou o corpo de Agamémnon; mas isto não é sugerido como incentivo adicional para Orestes; apenas intensifica o que já sabemos, que os inimigos de Agamémnon o têm estado a tratar com todas as formas de desonra.

Vemos, à volta do túmulo, «o grupo unido» (458) dos amigos de Agamémnon, rendendo-lhe, por fim, o tributo devido de um hino fúnebre. Demonstram--lhe a sua lealdade procurando que as suas vozes sejam ouvidas por ele, implorando o seu auxílio contra os seus inimigos e os deles, excitando a sua ira contra os assassinos dele e seus opressores, contando-lhe a posição vergonhosa em que se encontram e o perigo de que a linhagem de Atreu possa deixar de existir. Há assim uma reunião de todos e um reexpor enfático dos temas antigos. Um golpe deve pagar-se com outro golpe; o que o pratica deve sofrer; o sangue clama por sangue. Apelam a Zeus para que chacine os que chacinaram. Apenas os parentes, por meio da luta e do sangue, podem libertar a família. «Ares (A Violência) defrontará Ares; a Dike defrontará a Dike». Mas se a Dike entra em conflito com a Dike (como agora os Olímpicos estão em conflito com as Erínias) o universo é caótico e a Dike ainda não pode ser «Justiça». É o mesmo quadro escuro, sem esperança, que tínhamos em *Agamémnon*, cheio de ameaças, tanto mais trágico quanto Orestes, a braços com o pior de todos os crimes, tem motivos que são, deste modo, puros: «Ela pagará por ter desonrado meu pai, e depois de a ter morto, quero eu morrer» (438). A única fonte de luz nesta escuridão é a promessa de Apolo de proteger Orestes e a nossa fé de que, de qualquer modo e a certa altura, o reino de Zeus deva tornar-se no reino da Ordem.

Depois desta longa preparação lírica, a acção adquire rapidez. Orestes ouve falar do sonho de Clitemnestra; aceitando o presságio, declara que ele próprio se transformará na serpente que morde sua mãe. Mais uma vez, a imagem reforça a ideia: Orestes já comparou Clitemnestra a uma serpente que matou uma águia (248 *seq.*); tem de repetir o que ela fez.

Expõe o seu plano: como eles chacinaram δόλῳ, por astúcia, assim Egisto será chacinado por astúcia — aqui não diz ele nada quanto a Clitemnestra. Mas a ode seguinte coloca-a, à sua paixão ilegítima e ao seu crime abominável, bem viva diante de nós. «Contudo», dizem, «a raíz da Dike é firme; a Perdição forja a espada; a Erínia que não esquece, traz outra vez de volta, por fim, os descendentes dos velhos crimes para se vingar da profanação».

«Ora, ora!» São os descendentes do velho crime que batem à porta do palácio. Não sabemos qual é que o escravo trará, o senhor ou a senhora. É Clitemnestra que vem e ouve a astuciosa história da morte de Orestes. Ela fala da Maldição implacável sobre a casa; caiu agora sobre Orestes, «embora, na sua prudência, ele tenha ido para longe das areias movediças. Agora, a esperança da casa está destruida». Deveremos recordar que o actor que desempenha este papel está com uma máscara; a falsidade de linguagem é, ainda, aparente; trata-se da Clitemnestra de outrora. Pela Ama saberemos mais tarde como «ela mostrou um rosto triste aos servos e escondeu o sorriso dentro dos olhos perante coisas que sairam bem — para ela».

Quanto à Ama, e no nosso entusiasmo por esta cena breve, mas viva, devemos ter cuidado para não perdermos o sentido da cena total, supondo que Ésquilo a escreveu apenas com o propósito de animar o Drama. Tem sido lida como comédia — um triste desfiguramento da peça. Podemos observar que uma personagem como na vida não era, aqui, de modo nenhum inevitável. O público não se teria sentido enganado se Clitemnestra tivesse mandado um mensageiro formal dizer a Egisto que viesse imediatamente por causa de um assunto particular; e se ele tivesse vindo sòzinho, não teriam sido feitas perguntas. Mas Ésquilo arranja as coisas de maneira diferente. Consegue que o coro faça o que os coros Gregos nunca fazem: tomar parte na acção. A mensagem entregue à Ama é que Egisto virá com uma guarda pessoal; o coro persuade-a a alterá-la. A superioridade desta solução sobre um tratamento puramente formal do episódio é suficientemente clara. Resulta, na verdade, na interessante figura da Ama — e isso é tudo o que veremos, supondo que a principal preocupação do dramaturgo é o delineamento das personagens. Mas há muito mais. Em primeiro lugar, o tema da Astúcia recebe uma ênfase suplementar; do modo como semearam, assim colherão (556 seq.). Quando Orestes entrou no palácio e antes que a Ama saia dele, o coro invocou πειθὼ δολία, «a Persuasão Astuciosa»[1]; e quando Clitemnestra, mais tarde, compreende o que está a acontecer, tam-

---

[1] Um demónio?

bém ela diz (887 *seqq.*): «Perecemos por causa da astúcia do mesmo modo como matámos». Assim o trabalho da Dike se torna mais manifesto. Um segundo aspecto que se destaca é o isolamento moral dos criminosos: as pessoas comuns odeiam-nos e propositadamente fazem o que podem para os frustrar — o coro e a Ama; e o escravo que apela por Clitemnestra diz, num aparte (883 *seq.*): «A cabeça dela parece perto do cepo e cairá com razão».

Quanto ao suposto elemento de comédia, se compreendemos o que a Ama está a dizer, e porque o diz, não seremos tentados a sorrir quando se refere a fraldas de bébé. A mãe do homem de quem se diz que está morto, «oculta o riso nos seus olhos»; é a velha escrava que tem o coração despedaçado: o que aconteceu antes, diz ela que foi uma dor insuportável, mas isto é pior, que tenha morrido Orestes, a criança a quem ela dedicou toda a sua vida (748-53).

Enquanto esperamos por Egisto, o coro canta uma ode impressionante na qual louva Zeus, Apolo, Hermes, todos os deuses adorados dentro do palácio: «Que o velho crime não traga mais prole à casa!» Clitemnestra, em *Agamémnon* (1567-77) exprimiu a mesma esperança; agora está a ponto de morrer. Como pode esta oração ser levada a cabo? Mais que uma vez nos tem sido dito, nesta peça, que um golpe clama por outro golpe, o sangue reclama sangue. Há, na verdade, motivos para ter esperança, mas também sérios motivos para grave receio.

Até que Oreste se encontre face a face com Clitemnestra, de espada na mão, Ésquilo não encorajou os nossos espíritos para que nos demoremos no horror do matricídio; o conflito foi de natureza cósmica, não psicológica. Agora, por altura da crise suprema, o conflito na alma do próprio Orestes vem ao de cima e é tratado à maneira típica de Ésquilo. Bastam meia dúzia de linhas — porque Ésquilo é suficientemente competente para explorar as convenções do seu teatro e fazer com que elas executem a maior parte do trabalho. Pílades é aquela figura convencional do palco Grego, o actor excedente que nunca fala; aceitámo-lo completamente como tal. Portanto, quando fala, produz o efeito de um trovão. As suas terríveis três linhas, lembrando a Orestes, e a nós, a ordem de Apolo, põem de parte mesmo uma dificuldade tão poderosa como a que agora trabalha no espírito de Orestes. Tècnicamente o expediente é antiestrófico, em relação ao que é usado, na peça anterior, com Cassandra: aqui consegue-se o efeito deixando falar um actor que esperamos que esteja calado; lá, consegue-se impondo silêncio a um actor que esperávamos que falasse.

Segue-se o breve colóquio entre a mãe e o filho. Ele refuta os argumentos com que ela se justifica, contudo não sem nos deixar apreensivos por causa dele, neste universo em que Ares entra em conflito com Ares e Dike com Dike. Ela advoga que o Destino, Μοῖρα, e não ela, causou a morte de Agamémnon; responde ele que o mesmo Destino vai agora causar a dela. Não poderá ele também causar a morte de Orestes? Diz ele: «Mataste quem não devias; sofre agora o que não devias». Ela ameaça-o com a perseguição das suas Erínias se a matar; ele apenas pode responder que, se não a matar, as Erínias de seu pai o perseguirão. Nada poderia exprimir mais violentamente a bancarrota do sistema cósmico e social da Justiça que temos vindo a observar até aqui.

A última cena, evidentemente, foi destinada a fazer evocar a cena em *Agamémnon* na qual a assassina aparecia triunfante sobre os dois corpos. Clitemnestra tinha dito: «Aqui jazem eles, lado a lado, o adúltero e a sua amante». Orestes diz: «Aqui jazem eles, juntos na tirania, juntos no assassinato, juntos na morte». Orestes faz com que seja exibida e mostrada à luz do Sol que tudo vê, a vil artimanha na qual ela enredou Agamémnon: «uma astúcia digna de um salteador, para assassinar e para roubar em seguida». Também vimos isto na cena precedente, «a rede tecida pelas Erínias» que Egisto aplaudiu alegremente, contraparte nítida da rede que foi atirada por Zeus à volta de Tróia. As coisas tornaram-se agora nìtidamente menos impressionantes. O futuro pode ser escuro e ameaçador, mas pelo menos podemos olhar para trás e ver o grande progresso moral já realizado. Mas a investida das Erínias ocultas põe a claro que o progresso foi em vão enquanto a Dike puder exigir actos destes.

3. «Euménides»

Há cenas em *Agamémnon* que são um pouco tediosas enquanto não compreendemos o que Ésquilo tinha em mente. *Euménides* dá azo a que cometamos o erro oposto: é tão espectacular do princípio ao fim que há o perigo de supormos que Ésquilo estava apenas a deitar fogos de artifício teatrais, com referências ocasionais à história passada ou presente de Atenas. É esta a peça acerca da qual se pôs a correr a história de que a aparição terrífica do Coro fazia desmaiar os rapazes no teatro e provocava abortos nas mulheres — uma história bem estúpida, mas compreende-se porque teria sido inventada. Aristóteles escreve um tanto friamente acerca do Espectáculo no drama; Ésquilo, por outro lado, imaginou-o com entusiasmo e em parte nenhuma tanto como nesta peça.

Na primeira cena, passada diante do templo de Apolo em Delfos, instaura-se um clima de dignidade, calma e beleza. A tradição era que Apolo tomasse posse de Delfos pela força. Nesta peça Ésquilo abole a força; tudo é ordem e paz. A primeira de muitas proezas teatrais é que a Sacerdotisa, tendo penetrado no santuário, sai de novo aterrorizada, com quanta força tem; viu lá dentro monstros tão horrendos que mal os pode descrever. A seguir vemos o próprio Apolo em toda a sua majestade, o Apolo que tem sido apropriadamente comparado com o quase contemporâneo Apolo no frontão de Olímpia. Garante a Orestes a sua protecção e entrega-o, para o pôr em segurança, nas mãos de Hermes, o deus a quem Orestes estava a orar no princípio de *Coéforas*. As Erínias, vencidas pelo sono, jazem, desordenadamente, no chão. Apolo refere-se a elas precisamente como o fez a Sacerdotisa; são criaturas repugnantes, da mais baixa extracção.

A cena fica vazia, com excepção das que dormem. Então ergue-se o Espectro de Clitemnestra e esta mulher é ainda mais impressionante morta do que viva. Mesmo a estes seres horríveis ela fala com autoridade: censura-as pelo seu sono, fala-lhes da sua posição desonrada entre os mortos e acicata-as a perseguirem seu filho e assassino. Grunhindo e gemendo vão gradualmente acordando e vêmo-las, por fim, a executar uns passos de dança no lugar sagrado e a protestar violentamente contra a chicanice de Apolo. O deus regressa. Depois de uma violenta altercação, cheia de indignação por um lado e de ódio e desdém por outro, ele expulsa-as, reatando elas a sua impiedosa perseguição de Orestes.

Tivémos quatro cenas do maior efeito e contudo estamos apenas no v. 235; no v. 235 de *Agamémnon* ainda estávamos a ouvir a primeira longa ode. Eis aqui, na verdade, movimento dramático; e continua sem abrandamento de ritmo ou intensidade, através do tremendo conflito na Acrópole em Atenas até à procissão solene com a qual termina a trilogia.

Mas a acção não é apenas vigorosa; é também de espantar. Temos o direito de ficar surpreendidos que um poeta religioso represente divindades em amargo conflito. Apolo e a Sacerdotisa descrevem as Erínias em termos que nos recordam Satanás e o seu grupo infernal: Apolo diz-lhes que se não deixarem o seu templo imediatamente, atirar-lhes-á com as suas setas e fará com que vomitem o sangue humano que beberam. Mas o *Paraíso Perdido* não nos preparará para o que vai acontecer aqui. O conflito é submetido a Atena; por sua vez, ela submete-o a um juri formado por ela própria e por onze dos mais sábios cidadãos de Atenas [1] — outra ideia não muito própria de Milton. Poderíamos esperar que o veredicto fosse esmagador. Apolo parece ter todas as cartas na mão: é o deus radioso de Delfos, um filho de Zeus, e diz com ênfase que nunca deu aos homens uma resposta que não lhe tivesse sido dada por Zeus (616-618). Portanto a ordem que deu a Orestes, veio de Zeus. Quanto aos adversários de Apolo, Ésquilo faz tudo que lhe é possível para salientar o seu primitivismo e o fosso que os separa dos Olímpicos: Atena, por exemplo, fala-lhes como se nunca os tivesse visto antes e observa que eles não se parecem nem com os deuses nem com os homens. No entanto, quando os votos são contados, são iguais, embora Atena tenha votado por Orestes; o soberbo Apolo aproxima-se tanto do falhanço como as Erínias se aproximam do êxito. Além disso o papel de Apolo, que começa de modo tão impressionante, termina tão sem brilho que, a partir do texto, é impossível dizer onde é que ele sai; evapora-se, pura e simplesmente.

Há outras coisas que nos surpreenderiam, especialmente se abordarmos o drama, mesmo o drama de Ésquilo, com um preconceito sadio a favor do senso comum e da boa qualidade artística.

Torna-se suficientemente claro que as Erínias estão a disputar não apenas com Apolo, mas com

---

[1] A prova de que era esta a composição do júri é dada em *Form and Meaning in Drama*, pp. 65 *seqq*. É que, em resumo, os vv. 711-34 não podem ser razoàvelmente encenados a não ser que Atena seja um dos doze.

os Olímpicos, em conjunto. Dizem repetidamente que são Divindades Mais Velhas e protestam contra as pretensões dos Deuses Mais Jóvens que, dizem, mais de uma vez transgrediram a Partilha, ou Moira, e a Dike (149, 163 *seq*., 321-7, 723-8), e «espezinham», καθιππάσασθαι, as antigas filhas da Noite (150, 731, 778 *seq*.) — e metade do júri parece estar de acordo. É de acordo com isto que recebemos a impressão que os deuses Olímpicos formam um grupo harmonioso sob a égide de Zeus. A Sacerdotisa informa-nos que Apolo recebeu de Zeus o seu dom de profetizar, que os filhos de Hefestos tornaram suave o seu caminho para Delfos, que Palas Pronoia (a Previdência) é honrada nas suas respostas, que também Dioniso tem um lar em Delfos. Além disso, na sua primeira altercação com as Erínias, Apolo diz-lhes que, pela sua acção, estão a ultrajar a sagrada instituição do casamento, garantida pelos acordos trocados entre Zeus e Hera e presididos por Afrodite. Que Apolo nunca falou sem a autoridade de Zeus é um facto que já mencionámos; e podemos acrescentar a tudo isto que Atena, quando chega a sua vez, deixa igualmente claro que também fala por Zeus: dele vem a sua sabedoria (850) e quando foi bem sucedida em conciliar as Erínias, atribui a vitória a Zeus — a Zeus Agoraios, título que pode ser surpreendentemente traduzido por «Zeus das Reuniões Públicas». Não há problema a não ser que os Olímpicos são, virtualmente, uma Divindade — e as divindades mais velhas acusam-nos de injustiça e de agressão.

Ora, ao ler ou considerar a terceira peça de uma trilogia, estamos aptos a recordar a primeira e a esperar que o próprio dramaturgo não se tenha esquecido dela. Há, na verdade, estudiosos que afirmam que um dramaturgo compõe naturalmente uma peça mais descuidadamente ou com menos competência do que eles comporiam um artigo erudito e assim dão uma explicação satisfatória do que acham inconveniente na peça, invocando um princípio de erro natural, a inconsistência; o que, num artista sério, se tornaria numa absoluta irresponsabilidade: o artista pode ser inspirado, mas não será demasiado esperar que tenha igualmente inteligência e técnica.

Já na trilogia ouvimos falar bastante acerca das relações mútuas entre os Olímpicos e as Erínias: em *Agamémnon* e *Euménides* estas relações são muito diferentes. Em *Agamémnon,* Zeus ou Pan ou Apolo mandam uma Erínia para punir o transgressor e, evidentemente, a Erínia cumpre a ordem do seus sem contestar. Somos informados que os crimes cometidos na casa de Atreu foram obra das Erínias; apesar disso, o coro pode afirmar que tudo aconteceu «através de Zeus que é a causa de todas as coisas». Mais notório ainda é que, em vista do que acontece na terceira peça e a fim de satisfazer a sua raiva contra Cassandra, Apolo se tenha servido das Erínias que bebiam sangue e estavam a frequentar a casa de Atreu; contudo em *Euménides* ele fala delas com irrestrita repugnância e desprezo. Há certamente uma inconsistência. O problema é se a razão para ela é a negligência ou a incapacidade ou se Ésquilo — tendo talvez pensado no seu enredo durante uma semana ou duas antes de começar a escrever — positivamente quiz dizer alguma coisa com isso e esperou que o seu público compreendesse.

Uma questão subsidiária acha-se aqui envolvida: há a intenção de que as Erínias da terceira peça sejam as mesmas que a Erínia ou Erínias da primeira? Claro que a resposta é: Sim. As que vemos em *Euménides* são, na sua aparência, natureza e função, idênticas às que Cassandra descreve em *Agamémnon*; em cada uma das peças são a encarnação da vingança cega, automática — como o é também a Erínia que perseguiu Helena através do mar (*Agamémnon* 749). O problema quase nem vale a pena pôr-se a não ser por trazer à luz uma «inconsistência» menor que foi, certamente, concebida por Ésquilo devido a uma boa razão artística: em *Euménides* as Erínias são, por vezes as Erínias de Clitemnestra, por vezes as Erínias de uma maneira geral. São apresentadas como sendo as primeiras; como tal, são encarregadas da execução da vingança de Clitemnestra e não estão interessadas em mais nada; como tal, exaltam as reivindicações da mulher sobre as do homem. Mas não falam na qualidade de Erínias de Clitemnestra quando dizem que a sua função é punir o homicídio (421), a morte de um pai ou de uma mãe (514-16), uma injúria feita a hóspedes (546), a violência que deita por terra uma casa (354-59); e nenhum público em perfeito juízo suporia, quando a reconciliação final se verifica, que apenas as Erínias de Clitemnestra estavam instaladas na Ática, deixando um número não especificado delas irreconciliado, algures no vazio — incluindo as Erínias de Agamémnon, das quais ouvimos dizer em *Coéforas* (925) que, de facto, não foram chamadas à vida porque Orestes vingou seu pai. Não se trata de confusão, a não ser para um pedante; é simplificação: o público pensará, de cada uma das vezes, numa vingança directa, implacável, irracional. Ésquilo segue o cânone dramático correcto que diz: Nunca explicar o que, aconteça o que acontecer, seja óbvio.

Em *Agamémnon* os Olímpicos podem trabalhar de acordo com as Erínias porque ambas as partes são primitivas; mas o seu sistema comum de justiça, que compartilham com todos os actores humanos da peça, termina no caos: o rei que recebeu o seu ceptro de Zeus (*Agamémnon* 45) foi, devido à concretização do próprio plano de Zeus, assassinado e suplantado por um tirano sem lei; e Orestes encontra-se na posição impossível de dever e não dever vingar o pai. As Erínias não têm nada contra o caos, nem se interessam pela contextura da sociedade humana. O dilema impossível no qual Orestes está colocado não as perturba porque, se Orestes matar a mãe, as Erínias dela caçá-lo-ão até à morte, mas se o não fizer, então as Erínias de Agamémnon é que o farão. É muito simples. Mas os deuses mais jóvens têm outras ideias; afinal de contas, foi Zeus a lançar a ideia que a compreensão nasceria do sofrimento. Os Olímpicos, ou alguns deles, estavam particularmente interessados na contextura da sociedade humana — como protectores de cidades ou de ruas, de casas ou famílias, e como legisladores. Estes deuses ocupavam-se com o aspecto político da vida, ao contrário de outros — Dioniso, Deméter, Eros, Afrodite em alguns dos seus aspectos, Ares — cujo campo era o não-político.

Aqui, na trilogia, surge a cisão entre os Olímpicos e as Erínias. Zeus, os Olímpicos, abrirão um caminho para fora do caos em que termina *Agamémnon*; se for necessário, Zeus imporá novas leis da sua própria invenção; invadirá direitos antigos infringindo a Moira, porque a ordem não pode ser imposta no caos de outra maneira. O dilema pode ser referido assim, nas suas linhas gerais: não há lugar para coisas como Justiça se um rei, marido e pai pode ser assassinado impunemente uma vez que, então, a sociedade organizada estaria no fim. Por outro lado, há lealdades e obrigações sagradas que são instintivas e íntimas e sem as quais a sociedade não pode continuar: para o corpo da polis, o matricídio não é menos mortal do que o regicídio — e acabámos de ver que, com o matricídio, Ésquilo combina o parricídio e o ultraje aos hóspedes.

O propósito da primeira metade de *Euménides*, a metade Apolínea, é mostrar que os Olímpicos são, com sinceridade e parcialidade, defensores do Rei e da Autoridade. Como preparação para isto é que Agamémnon foi apresentado a uma luz diferente em *Coéforas*; que a sua destruição de Tróia, por exemplo, se tornou não num acto de violência que levantasse apreensão quanto a ele, mas uma façanha gloriosa. Na primeira parte de *Euménides* há, na verdade, um resplendor que brilha à volta de Apolo; há pureza, beleza, ordem, o que tem a sua correspondência humana na pureza de motivos revelada pelos novos vingadores. Saímos para fora da escuridão, mas não estamos ainda em terreno firme; nem os argumentos extrema e intencionalmente pouco convincentes acerca da primazia do varão, nem o desdém majestoso que ele mostra em relação aos deuses mais velhos, por mais rudes que sejam, nos permitem sentir que estamos sobre terreno firme. E como poderemos estar, enquanto que no Céu lavra a guerra civil? A situação parece-se com a de *Prometeu*, onde Zeus tem um adversário que lhe pode chamar déspota jóvem e tirânico.

Mas na segunda parte da peça a figura dominante é Atena. Suplanta Apolo, e por implicação, corrige-o; a sua cortesia para com as Erínias contrasta profundamente com o desprezo de Apolo. São, no dizer dela, seres diferentes dos deuses ou dos homens; contudo, «falar mal de outrem quando esse alguém não nos ofendeu (ἄμομφον ὄντα), é um erro». A fim de não começarmos a adivinhar inùtilmente as razões pelas quais Ésquilo inventou este contraste entre deuses, notemos que se trata de uma parte coerente de um esquema mais vasto. Em primeiro lugar é devido a esta cortesia e tolerância de Atena que as Erínias concordam em aceitar a arbitragem dela: da hostilidade total de Apolo não poderia surgir qualquer conciliação. Mas há mais do que isto: Atena vê mais ao longe do que Apolo. Ela concorda, e repete-o, com o que é a essência principal do argumento das Erínias, que o Medo não deve ser afastado — o medo de certos castigos que elas fazem caír sobre os culpados de derramamento de sangue. Critica os métodos usados pelas Erínias: há uma insinuação de não aprovação quando se torna claro

(422-4) que não terá fim a perseguição delas a Orestes, e momentos depois censura-as por tentarem arrebatar uma vitória desonesta por meio do Juramento. (Isto significa que elas desafiaram Orestes a negar, sob juramento, que tinha morto a mãe — o que ele não podia fazer dado que a sua defesa não consistia em negar a acusação, mas sim na justificação; mas para as Erínias o motivo e as circunstâncias são irrelevantes; apenas o simples acto importa). Outra fraqueza grave, no caso delas, aparece nas alegações. Argumentam (605) que o matricídio é pior do que matar o marido visto que o filho está ligado à mãe pelo sangue, mas o marido não tem parentesco com a esposa. O argumento não prova, como alguns julgaram, que Ésquilo estava a pensar, quer como arqueólogo quer como teórico político, em antigos costumes tribais; prova sim que estava a pensar na sua peça: é a contraparte do argumento unilateral de Apolo. Ele defendeu razoàvelmente o laço do casamento como sendo a pedra angular da sociedade; as Erínias declaram que isso não lhes interessa. Insistem, razoàvelmente, em que o laço de sangue deve permanecer inviolável; Apolo argumentou que a mãe não é, de modo nenhum, realmente um ascendente directo. O júri, razoàvelmente, não diz «Uma praga caia sobre as vossas duas casas», mas, pelo menos, que cada uma das partes está metade certa, metade errada.

A parte incontestável da causa das Erínias é que crimes como o matricídio, o parricídio, o ultrage a um hóspede, não podem passar sem castigo. «Em vão», dizem elas, «os homens gritarão à Dike, às

Erínias. O temor não deve ser expulso. Que será do homem se não temer coisa nenhuma? Evitar a anarquia bem como evitar o despotismo; o caminho médio é o melhor». Atena repete este argumento como sendo seu próprio: «Gostaria que os meus cidadãos venerassem este tribunal e se afastassem da anarquia e do despotismo. Que o temor não seja expulso; que será o homem, afinal, se não tiver receio de nada?» (690-99). A anarquia e o despotismo são os extremos que se tocam — na violência moral e política; porque o despotismo é a violência de um ou de poucos, a anarquia a violência de muitos. Durante o século quinto, Atenas conheceu ambas.

Quanto ao julgamento há outros pontos, para lá da votação e dos argumentos usados, que anotámos como dignos de surpresa: que a absolvição de Orestes não seja o ponto culminante da peça, que uma disputa entre os deuses mais velhos e os mais novos seja derimida, não pelo Deus Supremo, mas por sua filha e onze jurados humanos sentados e a votar todos juntos e que Apolo se evapore. O último facto é absolutamente lógico. Ésquilo não se mostrará interessado em Apolo como Personagem Divina se um tal interesse não lhe for útil ao drama; não escreve uma fala de despedida para Apolo — «Agora regresso a Delfos como um deus mais sábio». Apolo, como representante de Zeus, foi, na peça, suplantado por outro, Atena.

A participação humana no julgamento é uma continuação lógica daquela correlação entre o humano e o divino que temos vindo a encontrar. Estes deuses não fazem pressão sobre os homens; na verdade, o

Fantasma de Clitemnestra faz pressão sobre as Erínias. A humanidade está profundamente envolvida neste conflito; do seu resultado depende a estabilidade política e social ou as suas alternativas de anarquia e despotismo. Destruirá, em quaisquer circunstâncias, a autoridade, aquela Dike que as Erínias executam? Por outro lado, deverão os genuínos fundamentos da ordem social ser desafiados pela impunidade? Deste ponto de vista, talvez o suborno aberto do Tribunal, por parte de Apolo, não seja tão impudente como poderia, à primeira vista, parecer: ele promete poder político a Atenas. Mas é unilateral; e quanto às destruições com que as Erínias ameaçam? O autêntico bem-estar, como os resultados mostram, vem apenas da devida conciliação e fusão destes contrários. A felicidade humana está em jogo; a humanidade deve comparticipar na responsabilidade da decisão. O que Atena, Santa Sofia, traz é tolerância, o julgamento equitativo — uma vez que ela, uma Olímpica, aceita a metade válida da causa das Erínias — a razão (Peitho, Persuasão), e clemência — uma vez que os votos iguais absolvem. Estes são atributos divinos no homem; como Hémon diz a Creonte (*Antígona*, 683 *seq.*): «Foram os deuses que implantaram a razão nos homens, a maior de todas as bençãos». O Tribunal do Areópago, protótipo de todos os tribunais, é uma instituição divina, uma barreira contra a violência, a anarquia e o despotismo; e na primeira reunião deste tribunal, Atena senta-se com os seus concidadãos. A ira, μῆνις, como meio da Dike, dá lugar à razão.

Zeus progrediu da violência e da confusão, nas quais as Erínias eram os seus agentes inquestionáveis, para a interferência arbitrária, que encolerizava as Erínias, e daí para a razão a para a clemência, o que as encoleriza ainda mais. O conflito não pode continuar; como terminará? Atena, referindo-se a raios (827 *seq.*), dá uma ideia do poder invencível com que Zeus subjugou Cronos (*Agam.* 167-73), mas desta vez ele não leva a melhor por meio de raios, mas sim através do dom de persuasão de Atena (*Eum.* 885 *seq.*, 970-5): convence-as que na nova governação do mundo, se a aceitarem, embora os seus métodos de executar a Dike sejam diferentes, os seus privilégios não serão infringidos, antes ampliados; que há necessidade delas na Polis se se quer que não seja dilacerada pela discórdia. Embora a razão e a clemência sejam admitidas, o temor não será expulso e a Dike, no seu mais amplo sentido, (*Eum*, 903-15) irá ficar a seu cuidado. Elas aceitam; e assim, como Atena pitorescamente diz, Zeus das Reuniões Públicas, Ζεὺς 'Αγοραῖος, prevaleceu. Com a excepção de que Ésquilo *não* é pitoresco. Se tivesse sido possível trazer Atreu, ou Tiestes, ou Páris, ou o problema da guerra, ou Clitemnestra, ou Egisto diante de uma Assembleia responsável e desinteressada, as exigências da Dike poderiam ter sido satisfeitas e o caos afastado. É nesta conciliação final que Zeus se torna verdadeiramente Teleios (*Agam.* 973 *seq.*). Fica aos homens o reverenciar e ter medo dos seus agentes e aliados, não agora as Erínias vestidas de negro, mas as Euménides vestidas de vermelho.

Continha a trilogia alguma referência à política contemporânea? Diz-se geralmente que sim e a suposição parece plausível. Cerca de três anos antes de ser representada, os poderes do Areópago, o antigo conselho dos ex-arcontes, tinham perdido importância a favor da assembleia Popular, sendo Efialtes e Péricles os principais responsáveis pela reforma. Os que gostariam que Ésquilo fosse um bom Conservador argumentam que *Euménides* contém um protesto; os que gostariam de ver nele um Liberal argumentam que estava voltado para a função original do Tribunal: a jurisdição em casos de homicídio, o que os reformadores respeitaram escrupulosamente. Nenhum dos argumentos revela uma compreensão muito profunda quer da trilogia quer de Ésquilo. Em Atenas, a luta política podia, de vez em quando, tornar-se violenta: Efialtes, por exemplo, tinha sido assassinado. Com certeza que a trilogia lavra um protesto — contra a raiva cega e a violência, contra o despotismo e a anarquia por igual. Não termina num puro optimismo, mas com uma certeza condicional: as Euménides, ex-Erínias, trarão prosperidade a uma cidade que reverencia a Dike; uma cidade que não se exporá à ira delas.

CAPÍTULO IV
A ARTE DRAMÁTICA DE ÉSQUILO

Ésquilo domina completamente a sua arte. Parece tarefa impossível reduzir o seu procedimento dramático a qualquer espécie de sistema. Por exemplo: alguns dos seus enredos são cheios de acção, como a segunda metade de *Coéforas* e o total de *Euménides*, contudo durante a maior parte do tempo, *Os Sete contra Tebas* e *As Suplicantes* são completamente estáticas, *Prometeu* tem um actor principal que não se pode mover e consta quase inteiramente de falas e *Os Persas* é quase toda uma narrativa. Em *Euménides* dirige o que são virtualmente cinco actores, com a maior facilidade; em *As Suplicantes* não pode dirigir nem dois sequer — facto tanto mais interessante agora que já não podemos supor que Ésquilo escreveu a peça, relativamente jóvem, quando ainda não tinha aprendido a servir-se dos dois actores. [1] O mesmo se passa com o delineamento das

---

[1] Isto nunca foi um bom argumento: não dizemos que *Prometeu Agrilhoado* deve ser anterior porque Ésquilo ainda não tinha

suas personagens: por um lado, encontramos retratos vivos ou esboços, como os de Clitemnestra ou da Ama; por outro, meros contornos, como os de Pelasgo, Dânao ou Xerxes.

De facto, Ésquilo não é o único, entre os poetas trágicos Gregos, que se recusa a comportar-se devidamente. Sófocles, admirado pelo seu sentido da forma, como por tudo, deixou-nos duas peças das quais se diz que têm uma quebra no meio. Ele não é tão completamente αὐθάδης, obstinado, como Ésquilo, mas Eurípides segue-o de perto porquanto era capaz de construir os enredos mais brilhantes, como o de *Ifigénia na Táuride* que Aristóteles òbviamente admirava, mas por outro lado, escreveu peças que induziram alguns dos seus críticos a chamá-lo «alfaiate remendão» e a fazer a sugestão condescendente de que ele é que inventou o *deus ex machina* com o propósito de se livrar de enredos dos quais não era capaz de achar outros meios de se escapar.

Parece este um momento conveniente para se considerar a situação global. O que vemos é o seguinte: Aristóteles fornece uma receita clara para se fazer uma boa peça, receita essa que se supõe vulgarmente ter sido deduzida por ele da prática dos seus dramaturgos clássicos, contudo eles próprios parece terem tratado tais princípios com indiferença considerável. Que devemos nós fazer? Podemos, evidentemente,

---

aprendido a fazer um enredo ou a dirigir o diálogo. Não é de modo nenhum provável que Ésquilo tenha introduzido o segundo actor quando não sabia bem que fazer com ele ou como servir-se dele. Não é esta a maneira de um artista trabalhar.

passar por cima de cada peça com uma fita métrica Aristotélica e proclamar que assenta bem ou que assenta mal, conforme for o caso, mas poucos pensariam em considerar isto como uma forma de crítica esclarecida. É muito semelhante à proeza de um estudioso da música dos começos do século dezanove que declarou que, das 48 fugas de Bach nenhuma estava correcta; ou como o célebro Rockstro que compilou o que por muito tempo se considerou como sendo o livro de texto padrão do contraponto do século dezasseis; pois Rockstro explicou que tinha sido compelido a inventar muitos dos exemplos dados no livro, desde Palestrina, uma vez que Vitória e os restantes não forneciam exemplos favoráveis. A crítica académica, na sua pior expressão, pode ser extremamente cómica.

Podemos, com segurança, partir da hipótese que estes três dramaturgos eram homens inteligentes: os seus públicos concordavam que Ésquilo e Sófocles eram os melhores poetas trágicos que Atenas possuía e nas outras artes os níveis Atenienses de perfeição eram muito elevados. Portanto quando o nosso crítico moderno nos diz, a propósito de duas cenas em *Agamémnon,* que são, manifestamente, uma maçada, e outro, que a dramaturgia de *Euménides* é «ingénua» (e possìvelmente não digna de ser considerada a sério, uma vez que ele não a considera, de modo nenhum), [1] vale a pena talvez pôr a hipótese de que perderam qualquer coisa em qualquer

---

[1] H. Lloyd-Jones, *Journal of Hellenic Studies,* LXXVI (1956), p. 64.

parte talvez por olharem para o alvo errado — especialmente se nenhum deles tomou em consideração coisas como as imagens verbais pormenorizadamente construídas na peça, o que pode não ter ido parar lá por acaso.

O dito de que toda a grande arte é intemporal, deve ser recebido com precaução: não quer dizer, com certeza, que qualquer observador normalmente inteligente possa divagar por qualquer obra de arte antiga, seja qual for o meio, e depois de a examinar a compreenda e aprecie; pode ficar incapacitado devido a determinados preconceitos próprios não examinados e não compartilhados pelo artista. Para nos servirmos de um exemplo extremo: se tomasse como ponto assente que as artes visuais obedecem necessàriamente aos princípios conhecidos da perspectiva, não seria capaz de dizer o que quer que fosse digno de ser ouvido acerca de muitas das pinturas dos vasos Gregos.

Não muitos de nós são ingénuos a esse ponto, contudo a crítica dos dramaturgos Gregos, incluindo também, quanto a esse ponto, a tragédia Shakespeareana, encontra-se obstruida por hipóteses que diferem apenas em grau do que acabámos de dizer. Assim, tomamos como axioma o facto de que todo o drama é construido à volta do carácter, acções, motivos e destino de uma personagem central a quem poderemos chamar de Herói Trágico; mais diremos que o dramaturgo desenvolve a acção, ou o enredo, lògicamente, passo a passo. Está tudo em Aristóteles; em qualquer caso isso salta aos olhos. Portanto, quando encontramos um dramaturgo que não faz estas coisas ou que as faz apenas com intermitências, consideramos que é um defeito e ou lhe chamamos incompetente ou tentamos encontrar uma explicação satisfatória para o facto. Não reflectimos imediatamente que, no que diz respeito ao drama moderno, o herói trágico que tudo significa é uma ideia do Renascimento, completamente alheia ao drama medieval e que, na medida em que Shakespeare estava ainda em contacto com a tradição medieval, é-lhe também alheia; e que, uma vez que, com bastante frequência não consegue dar resultado no que resta do drama Grego do século quinto, a sua aparição em Aristóteles poderia estar ligada ao equivalente contemporâneo Grego do nosso Renascimento.

Mais uma vez pode dar-se o caso de sermos mal orientados pelo nosso historicismo. Lancemos o olhar, retrospectivamente, sobre três quartos de século de drama trágico Grego. Observamos que, durante este período, ocorreram certas evoluções naquilo que chamamos de forma trágica Grega. Registamo-las — sem dúvida uma coisa racional a fazer, mas isso não é crítica, e se não formos cuidadosos, o facto pode impedir a crítica, isto é, a compreensão. Registamos, por exemplo, que Ésquilo não ajustava as cenas umas às outras com a mesma destreza de Sófocles, nem retratava a personagem com tanta vida nem usava o terceiro actor com tanta liberdade. Quanto a estes aspectos dizemos que Sófocles fez avançar a arte do drama trágico; a este respeito Ésquilo permaneceu um tanto primitivo. Seja assim; não há nisto nada a lamentar, mas há algo acerca de que devemos ser cautelosos porque estamos a servir-nos da palavra «primitivo» num sentido puramente histórico referida apenas à nossa abstracção «a forma trágica Grega», ou estamos a dar-lhe ressonâncias críticas, significando que Ésquilo não controlava por completo a sua técnica dramática? Mas evidentemente que a técnica dramática, qualquer técnica, não é absoluta; é relativa à tarefa a ser realizada. O perigo desta aproximação histórica é que ela nos possa tentar a pensar apenas negativamente de tais características do estilo de Ésquilo: ele não fez estas coisas porque, por assim dizer, viveu um pouco cedo demais. Talvez isso pudesse ser verdade, mas primeiro deveríamos tentar pensar no caso com nitidez; pode tratar-se de características da arte dramática que foram desenvolvidas por Sófocles devido a razões que lhe diziam respeito e que, por motivos igualmente válidos, Ésquilo evitou ou não inventou. No drama de Ésquilo poderiam ter sido simplesmente estúpidas.

Quanto ao herói trágico, podemos considerar que se trata de uma lei imutável do drama o facto de uma peça girar à volta de uma única personagem. Nem todos os dramaturgos estão de acordo. Uma peça deve ter a sua unidade; pròvàvelmente, nada do que consideramos unânimemente uma grande obra de arte se ressente da falta dela. Mas a unidade da peça não subsiste, necessàriamente, numa personagem; não é Agamémnon nem Clitemnestra que dão a unidade às suas peças, nem Xerxes a *Os Persas,* nem Hécuba a *As Troianas.* Mesmo quando há, sem sombra de dúvida, uma personagem central e dominante numa peça e graças ao interesse moderno pela personalidade e pelo individual, podemos ainda assim não compreender o grau de importância que ela teve no espírito do dramaturgo acabando deste modo, mais ou menos sèriamente, por não compreender a sua peça.

Tomemos um exemplo de Shakespeare. Está fora de discussão quem é a personagem central, o herói trágico, em *Coriolano*. Ora, quando a peça foi representada a última vez em Stratford, [1] um dos críticos observou que ela perde o sentido, para o fim — juízo que não é muito comum sobre a peça. A razão que deu é que «quando Coriolano chefia um exército inimigo contra Roma, apenas para satisfazer uma má vontade pessoal contra a cidade, a nossa crença na sua nobreza estrutural torna-se difícil de sustentar». Isto, conscientemente ou não, é perfeitamente Aristotélico: o herói trágico deve ser ὅμοιος, «como nós», porque se não for, não sentimos compaixão por ele; é preciso que possamos acreditar na sua nobreza estrutural. O que é também moderno. Infelizmente, não é Shakespeariano. Como efeito semelhante, o especialista de Shakespeare E. E. Stoll, considera uma deficiência da peça que o retrato do carácter de Coriolano seja «externo»: Shakespeare não explora os processos mentais que levaram Coriolano a juntar-se aos Volscos — ao que Granville Baker sensatamente replicou que em Coriolano não *havia* tais processos mentais. Mas à parte isto, ambas as críticas e muitas outras que poderíamos mencionar,

---

[1] Onde se cultiva o teatro de Shakespeare, no *Memorial Theatre* (N. do T.).

assentam no princípio evidente que para nós é a pretensão de que estamos perante uma peça acerca do herói trágico Coriolano. Por este princípio, a peça, realmente, não está certa e é, portanto, costume considerá-la como um relativo insucesso.

Mas e se este princípio não for, talvez, de todo errado, mas bastante próximo da verdade? Shakespeare criou-se no século dezasseis, numa altura em que o modo de pensar medieval não se tinha ainda tornado incompreensível, em que as ideias sobre a criação de Deus, a ordem estabelecida divinamente com a sua contraparte terrena, o Estado ordenado sob a chefia do Rei, «o representante ungido pelo Senhor», tinham ainda um significado que era aceite, numa altura em que o «corpo da polis» não era uma metáfora cansada, mas uma ideia fecunda. Quanto a nós perdemos tudo isso; se então tudo é pressuposto na peça para a qual trazemos princípios completamente diferentes, não é para surpreender que *Coriolano* não seja muitas vezes considerada uma das melhoras tragédias de Shakespeare. Demonstrar que tudo isto *é* pressuposto, levar-nos-ia demasiado longe de Ésquilo. Entretanto, podemos notar que na primeira cena da peça, Menénio relata, depois de algum tempo, a antiga parábola medieval do estômago e dos membros revoltados. Trata-se, para nós, de uma história estranha; pensamos que o seu própósito é apenas caracterizar Menénio como sendo um velho divertido; mesmo Granville Baker, crítico inteligente, não vê nada na parábola e em toda a cena em que Menénio censura a violência dos plebeus, a não ser que ela atraza, devido a razões dramáticas, a primeira

entrada do Herói. Mas que fazer, se a esquisitice
dos modernos nos fez perder de vista o essencial?
Parece muito mais provável que a parábola evocasse
imediatamente aos espíritos do público de Shakespeare todo um conjunto de ideias familiares girando
à volta da ordem fixada divinamente, a comunidade
ideal e o corpo humano como exemplo dessa ordem.
De um tal ponto de vista, a peça ganha enormemente
em solidez e força — e o público de Shakespeare
ia à igreja e escutava longos sermões. Os plebeus
com as suas «pás e paus» [1], os tribunais maliciosos,
a soberba Volumnia, o esplêndido e arrogante Coriolano, são todos, a seu modo, membros em rebelião
e levam Roma, entre eles, para um perigo terrível;
e o último acto, no qual perdemos o interesse porque
já não podemos acreditar na nobreza fundamental
do herói é, de facto, um dos mais comoventes e
trágicos que Shakespeare jamais escreveu; acção, exposição, metáfora, imagens, tudo se combina para nos
fazer ver em Coriolano alguém que tenta negar e
opor-se a todas as leis, laços e obrigações da Natureza — muito à semelhança de Ájax que tenta viver
a sua vida independentemente dos deuses; e quando,
como Ájax, verifica tarde demais que as leis da Natureza são demasiado fortes em relação a ele, apenas
lhe é possível dirigir-se para a morte. Uma vez que
tenhamos apreendido as dimensões da peça, pouco
nos importa se podemos acreditar nessa nobreza fundamental ou não e torna-se claro que a exploração
dos motivos de Coriolano teria sido apenas uma

---

[1] «Bats»: pás de críquete; «clubs»: paus de golfe (N. do T.).

irrelevância perturbadora. A fim de apreendermos as suas dimensões nada mais é preciso do que sermos cépticos quanto às nossas próprias suposições e lermos a peça na persuasão de que Shakespeare tinha em mente tudo o que faz e diz, e que o planeou com inteligência. A sua unidade não vem da concepção que Shakespeare tinha do carácter de Coriolano; na verdade, este facto serve para realçar a ideia da peça, mas a sua unidade real vem mais lá de trás, da rejeição geral das leis da Natureza.

A grande arte *não* é intemporal, a não ser que tenhamos a maçada de compreender o seu idioma, o qual pode ser muito diferente do nosso. Um erudito objectou a uma certa interpretação de uma peça Grega «não estar de acordo com a experiência da leitura da peça». Em si, o argumento não tem valor. A resposta será: experiência «*de Quem*»? Sabemos como o século dezoito lia as tragédias de Shakespeare. Tinha perdido inteiramente o pano de fundo mental e religioso de Shakespeare e substituira-o naturalmente pelo que lhe era próprio, pelas suas próprias noções de «gosto». Assim, as peças eram reescritas para que personagens como Julieta e Cordélia não morressem, o que era contrário à «justiça natural» como Johnson explica com lucidez no seu prefácio a *O Rei Lear,* onde aprova calorosamente o final feliz forjado por Nahum Tate. [1] Rimo-nos agora com vontade; vemos que a experiência de Johnson

---

[1] Poeta irlandês (1652-1715) que escreveu adaptações de peças de Shakespeare, ao gosto clássico do seu tempo, no geral inferiores aos originais (N. do T.).

de ler a peça (que achava intoleràvelmente desoladora) diz-nos muito mais acerca de Johnson e do século dezoito do que acerca de *O Rei Lear*. Contudo Johnson tinha publicado uma edição de Shakespeare; mas nunca lhe tinha ocorrido separar da peça as suposições e hábitos de pensamento do próprio Shakespeare: estava convencido que os seus é que estavam certos e eram eternos. Consequentemente, para ele as peças não faziam sentido. Assim, quando os críticos encontram enganos rudimentares nos dramaturgos Gregos, parece justificável um certo cepticismo, pelo menos temporário.

Ao contrário dos nossos antepassados medievais, não estamos habituados, como aspecto normal da nossa experiência de imaginação, ao drama em que a acção possa ser compartilhada de modo idêntico pelos homens e pelos deuses. Os Atenienses do século quinto estavam habituados a isso — e não sòmente no drama, pois havia também Homero. As nossas concepções do drama são muito diferentes; se não se baseiam nas de Aristóteles, estão, pelo menos, em conformidade geral com elas. Ora, é interessante saber que o próprio Aristóteles não faz concessões à acção divina, excepto como conveniência dramática: a sua referência aos deuses na *Poética* [1] é que, «por convenção, os deuses tudo prevêm» — são úteis, nada mais. Quer dizer, o campo dramático tornou-se mais pequeno. Estamos agora a tratar apenas do carácter, motivos e acções de um indivíduo e dos seus resultados lógicos, não de algo maior que o

---

[1] 1454 b 5.

indivíduo. O centro de gravidade, como poderíamos dizer, está agora situado dentro do campo dramático definido pelas características dramáticas humanas e daqui se seguem, lògicamente, os cânones Aristotélicos — como se espera: o carácter equilibrado do herói e a lógica *interna* do enredo. Agora que o herói é tudo que temos para contemplar, devemos ser capazes de «acreditar na sua nobreza fundamental» — o que não precisamos de fazer para Agamémnon ou Hécuba; não pode agora haver incursões do vasto universo, como o carro do deus do Sol, em *Medeia*. Uma consequência posterior, natural, se não mesmo inevitável, agora que a perspectiva ampla do drama inicial se perdeu, é a insistência de Aristóteles em τὸ φιλάνθρωπον que, com efeito, não se distingue da «justiça natural» de Johnson. Por exemplo, é notável mas absolutamente lógico que no seu tratamento do πάθος, o acto de violência, Aristóteles conte como segunda pior de quatro possibilidades a que é normal nos poetas trágicos e prefira aquela que nos dá um *frisson* [1] dramático mas evita o acontecer dramático: τὸ μιαρὸν οὐ πρόσεστι, «o efeito chocante é evitado». Aristóteles não permitiria que uma personagem sem culpa incorresse na desgraça; é μιαρόν, «chocante»; transgride a τὸ φιλάνθρωπον, a «justiça natural» [2]. O século quarto parece próximo do dezoito. É certo que os dramaturgos do século quinto muitas vezes foram amáveis para com Aristóteles atribuindo uma grave ἁμαρτία

---

[1] Em francês, no original (N. do T.).
[2] *Poética*, 1453 b — 1454 a 5, e 1452 b 34 — 1453 a 5.

(e por vezes nada mais) àqueles a quem levavam à ruína — mas não em princípio ou não segundo o princípio de Aristóteles; pois não há uma culpa contributiva em Pelasgo ou em Antígona ou na Hécuba de *As Troianas*. Aristóteles tem razão até ao ponto em que um sofrimento tão imerecido é intolerável porque sem sentido, se é que encurtámos de tal modo o nosso foco que não mais o vemos contra o vasto pano de fundo que o poeta imaginou, mas sòmente na situação imediata. Nesse caso, se os que sofrem não tinham a responsabilidade, o que lhes aconteceu não teria mais significado do que um acidente de caminho de ferro. Esta é a razão pela qual Aristóteles insistia, e com razão, a partir do seu ponto de vista, na ἁμαρτία; não havia no drama um pano de fundo vasto que estivesse a ser tomado por ele em consideração. Em resumo, parece que se concordarmos com Pope:

Presume not God to scan;
The proper study of mankind is Man, [1]

temos igualmente de concordar com Johnson, que Shakespeare cometeu alguns erros terríveis. É uma pena que não possamos saber o que é que Aristóteles, realmente, teria feito de Ésquilo; podemos imaginar que muito pouco.

Acrescentemos a esta discussão geral, embora longa, um ponto final. Não é difícil o leitor moderno

---

[1] *Não presumas prescrutar a Deus;*
  O estudo próprio da humanidade é o Homem, (N. do T.).

ver que o sistema de Aristóteles não entra, virtualmente, em contacto com o drama de Ésquilo; é com Sófocles que começam as nossas dificuldades reais. Toda a estrutura do drama de Ésquilo é tão ampla, o papel dependente ou interdependente dos homens e dos deuses é tão evidente que somos pouco tentados a interpretá-lo em termos Aristotélicos. Mas a tessitura do drama de Sófocles é urdida de modo muito mais apertado. À primeira vista parece Aristotélica; faz tanto sentido (como a de Shakespeare também) se a lermos de acordo com as hipóteses Aristotélicas ou modernas que, quando uma vez por outra não faz sentido — quando uma peça dá a impressão de se afundar no meio — não nos ocorre pôr em causa as nossas hipóteses; parece suficiente dizer que o dramaturgo, desta vez, não estava numa forma muito boa. Contudo embora a sua linguagem seja diferente, o drama de Sófocles apresenta o mesmo tipo de vasto pano de fundo que o de Ésquilo e só faz completamente sentido se for lido da mesma maneira.

A rematar esta discussão diremos que não nos devemos surpreender se um exame da arte de Ésquilo, baseado em hipóteses modernas, tiver como resultado apenas uma série de aspectos negativos. Como já vimos, parece que ele não teve em mente um esquema ideal ao qual uma peça se amoldasse. Repetimos, o seu interesse na caracterização era limitado; nenhuma das suas personagens dramáticas se aproxima, nem de longe, da personagem autêntica postulada por Aristóteles, com a possível excepção de Etéocles. Pelasgo não é muito mais do que um esboço,

Dânao mal consegue sê-lo. Poderíamos preferir um Xerxes que foi mais nìtidamente delineado — ao suportar, por exemplo, a sua derrota com resignação e dignidade e ao fazer disposições sábias para o futuro; Ésquilo não nos dá nada no género. Para ele, Xerxes é um homem que ofendeu o Céu e foi esmagado; que interesse tem o seu carácter pessoal? A palavra *drama* pode ser parafraseada por o *que está a acontecer;* o insistir na caracterização de uma personagem apenas distrairia a atenção do que realmente se está a passar; portanto este aspecto é conservado no mínimo, seja o mínimo qual for, em cada caso. Um interesse vivo, da nossa parte, nos indivíduos, pode conduzir-nos erradamente. Por exemplo, talvez saudemos a Ama com prazer, em *Coéforas;* eis aqui, finalmente, uma personagem como na vida real; a tragédia Grega está, por fim, a tornar-se positivamente dramática. Como na vida, evidentemente, no seu coração partido pela dor como no ódio perverso de Clitemnestra — e na mesma perspectiva profunda; e esta perspectiva é o que não veremos se nos encostarmos para trás no nosso assento a saborear um trecho inesperado de naturalismo. Ésquilo imaginou este aspecto em estreita ligação com «o que se está a passar». O coro, ansiando com desespero que a paga caia sobre os assassinos, tem estado a orar a Hermes e a Πειθὼ δολία, a Persuasão Astuciosa. A Ama, na sua dor por Orestes e no seu ódio pelos assassinos, está decidida a ajudar a enganar Egisto; como também na peça de Sófocles, a astúcia que usaram contra Agamémnon está a ser voltada contra eles. Ela é, na verdade, uma personagem real; todos são personagens reais ou o drama não produziria efeito. Mas faz-se dela esta personagem real e especial não por amor do «realismo», mas de alguma coisa mais: ela não o sabe, mas actua na linha dos deuses: Hermes e Peitho.

Também Orestes precisa de cuidados. O seu carácter não é delineado em excesso mas não devemos atribuir o seu carácter simplesmente ao facto de que a perícia de Ésquilo para delinear caracteres está a aumentar. Quando Orestes declara que, em qualquer caso, teria vingado o pai, não devemos julgar que esgotámos o assunto se dissermos que isto mostra a sua estatura heróica; como acabámos de ver [1], as coisas não são assim tão simples. Não são as personagens que dão forma ao enredo, tanto em Ésquilo como em Sófocles.

Nem a história. Wilamowitz pensava que a essência da tragédia Grega residia em representar a saga. Sem dúvida que, nas mãos de poetas trágicos inferiores era esse o caso e nada mais, visto que, de acordo com Aristóteles, [2] os poetas épicos de segunda categoria, narravam simplesmente o que acontecia a Teseu ou a Hércules; eram apenas guiados pela história; Homero deu forma ao seu material de acordo com ideias próprias. Mas embora Atenas tivesse, sem dúvida, poetas trágicos que não podiam caminhar sem muletas, não sobreviveram para nos aborrecer. Basta apenas considerar as peças e ver que os poetas fizeram do mito precisamente o que quiseram.

---

[1] Ver atrás, pp. 155-56.
[2] *Poética*, VIII.

Para uma trilogia acerca de Prometeu, o mito — quer dizer, Hesíodo — oferecia amplo material e Ésquilo serviu-se de grande parte dele, precisamente do que necessitou e não mais; e onde não lhe servia, alterou-o. O Mito, ou Hesíodo, oferecia-lhe, para um Prometeu, um deus menor de pouca importância que roubou o fogo ardilosamente e o deu aos mortais; Ésquilo transformou-o num deus que tinha dado ao homem, digamos, tudo que o distinguia da criação bruta e lhe dava possibilidades de se medir mesmo com Zeus. Não foi o mito, mas Ésquilo, que criou a ideia não desprezível de um Zeus que, como Polinices ou Etéocles, tem sobre si a maldição de um pai (*Prometeu Agrilhoado*, 910-12); não foi o mito, mas Ésquilo, que trouxe as Oceânides e fez com que simpatizassem com Prometeu e que representou todo o mundo e os seus habitantes de luto por ele. Ésquilo encontrou no mito a maior parte do material para a sua história de Io, mas foi Ésquilo e não o mito que entreteceu a sua história com a de Prometeu — e nada poderia ilustrar mais vivamente a sua indiferença total pela lei da lógica interna de Aristóteles do que a chegada súbita de Io ao meio de *Prometeu Agrilhoado*. Ela tem, evidentemente, a sua parte na história, pois de outro modo a sua chegada teria sido demasiado violenta, provàvelmente mesmo para Ésquilo, mas o importante na peça é que ela, como Prometeu, é vítima da crueldade arbitrária de Zeus.

Poderíamos continuar nestes termos. Não foi o mito, mas Ésquilo, que decidiu que a causa da raiva de Ártemis em Áulide deveria ser, não algo que Agamémnon já tinha feito, mas sim algo que ia fazer; ou, alternativamente, algo que as águias de Zeus estavam a fazer.[1] Segundo tudo indica, não foi o mito, mas Ésquilo, que trouxe Orestes a julgamento diante de um júri humano, não dos Doze Deuses. Se em vez de «mito» lermos «história», o mesmo é verdadeiro. Não foi a história, mas Ésquilo, que fez com que Xerxes fosse enganado, não por Temístocles, mas por «algum Espírito ou Alastor», que os Persas fossem acometidos pelo pânico depois de Salamina e aniquilados aos milhares durante a retirada, pela fome, a sede e um rio ilusòriamente gelado.

Quer dizer, Ésquilo, como todos os grandes poetas trágicos, não foi o servo obediente mas o senhor imperioso das suas fontes; *Os Persas* é uma peça muito menos a-histórica do que a «história» de Duncan e de Macbeth elaborada para eles por Shakespeare. Os poetas trágicos usam e maltratam o mito e a história, em vez de inventar os seus próprios enredos, por causa das sólidas vantagens que daí advêm, vantagens que são indicadas, embora não esgotadas, pela observação de

---

[1] Ésquilo cometeu aqui um erro prejudicial, como explicou D. L. Page (*Agamemnon*, ed. Denniston and Page, xxiii). «Aqui, [a saber, na história tradicional do veado] estava um pano de fundo favorável à narrativa de Ésquilo; o mortal ofende a deusa e a sua raiva envolve-o na prática de novos males; o mal original foi da sua culpa e tudo que se segue pode ser localizado lá atrás. Alternativamente (e melhor) a ira de Ártemis poderia ter sido mais claramente ligada à cadeia do destino que prende a casa de Atreu». Na verdade, bom é que saibamos, aparentemente por revelação, o que Ésquilo realmente quis dizer; de outro modo não teríamos conhecimento de quão pobre dramaturgo ele foi.

Aristóteles: «Não nos persuadimos imediatamente de que sejam possíveis acontecimentos que não aconteceram, mas o que aconteceu, evidentemente que é possível»; e a seguir: «Portanto, mesmo se se desse o caso de um poeta γενόμενα ποιεῖν, tirar o seu enredo dos factos reais, não obstante «fez» (ποιεῖν) o seu enredo, pois não se vê razão que obste a que alguns acontecimentos históricos não sejam οἷα ἂν γένοιτο, significativos de uma verdade universal e do que *pode* acontecer; e é a este respeito que o poeta é o seu criador (ποιητής) [1]. O emprego do mito salva o dramaturgo da necessidade enfadonha de dar solidez e importância à sua história. *Hamlet* em vestes modernas pode estar muito certo, mas um Hamlet que vivesse em Balham e se chamasse Smith necessitaria de uma poderosa dose de reconstituição. Mas para todos os fins práticos, Ésquilo inventou (ποιεῖν) os seus mitos; tornou-os inteiramente seus e serviu-se deles como desejou. Embaraçaram-no a um ponto em que se, por exemplo, o rumo do seu pensamento pedia que um esposo vingativo inclinado ao assassinato fosse frustrado por um filho leal, nesse caso não podia servir-se do mito de Orestes. Sem dúvida que a relação entre o pensamento e o mito não era tão livre como neste caso; sem dúvida que o rumo do pensamento era muitas vezes sugerido pela contemplação de um mito; não obstante, todas as provas indicam que Ésquilo fez com que o mito comunicasse o que *ele* queria dizer, não que as suas peças seguissem obedientemente histórias existentes.

---

[1] *Poética,* IX, 1451 b 17 e 29.

Consideremos agora a palavra «mito» no seu sentido Aristotélico de «enredo». É talvez instintivo em nós supor que uma coisa que uma peça deve fazer é contar uma história. Talvez deva, embora, como num ciclo medieval, possa ser uma história tão familiar como a da Criação, da Queda, da Redenção e do Juízo Final. Mas a relação entre a história e o drama varia consideràvelmente: pelo elemento meramente narrativo do drama tinha Ésquilo relativamente pouco interesse.

Por exemplo, inventou a forma da trilogia e nós, naturalmente, pensamos: «Na trilogia, com o seu vasto raio de acção, de tempo e de assunto, Ésquilo foi capaz de traçar o curso deste mal hereditário e de seguir o crime desde a sua prática original até ao período da sua expiação final» [1]. Absolutamente; primeiro Atreu e Tiestes, depois Agamémnon, Clitemnestra e Egisto, a seguir Orestes e a expiação final. Seriam Páris e Helena algo semelhantes a uma excrescência — parte da história «original que não podia ser deixada de fora? Ifigénia, como o Professor Page observou, precisaria de uma ligação muito mais convincente com a Maldição do que a que Ésquilo forneceu (a menos que o possamos compreender) e embora Cassandra, como vítima de Agamémnon e de Clitemnestra, fosse uma parte lógica da história, Cassandra como vítima de Apolo (que é o que ela diz ser) não faria sentido; e Ésquilo não pensava que «a expiação final de Orestes» era o ponto onde deve-

---

[1] A. E. Haigh, *The Attic Theatre*, (3.ª ed.), p. 14.

ria parar. Não é, claramente, a configuração da história que ditou a configuração da trilogia; «o que está a acontecer» é completamente diferente.

A relativa indiferença de Ésquilo pela mera narrativa é enèrgicamente ilustrada por uma coisa que acontece em *Agamémnon* — ou antes, por uma coisa que *não* acontece. O Arauto chegou, trazendo aos Anciãos de Argos a notícia há muito esperada da vitória. Então, com relutância, mas num estilo forte, conta-lhes um grande desastre: toda a frota, tanto quanto sabe, foi destruída e o exército afogado. Terminada esta narração de uma catástrofe esmagadora, desaparece. Que dirá agora o coro? Argos sofreu um golpe terrível e filhos seus teriam estado nos navios. O que este coro incrível faz é começar um cântico acerca de Helena, da ruína que ela trouxe a Tróia, da Hybris e da Justiça. Não ouvimos falar mais da frota perdida; a tempestade nunca mais é mencionada, nem mesmo por Agamémnon, um dos poucos sobreviventes. Os estudiosos de Homero deveriam prestar atenção a isto: que há de mais claro do que o facto de terem existido, provàvelmente, pelo menos dois Ésquilos? O primeiro terá composto a segunda parte da peça, que não revela conhecimento da tempestade. A primeira parte deve ter sido escrita, ou reescrita, por um poeta posterior — e não só a fala da tempestade, porque a tempestade que se avizinha está claramente implícita no final da segunda fala de Clitemnestra: «Que se lembrem, quando estiverem na cidade capturada...»

Bastante estranhamente, os leitores da peça de modo nenhum se perturbam por o coro deixar de ser sensível a este ponto. E com razão, pois o motivo é suficientemente simples: toda a nossa atenção está absorvida pelo tema do crime e do seu castigo. A tempestade contribui imediatamente para isso e isso basta; cumpriu a sua tarefa. O que ocupa o coro, em seguida, nomeadamente Helena e os Troianos, é uma continuação perfeitamente lógica, embora a lógica seja a da própria concepção dramática de Ésquilo e não a da história ou da situação. Se Ésquilo tivesse posto o coro a lamentar a perda dos seus próprios filhos no mar, sentiríamos tratar-se de uma irrelevância. A sua lealdade, que por seu turno reclama, com êxito, a nossa, não é aos acontecimentos, mas à ideia.

É este facto que explica a contextura notàvelmente espaçosa do seu drama; não apresenta as malhas muito apertadas e não é cuidadosamente articulada, como o drama de Sófocles. Estes aspectos, como sugerimos acima, são positivos e não negativos; desde que se trata explìcitamente de um drama de deuses e de homens e não de indivíduos e das suas relações complexas, Ésquilo, por assim dizer, mantém-nos à distância apropriada a fim de que possamos ver o conjunto de acordo com a perspectiva devida. Mais uma vez, e visto que se trata não de um drama intelectualmente preguiçoso, mas de uma obra que exigia consideràvelmente da energia imaginativa do público, o autor tomou as suas precauções para não dificultar ainda mais a tarefa devido à introdução de desvios ornamentais, pelo que as interessantes relações pessoais são conservadas no mínimo. Porque é que Ésquilo não trouxe de volta Atossa, na última cena de *Os Persas,* para receber Xerxes e dizer-lhe alguma coisa favorável? Tinha o segundo actor à sua disposição, sem fazer nada no camarim. Mas o seu interesse residia nas relações entre Xerxes e o deus; as de Xerxes e sua mãe apenas distrairíam a atenção.

Neste caso, a nossa hipótese natural pode fàcilmente induzir-nos em erro, como se verifica na forma como Headlam tratou o passo entre Clitemnestra e o Arauto. Headlam começa por observar que os mensageiros no drama Grego são regularmente recompensados «de acordo com o costume Grego e oriental». Clitemnestra, contudo, no início da sua fala, não se dirige ao Arauto, mas ao coro. Então, voltando-se abruptamente para aquele, diz-lhe que não precisa dos pormenores da sua história, entrega-lhe um recado para Agamémnon e retira-se sem lhe dar qualquer recompensa, nem mesmo uma palavra de agradecimento; após o que, o Arauto, de acordo com Headlam, comenta desfavoràvelmente os modos da Rainha. Que natural! — se este fosse apenas um drama naturalista. Mas toda a ideia deste trecho de enredo secundário é estranha ao drama de Ésquilo. De qualquer maneira, não contribuiria para favorecer ou esclarecer o tema da peça; não ajudaria o público a ver em Clitemnestra a vingadora designada por Ártemis. Mas a prova de que se trata aqui de um equívoco moderno não assenta apenas nestas considerações: basta-nos olhar um pouco mais longe, para Ésquilo, e ver que uma tal distância entre as personagens é prática normal. O próprio Arauto não sauda o coro ao entrar nem recebe uma saudação dele antes de terminar a sua primeira fala. Ao entrar,

Agamémnon comporta-se em relação ao coro tal como Clitemnestra em relação ao Arauto; o coro dá-lhe as boas vindas, nuns trinta versos, mas ele pronuncia vinte e nove antes de tomar conhecimento da sua presença dizendo então abruptamente: τὸ δ' ἐς τὸ σὸν φρόνημα, «Pelo que diz respeito ao vosso conselho...» Concluiremos então que ninguém na peça se sabe comportar? Egisto entra sem uma palavra, quer para o coro quer para Clitemnestra: e *nós,* que fazemos sentados entre o público — especulamos sobre os modos de Egisto e perguntamo-nos porque não fala ele à Rainha? Ou, não tomando em consideração esta espécie de coisas, escutamos com toda a atenção o que ele está a dizer: «Salve, ó dia que trazes a paga, agora que o vejo enredado num manto tecido pelas Fúrias»? Evidentemente que não podemos fazer as duas coisas; Ésquilo evitou uma para que possamos fazer a outra, não estabelecendo qualquer espécie de contacto entre Egisto e Clitemnestra. A única ocasião nesta peça em que uma personagem que entra se dirige a alguém em cena é quando Clitemnestra, de repente, se dirige a Cassandra, chamando-a pelo nome. A razão especial disto, já a vimos. [1]

Lançando as vistas mais para longe, vemos que Pelasgo, de repente, fala ao coro; foi para isso que veio, naturalmente, mas não toma qualquer conhecimento de Dânao. O mensageiro em *Os Persas,* «de acordo com o costume oriental» deveria, penso

---

[1] Ver atrás, pp. 145-46.

eu, obediência à rainha-mãe; mas não, não se dirige nem a ela nem ao coro dos Anciãos, mas «às cidades de toda a Ásia, à terra da Pérsia e à sua provisão de riquezas». É de presumir que fala directamente para o auditório. Ao regressar com as suas notícias, o Espião de *Os Sete contra Tebas* começa sem qualquer preâmbulo; não dá sinal de que está a dirigir-se a Etéocles em particular, até que diz (v. 395): «Quem vais opor a este homem?»

Quer dizer, quando a ocasião assim o exige, como quando Pelasgo encontra as Danaides ou o arauto Egípcio, Ésquilo encaminha as personagens para dentro das suas relações naturais; caso contrário não revela constrangimento ao negligenciá-las completamente, tal como negligencia inteiramente e sem embaraços o tempo que teria sido gasto por Agamémnon a navegar da Tráuade para Náuplia no meio de uma Tempestade, a perseguição movida pelas Erínias a Orestes, de Delfos a Atenas, no meio de uma peça, ou o facto de na vida real um grupo de notáveis Argivos quase não se importar com as notícias de um desastre nacional. Ésquilo não se encontra envolvido e não deseja envolver o seu público em nada que não seja a realização dramática do seu tema; passará por cima dos factos e das consequências colaterais tal como passará por uma das relações pessoais. Tem-se muitas vezes a impressão que as suas personagens estão a falar umas com as outras a uma distância de quinze ou vinte jardas [1], não de cinco ou

---

[1] Respectivamente a 13,5 e 18 metros, aproximadamente (N. do T.).

dez pés ¹ como no nosso palco; e que muitas vezes
não estão a falar umas com as outras mas directamente para o público, como quando Egisto pronuncia a sua primeira fala em *Agamémnon*. Num caso
destes, o outro actor estará simplesmente imóvel —
e essa mesma imobilidade pode ser extremamente
dramática, como no caso de Cassandra ². Podemos
sem dúvida apelidar esta técnica de «rígida» e observar que Sófocles é mais maleável (embora Sófocles
conserve Creonte imóvel durante longos trechos de
Antígona), mas é mais proveitoso considerá-la pelo
lado positivo: é a técnica que o tema dramático
normal de Ésquilo pede. O tratamento mais maleável não seria tão bom ³. É um problema de escala;
a escala deste drama parece-se mais com a de Stone-
henge ⁴ do que com uma conversa.

Uma vez que ficou estabelecida a natureza do
drama de Ésquilo, com as convenções dramáticas
que implica; uma vez que vimos não estar o autor
nem a dramatizar uma história nem a fazer um drama
acerca de individualidades de certo tipo numa deter-

---

¹ Respectivamente a 1,5 e 3 metros, aproximadamente (N. do T.).

² Acerca da possível longa imobilidade de Clitemnestra, veja-se
a interessante nota de Page em *Agamémnon* 489 *seqq.* (embora, pela
minha parte, ache difícil supor que ela não deixa o palco, seguindo
Agamémnon, no v. 974). Quanto à imobilidade de Creonte em *Antígona*, ver *Form and Meaning in Drama*, 146-7, 165, 170, 173.

³ Com isto não se nega que há certas dificuldades reais, como
no emprego de algumas das falas de Prometeu.

⁴ Monumento megalítico pré-céltico na região da Planície de
Salisbury, perto da costa sul da Inglaterra, formado por blocos de
pedra dispostos circularmente (N. do T.).

minada situação, mas acerca do homem e dos deuses e de certas verdades fundamentais do universo humano, então a característica principal salta-nos à vista: Ésquilo foi, acima de todas as coisas, um magnífico homem de teatro. Confessava-se um dramaturgo trágico (embora no seu epitáfio preferisse ser lembrado como soldado), foi notàvelmente homenageado por Atenas como dramaturgo trágico e é como tal que merece ser destacado.

Se é marca do grande poeta trágico tornar visíveis e memoráveis certas verdades ou concepções básicas quer sejam novas ou velhas (e isto não é de primeira importância a não ser para os doxógrafos, pois não valorizamos Shakespeare por representar um grande avanço no pensamento de Abelardo ou de São Tomás de Aquino), nesse caso não é fácil pensar num dramaturgo que fizesse isto com mais imaginação e mais poder nem com mais domínio arquitectónico. Nele, o pensamento bem como a imagem dramática do pensamento, tornaram-se a mesma coisa. Quanto a *Prometeia,* embora sendo fragmentária e servindo-nos de termos conceituais, podemos dizer que trata do amadurecimento da civilização no que toca ao equilíbrio a ser conseguido entre a inteligência dinâmica e qualidades tais como a compaixão e a misericórdia por um lado, e o poder e a autoridade por outro. Ésquilo não fala em termos conceituais; se o tivesse feito não teria sido dramaturgo. Embora não tivesse lido Aristóteles sabia tudo acerca da mimésis; o que pensava ou sentia «representa-o» através das suas imagens dramáticas escolhidas; começa a sua trilogia não por um ensaio filosófico em verso, mas visualmente, com a cena de Prometeu, o deus do nome eloquente que é crucificado pela Força Bruta. Talvez com uma energia imaginativa ainda maior, termina a *Oresteia* tornando a sua ideia visível e encarnada no conflito e na sua reconciliação entre os deuses mais antigos e os mais novos. Isto não é Alegoria. O autor que emprega a alegoria pensa em termos conceituais e a seguir dá letras maiúsculas ou põe nomes de baptismo aos seus conceitos; o dramaturgo, quer tenha pensado em termos abstractos ou não, vê e exprime o seu pensamento na sua estrutura dramática; as duas coisas são indivisíveis. Começou Ésquilo a imaginar cuidadosamente a *Oresteia* partindo do sentido, do esbanjamento trágico desta longa cadeia de derramamentos de sangue, ou da figura de um rei que regressa vitorioso de uma guerra estúpida para ser assassinado por sua mulher e suplantado pelo amante dela, ou de ideias acerca de Orestes apanhado numa situação intolerável em que tem ou de cometer um crime atroz ou de perder toda a honra e amor próprio, ou começou com reflexões sobre a violência, o crime, a vingança e as consequências de tudo isto para o bem estar da cidade que se orgulhava de ter servido como soldado? Não poderemos talvez dizer onde tudo isto começou [1]; tudo o que sabemos é em que acabou — na *Oresteia*. O pensamento e a imaginação dramática, «como um todo compacto», fizeram uma

---

[1] Excepto que não começou com uma doutrina teológica primitiva acerca de Zeus. De um embrião destes não poderia ter nascido a *Oresteia*.

obra de arte sólida e convincente, penetrando de vida e de instinto o seu mais íntimo recesso. Quanto aos que afirmam não ter Ésquilo um espírito do qual valha a pena falar, é inevitável que acreditem que ele não foi igualmente um dramaturgo competente — porquanto se *Agamémnon*, por exemplo, termina com uma cena que é a antítese monótona do ponto culminante, como poderemos reivindicar que Ésquilo sabia fazer uma peça?

A frase «magnífico homem de teatro» foi empregue deliberadamente. A palavra *drama* significa, grosso-modo, «algo que está a passar-se»; a palavra *teatro*, significa, à letra, «um lugar onde se olha» — e também se ouve. Olhamos não só para os actores que interpretam acontecimentos, e ocasionalmente para certas propriedades em uso, do palco, mas também para os bailarinos que interpretam determinadas evoluções que o dramaturgo concebeu para eles; ouvimos não só partes faladas mas também canções e música. Um dramaturgo não é simplesmente um poeta; o poeta não tem de entrar em linha de conta (e *na qualidade de* poeta não pode usá-las) com a música, a dança, a disposição das figuras, nem com coisa tão vulgares como martelos e pregos, redes, espadas e botas. Na sua qualidade de poeta que escrevia para o teatro, Ésquilo teve de tomar em consideração todas estas coisas e como homem de teatro competente foi capaz de as fundir numa unidade. O dramaturgo competente não pensará apenas, por assim dizer, longitudinalmente, para trás e para a frente, servindo-se do facto de o seu público contemplar necessàriamente uma cena ou um acontecimento à luz do que se passou anteriormente ou do que sabe se irá passar mais tarde [1]; pensará também em profundidade. Em qualquer momento lançará mão de alguns dos meios ao seu dispor, verbais, auditivos ou visuais, alguns ou todos com a finalidade de tornar claro o que se está a passar.

Quanto à construção longitudinal, já foi dito o suficiente nos capítulos precedentes; consideraremos aqui, o melhor que nos for possível, a capacidade de Ésquilo para construir em profundidade — o melhor que pudermos, porque, evidentemente, pouca coisa das provas originais chegou até nós.

Já vimos, e precisaremos agora apenas de o relembrar, como, na *Oresteia,* Ésquilo alia as imagens poéticas às propriedades do palco; como a rede atirada por Zeus à volta de Tróia se torna, primeiro na rede «tecida pelas Erínias» na qual vemos o corpo de Agamémnon, e depois «numa coisa que um salteador poderia usar»; como a luz que o Vigia imagina ver, que Clitemnestra descreve a saltar de montanha em montanha e que o coro de *Coéforas* aclama prematuramente quando os dois assassinos são mortos (v. 961, πάρα τὸ φῶς ἰδεῖν), só se torna numa luz visível no final da trilogia; como a metáfora de calcar aos pés as coisas sagradas brota sùbitamente para a vida quando Agamémnon entra na morte.

O acontecimento dramático fará muitas vezes o comentário decisivo sobre algo que se disse. As Suplicantes imploram a Zeus que afogue os perversos

---

[1] Apenas o estudioso é que pode isolar um momento dramático da sucessão contínua, retirando-o para fora do seu contexto.

Egípcios — e Zeus recusa-se a fazê-lo; Etéocles não tem dúvida que a Dike destruirá o seu irmão injusto — e são ambos destruídos; Agamémnon, avisado pelo coro, de deslealdade em Argos, replica que o que está mal, ele o curará pelo cutelo ou pela espada — e é atravessado pela espada de Clitemnestra; Clitemnestra, não menos cega do que ele, vigia de perto o seu corpo sem vida e diz que está disposta a fazer um compromisso com o Espírito das Pleisténidas; está satisfeita com a sua partida e deseja que vá atormentar outra casa. «Ironia fria» (Sidgwick), ou «ansiedade profunda» (Fraenkel), ou «uma sugestão fria e prática, perfeitamente sensata (Page)? Não, nada disto; Ésquilo, como vários dramaturgos posteriores, sabia como o simples facto de repetir uma situação podia ser eloquente: Agamémnon derramou sangue e agora está morto; também ela derramou sangue. E ele teve a esperança de que tudo poderia bater certo; a mesma esperança é agora a dela. É muito simples e produz efeito; «Nem pelas orações, nem pelas oferendas queimadas, nem pelas libações se curvará a têmpera inflexível dos deuses».

Estes são momentos em que o espectáculo está a desenvolver-se ao lado da fala, não como ornamento, mas como meio suplementar de exprimir o pensamento. Muitos outros podiam ser acrescentados, nomeadamente as longas cenas médias de *Os Sete contra Tebas,* se aceitarmos a ideia de que os seis defensores de Tebas estão em cena ao lado de Etéocles, ele próprio o sétimo, esperando por ordens. Richmond Lattimore disse: «A base de tudo é o facto brutal de Tebas ter sete portas»[1]. Isto é tão verdadeiro como o seria se alguém dissesse acerca de um quarteto de cordas de Beethoven, que a base de todo ele era o facto brutal de o compositor contar apenas com quatro instrumentos para tocar; tudo depende de saber se o artista foi capaz de assimilar o facto brutal, de fazer da limitação uma fonte de energia e até de inspiração. Com certeza que Ésquilo a tem aqui. Quando vimos que apenas ficaram dois, Lastenes e o próprio Rei, podemos imaginar quão grande deve ter sido a tensão, enormemente aumentada e de modo significativo, quando o sexto Argivo se revela como sendo Anfiarau.

Há momentos em que Ésquilo confia apenas no espectáculo. Aristófanes far-nos-ia pensar que manter um actor portentosamente silencioso durante longos períodos era uma forma de afectação por parte de Ésquilo. Não nos queixaremos de que um poeta cómico nos faça rir; contudo não é preciso ser perito em teatro para saber que este efeito é difícil de levar a bom termo; difícil para o actor, que deve impôr-se ao público simplesmente por estar ali; embaraçoso para o público se o silêncio e a ausência de acção são prolongadas além dos limites que a tensão dramática pode suportar. Nas peças que sobreviveram há dois exemplos determinados e diferentes: Cassandra e Prometeu. A primeira metade do silêncio de Cassandra mostra como Ésquilo era efectivamente capaz de fazer o espectáculo falar; a sim-

---

[1] *The Poetry of Greek Tragedy*, p. 44.

ples presença de Cassandra, quando Clitemnestra também lá está, é eloquente. Mais tarde, quando Clitemnestra e o coro lhe falam em vão, a imobilidade dela torna-se o centro do drama; desta vez, a fala é que é fútil e o silêncio arrasta consigo toda a nossa atenção.

O silêncio de Prometeu é diferente porque é puro; não há qualquer fala ou movimento de acompanhamento. Segue-se à ode na qual o coro protestou contra a crueldade de Zeus. Toda a terra, diz ele, se lamenta a favor de Prometeu; todos os que vivem na Ásia e as Amazonas e os habitantes da Cítia, da Arábia, do Cáucaso, o lamentam; o mesmo grito se ouve, também, das ondas do mar, do Hades escuro, das nascentes de todos os rios. Agora começa o silêncio. O coro, presumìvelmente, permanece estático; Prometeu está-o, com toda a certeza. O autêntico movimento dramático é continuado durante algum tempo, pelo simples espectáculo do deus agrilhoado e pelo imaginado grito de simpatia de todo o universo — excepto do Olimpo. Então, por fim, Prometeu fala: «Não pensem que estou silencioso por desdém ou teimosia...» Um silêncio eloquente.

A seguir há a dança coral. Embora a música e as danças tenham desaparecido, deixaram alguma coisa atrás delas, nomeadamente o ritmo que compartilhavam com o verso — pois os ritmos da poesia lírica Grega não são, à excepção dos mais simples, de modo nenhum ritmos das falas; não fazem sentido se tentarmos declamá-los. Já reparámos [1] como são dramáticos os ritmos selvagens e inseguros do *párodo* de *Os Sete contra Tebas*; *Agamémnon* permite-nos ir mais longe. Quando o coro, no v. 192 começa a relatar o que aconteceu em Áulide, serve-se de um ritmo ainda não ouvido na peça, uma simples frase iâmbica de quatro ou seis tempos, da qual o esquema métrico é dado acima, na p. 21 uma vez que é usado também em *As Suplicantes*. O verso iâmbico de seis pés aparece duas vezes puro, sem prolongamentos, embora com uma resolução rara. Quem quer que se preocupe em atentar nos vv. 406-8 e 423-5 verá imediatamente a razão dramática desta variação muito leve: evidentemente que as figuras da música e da dança são feitas para reforçar o sentido e a sensibilidade das palavras, como em vários outros passos, por exemplo no v. 196 onde o pesado ritmo de παλιμμήκη χρόνον τιθεῖσαι dificilmente será acidental.

Este ritmo domina cada vez mais a quarta e mais comprida secção da primeira ode. Reaparece na segunda ode; de facto, ao contrário do normal, prevalece de princípio ao fim com excepção do refrão à moda de canção que termina cada estrofe e da mais inteligível das incursões pelo rítmo anacreôntico mais emocionante em 447-51 e 467-71. Aqui, como sucede, podemos servir-nos do ritmo para verificar a nossa compreensão do «que está a passar-se». Tem-se dito, com alguma plausibilidade, que nesta

---

[1] Ver acima, pp. 97-98.

ode, o coro exprime, em primeiro lugar, a sua alegria pela vitória longamente esperada e a seguir, ao verificar quanto ela custou, muda para um tom de apreensão. Mas a alegria e a apreensão exigem ritmos de dança e música diferentes; não há aqui alteração, portanto o tom não muda. Não há contraste mas sim continuidade firme. De facto Ésquilo não tem estado, até agora, a caracterizar o seu coro de modo a que rejubile com a vitória; na verdade, se estivesse a fazê-lo, começaríamos a perguntar a nós próprios mais tarde, porque não lamenta o coro, igualmente, a perda da armada.

Ainda mais excepcional é o facto de o mesmo ritmo reaparecer no meio da terceira ode: 737-41 = 750-54 e na maior parte do que se segue. Ora, talvez estes factos não pareçam muito excitantes, mas o seu corolário óbvio é-o. Sempre que aparecia, o ritmo era claramente concretizado em algumas figuras de dança associadas à música; o que estas eram não podemos, certamente, dizê-lo, mas poderemos fàcilmente adivinhar o seu propósito e efeito dramáticos: notemos que o ritmo é usado, primeiro para nos comunicar o que Agamémnon fez em Áulide; a seguir, na segunda ode, o que Páris fez e sofreu, a guerra que Helena legou à Grécia, Ares, recambiador dos corpos humanos, o ódio que se está a formar em Argos contra Agamémnon. Depois, na terceira ode, as associações já adquiridas são explicitadas à medida que o coro canta, ao som desta mesma dança e música, sobre a hybris e as suas consequências inevitáveis. O que temos estado a observar, no esquema longamente sustentado desta dança, é a expressão visual da base intelectual e moral de toda a peça. A seguir, e visto que a dança chega ao fim, Ésquilo dispõe as coisas de modo a que o «saqueador de cidades» faça a sua entrada real no teatro — com Cassandra. Com a excepção de que o facto, na verdade, não é o fim desta figura de dança porquanto a vemos outra vez em 1485-1509 e em 1530-6 = 1560-6. Com que ideias associa o dramaturgo o ritmo, agora? Com as mesmas: Zeus é a causa de todas as coisas; a violência faz pressão; a tempestade tem de rebentar; a lei espera que o que praticou a acção deva pagar. Isto é, na verdade, usar e combinar os recursos do teatro com determinados propósitos sérios e com alguma inteligência.

A antiga *Vida de Ésquilo* afirma-nos que «ele ultrapassou de longe os seus predecessores na composição das peças, na sua *mise en scène* [1], no brilho das suas representações, nas vestimentas dos actores e no carácter impressionante do coro». Podemos acreditar em tudo isso; a partir do próprio texto é evidente que confiava grandemente nos efeitos visual e auditivo como meios de prender e dirigir a atenção do seu público. Poderemos simplesmente relembrar aqui o que já se tem dito acerca de cenas como a entrada do coro em *Os Sete contra Tebas*, do contraste visual entre Prometeu e as Oceânides, da dança frenética de Io, do movimento selvagem das Danaides à chegada do Arauto, que se reflete na linguagem e na métrica, de toda a parte de Cassandra. Em *Coéforas*,

---

[1] Em francês, no original (N. do T.).

onde tanto das imagens verbais faz lembrar as de *Agamémnon*, dificilmente se pode perder o significado de uma certa repetição visual. Orestes está ao lado dos dois corpos mortos: «Vede os dois tiranos do nosso país! Como se sentavam orgulhosos no trono — e ainda continuam juntos!» Também Clitemnestra tinha estado assim, no mesmo lugar, sobre dois corpos mortos: «Aqui está ele prostrado, esse corruptor de mulheres; e ela também, sua fiel companheira a bordo do navio e na cama».

Quanto à atenção de Ésquilo aos trajos, podemos referir as vestes orientais das Danaides (*As Suplicantes*, 234 *seqq.*) e duas mudanças dramáticas de vestuário: uma no final da *Oresteia* quando as Erínias se transformam nas Euménides, despindo o negro e vestindo-se de púrpura; outra em *Os Persas* quando a Rainha, que fez a sua primeira entrada com toda a pompa real, regressa (vv. 607-9) a pé e com vestes simples. Finalmente, quem quer que tenha visto uma representação de *Agamémnon* recordará o esplendor sinistro da rica tapeçaria desenrolada diante de Agamémnon e quanto, nesse momento, a cor pura acrescenta ao drama.

São estes os restos escassos salvos da riqueza perdida das representações originais, mas, pelo menos, servem para mostrar que a arte de Ésquilo era, na verdade, uma arte do teatro e do drama, não apenas da poesia. Onde quer que possamos ainda aperceber-nos dos seus efeitos visuais, constataremos que não se trata de simples acrescentamentos ornamentais. Ésquilo pensou no espectáculo, na poesia, no movimento e, possìvelmente, na música também, como parceiros em que cada um reforçava os outros; em que cada um, por vezes, continuava o drama sem os outros.

CAPÍTULO V

A TRAGÉDIA INTERMÉDIA: SÓFOCLES

1. Introdução

Ésquilo é um dramaturgo profundamente religioso, Eurípides um representante brilhante e desigual do espírito novo, tão incómodo nas formas antigas, e Sófocles era um artista. Todos sabemos o que é um artista: alguém que faz coisas belas ou, pelo menos, bonitas e se for um artista dos verdadeiros, o que ele fizer será bom para nós. O nosso público pensa assim e assim pensavam os Gregos — com mais desculpa. Os críticos do séculos passado nunca deixaram de agradecer aos Céus que Sófocles acreditasse nos Deuses — a sua satisfação profunda continua a viver das provas dos examinandos — e constatado o facto de que Sófocles era um artista como devia ser, voltaram-se para a grata e interessante tarefa de examinar e admirar a sua técnica espantosa.

Mas sentia-se um ar de convencionalismo. Ésquilo tem a sua religião, Eurípides as suas opiniões e as suas cenas trágicas e únicas; que havia a dizer quanto a Sófocles a não ser que a religião e a política eram nele admiráveis e a sua arte perfeita? Concentraram-se na arte; na verdade, quando se mencionou *Electra* assim teve de ser. O «final feliz» desta peça e a sua revogação do conflito moral eram um tanto enigmáticas. O poeta que escreveu também *Antígona* tem sido acusado de uma certa complacência, de uma rudeza na percepção moral e tem-se explicado *Electra* pela hipótese de Sófocles recuar até à época Homérica para a escrever. Disse-se que o próprio Sófocles se interessava principalmente pelas pessoas que faziam estas coisas; acceitou os acontecimentos como verdadeiros e estudou os caracteres dos actores a partir deles — como se se pudesse estudar o carácter num vácuo moral.

Esta simples visão do artista trouxe outras dificuldades e apesar da atenção séria de que Sófocles foi alvo nos últimos vinte anos, algumas estão de pé. As mais perturbadoras, por estranho que pareça, são de carácter estrutural. Quando Eurípides deixa de executar o que é evidentemente o primeiro dever do artista, isto é, produzir uma peça bem feita, não nos surpreendemos; podemos inventar uma série de explicações especiais, diferentes para cada peça desagradável, ou refugiar-nos numa teoria geral de incompatibilidade ou de inaptidão, mas não nos surpreendemos. Quando Ésquilo faz a mesma coisa, ficamos perturbados; era capaz de melhor; contudo *Ájax* e *As Traquínias* dividem-se em duas partes, quase tão mal como *Andrómaca* e *Hécuba* e tem-se acusado o final de *Antígona* de desiquilibrar a peça. Sófocles, na verdade, não desce a cenas não relacionadas nem combina duas lendas distintas para fazer um enredo que não satisfaça, mas a estrutura de *Ájax* e de *As Traquínias*, uma vez que as peças foram feitas por Sófocles é, pelo menos tão intricada como a de *As Suplicantes*, *Hécuba* ou *Andrómaca*, as quais podem alegar a desculpa mágica da palavra «Eurípides».

Uma maneira de sair da dificuldade era dizer o menos possível acerca de *Antígona*, pensar em desculpas especiais para *Ájax* e passar um traço por cima de *As Traquínias* considerando-a completamente perdida. Tal crítica falha em todos os aspectos; sobretudo em explicar porque é a dicotomia tão desnecessàriamente absoluta em *As Traquínias*. Um método moderno será o de chamar dípticos ou trípticos aos enredos que não satisfazem (o que soa logo melhor) e supor que houve um período na carreira artística de Sófocles em que ele pensou ser esta uma forma razoável, aparentemente a única razoável, de fazer drama. Por isso *As Traquínias* é atribuida por alguns estudiosos a uma data próxima da de *Ájax;* mas nos seus métodos de composição Sófocles não foi mais obediente ao calendário do que Ésquilo o tinha sido.

A explicação que tentaremos dar é que Sófocles, por ser um grande artista, tinha algo de mais importante a fazer do que elaborar peças belas, o qual fosse exprimir tão directamente quanto os seus meios o permitiam, certas ideias trágicas que brotavam de uma determinada apreensão acerca da vida humana. Se o considerarmos apenas como um técnico com uma inclinação para a beleza, alguns dos «defeitos» são completamente inexplicáveis. Como grande artista dramático que é, deve, como Ésquilo, ter tido uma maneira trágica de pensar; daqui brotou o seu drama e para o exprimir é que deu forma às suas peças. Quando um crítico é capaz de melhorar uma peça de Sófocles, pode ter a certeza de que está apenas a dar-lhe uma feição que Sófocles tinha já rejeitado. Se formos então capazes de penetrar, embora dèbilmente, neste leito de rocha que é o pensamento do dramaturgo, podemos ter a esperança de compreender mais ìntimamente as peças.

Podemos ter esperanças de mais. Τρεῖς δὲ καὶ σκηνογραφίαν Σοφοκλῆς, diz Aristóteles no seu modo seco: «Sófocles introduziu o terceiro actor e o cenário.» O que explica a peça deverá explicar, também, porque é que Sófocles impôs à Tragédia Grega a forma que lhe imprimiu; as questões de forma e de técnica apenas são completamente resolvidas quando se encontram ìntimamente relacionadas com o espírito do artista que as elabora e usa. O que gostaríamos de relatar é a introdução, por parte de Sófocles, do terceiro actor, o seu interesse na personagem e a capacidade de a delinear, a sua acentuada inclinação para a ironia, na linguagem como no enredo, a sua redução de parte do Coro, o seu herói trágico e enredo típicos — todos os elementos da sua arte homogénea.

Antes de atentarmos nestes assuntos, deveremos afastar dois obstáculos. O primeiro é para a crítica de Sófocles o que a religião de Ésquilo é para a sua crítica; o delineamento das personagens é tão importante que é muitas vezes considerado (não tal-

vez conscientemente, mas efectivamente) o elemento
determinante. Assim, um crítico escreve num momento
de jovialidade: «Ele altera e manipula até o
material mítico a fim de poder praticar o seu passatempo
com mais prontidão e brilhantismo». [1] Ora,
isto não chega a ser blasfémia, mas passa em claro
a diferença fundamental que há entre Sófocles e
Dickens. Tem-se argumentado que os três Creontes
são retratos da mesma personagem — o que pode
ser verdade. Mas não é verdade dizer-se que «dificilmente
se concebe que um tão grande artista...
interessado antes de mais nada no estudo e delineamento
da personagem, fosse incapaz de ver ou conscientemente
pudesse ter ignorado a necessidade de
consistência da personagem». [2] Não há necessidade
disso: Sófocles não estava a criar uma galeria de
retratos. A única coisa necessária é que cada peça
apresente o mais vivamente possível a ideia trágica
que está por trás dela.

O outro obstáculo é o facto de a maior parte
da teoria Grega da arte ser de carácter moral. A teoria
Grega da arte não é nada para nós que nos ocupamos
exclusivamente com a prática Grega da arte.
Há tantas teorias possíveis da arte quantas as maneiras
de a considerar; os Gregos consideravam-na do ponto
de vista moral, não porque o artista Grego pensasse
de modo diferente de qualquer outro, mas porque
o seu pensamento era predominantemente político
e a arte, tal como o sistema de esgotos, desempenha,

---

[1] C. R. Post, *Harvard Studies*, 1912, p. 72.
[2] D. Peterkin, *Class. Philology*, 1929, p. 264.

sem dúvida, uma determinada função no estado.[1] Sófocles teve sem dúvida consciência de que as suas peças eram boas para Atenas (embora o passo na *Apologia* dê a entender que não o pôde provar a Sócrates); pode ter tentado fazê-las assim. Mas nenhuma porção de moral fará uma boa peça e nenhuma análise moral a explicará.

2. «Ájax»

É muito provável que esta seja a mais antiga das peças existentes de Sófocles, representada talvez à volta de 450. Sófocles obteve a sua primeira vitória em 468 tendo então, aproximadamente, trinta anos; por isso, *Ájax* não é obra de novato. A crítica tem-se preocupado com ela porque, embora o herói se mate no v. 865, a peça continua durante mais 550 versos, introduzindo duas personagens novas e uma longa e amarga disputa acerca do funeral. A crítica mais antiga que possuímos é um escólio sobre o v. 1123:» Ἐκτεῖναι τὸ δρᾶμα θελήσας ἐφυχρεύσατο καὶ ἔλυσεν τὸ τραγικὸν πάθος, «Desejando alongar a peça Sófocles torna-se maçador e dispersa a tensão trágica». Mesmo que a opinião seja inteligente, a

---

[1] O Sr. Belloc*, num dos seus prefácios, afirma que escreveu o livro «para ganhar». Isto implica uma teoria financeira da arte, mas não deverá afectar a crítica literária do Sr. Belloc.

* *Hilaire Belloc* (1870-1953). Escritor católico, foi poeta, romancista, polemista, crítico, ensaísta, e humorista (N. do T.).

razão dada é estúpida. Sófocles não era um incompetente; tivesse ele querido apenas «alongar a peça», tê-lo-ia feito na outra extremidade. Não era difícil fazer uma peça razoável sobre Ájax: poderia ter começado com Ájax a magicar sobre os seus males, a decidir-se a assassinar os juízes, a fazer o seu ataque e a falhar (fala do mensageiro), passando da exultação do delírio ao desespero do bom senso e matando-se em seguida. O problema do seu funeral, se fosse desejado, podia então ser levantado e resolvido com razoável rapidez.

Parece ser hipótese quase geral, compartilhada pelo escoliasta, que a peça é simplesmente uma peça sobre Ájax. Por exemplo: «Avec Ájax disparait l'interêt principal du drame, qui consistait surtout dans la peinture des êmotions diverses d'une âme heroique, confiante dans sa valeur jusq'à l'excès, jusq'à l'orgueil impie. Dans la seconde partie de la pièce Teucre prend la place de son frère [1].» Por outras palavras, a peça é aquela tragédia de caracteres, familiar, do tipo Aristotélico. Há indícios de que Sófocles a considerava mais do que isto.

Ájax é, de longe, a figura mais impressionante e forte da peça. O que é fácil de dizer e não é verdadeiro, porquanto a figura mais forte e impressionante é Atena e é contra ela que o próprio Ájax se ergueu como adversário. Contudo não é fácil encontrar, seja onde for, um herói trágico que ultrapasse a magnificência absoluta de Ájax e cuja queda

---

[1] Dalmeyda, *Revue des Etudes Grecques,* 1932, p. 8. [Em francês, no original — (N. do T.)].

dê uma sensação mais aguda de perda trágica — a não ser o Coriolano de Shakespeare que tanto se parece com ele. Mas que levou Sófocles a pensar, como possìvelmente sucedeu, que o medíocre Menelau e o escassamente menos medíocre Agamémnon tinham algum papel inteligível a desempenhar nesta tragédia?

É de bom tom, actualmente, chamar à peça um «díptico», o que não nos ajuda; apenas diz, por outras palavras, que não a consideramos uma unidade. Afirmam-nos que os Gregos davam a maior importância ao funeral — como nós também damos. Mas porque haveria este facto de persuadir Sófocles a estragar uma peça? Porque (dizem-nos) Ájax era um herói do culto Ático; por isso deve ter sido enterrado, uma vez que o culto dos heróis está centrado no seu túmulo. Mas antes de mais nada, na peça, Ájax não é um Herói, mas um homem, tal como o é na *Ilíada;* nem uma só palavra nos leva a considerá-lo de outra maneira. Então para quê apresentar o futuro herói de tal modo que os seus inimigos tenham razões plausíveis para tratar o seu corpo como carne putrefacta? O enterro é de novo e igualmente importante em *Antígona* e Ájax lembra Polinices na medida em que se tornou num inimigo público que pôs em perigo a segurança de todos; Agamémnon pensa como Creonte e publica o mesmo decreto: não haverá nada no paralelo, para lá da importância do enterro? Certamente que Polinices não era herói de culto.

É-nos dito que as cenas finais são necessárias porque «reabilitam» Ájax. Será? E se assim for, constitui a «reabilitação» um propósito demonstrado de

Sófocles de as forjar, ou trata-se de um subproduto? Teucro diz, na verdade, a Agamémnon o que Ájax fez por ele e pelos Gregos; Ulisses recorda, com gratidão, os seus serviços; mas nenhum deles faz qualquer tentativa para atenuar o crime e, como veremos, os argumentos de Ulisses ocupam-se de coisas muito mais importantes do que os méritos de Ájax. Pela nossa parte, não somos Gregos do século quinto, mas homens do nosso tempo; não se poderá dar o caso de estarmos a considerar a peça de um ponto de vista que nos é natural, mas que não é, necessàriamente, o de Sófocles e do seu público? Dizemos: «O herói é culpado de presunção contra os deuses e é punido por isso [1]. Isto é verdade, mas deixa-nos embaraçados, com Menelau e Agamémnon entre mãos. Será esta toda a verdade?

Xenofonte na sua obra *Memoráveis* (IV, 4, 19-24) regista algumas observações feitas por Sócrates a Hípias sobre as leis «divinas» ou «não escritas» e do modo como diferem das leis feitas pelo homem: é que, com sorte, pode evitar-se a punição por se violar uma lei humana, mas nunca por quebrar uma lei divina, como a lei divina que proíbe o incesto ou que ordena a gratidão para com os benfeitores; e isto porque, quando uma lei divina é transgredida, o castigo segue-se (diríamos nós) automàticamente. A união incestuosa, assim argumenta Sócrates, produz inevitàvelmente filhos débeis e a ingratidão priva um homem dos verdadeiros amigos. Tal é o modo pelo qual os deuses punem as ofensas contra as suas

---

[1] C. M. Bowra, *Ancient Greek Literature*, p. 93.

leis. Isto não é um paradoxo Socrático; é exactamente o que devemos concluir de *Antígona*. Creonte é informado de que incorreu na ira dos deuses e que eles o castigarão. O castigo chega precisamente como Tirésias previra; não obstante Sófocles deixa bem claro que a ruína de Creonte é consequência directa e natural do que ele próprio fez a Antígona, Hémon e Eurídice. Se dissermos, a partir deste e doutros exemplos, que os deuses são, com efeito, o curso natural ou inevitável das coisas, estaremos, sem dúvida a omitir muitas coisas, mas a estabelecer uma verdade essencial. Ajudar-nos-á isto a ter uma ideia completa de Ájax?

Ájax é delineado como sendo, em toda a sua grandeza, confiante em si mesmo até ao ponto da arrogância. Conhece os seus próprios méritos; confiará apenas neles e fá-los-á reconhecidos. O «trajo da humildade» assentar-lhe-ia tão mal como a Coriolano. Não é notável quanto à sua consideração pelos outros. As coisas devem curvar-se à sua vontade; tem de impor o seu próprio esquema de vida. Menelau fala zangado do seu orgulho e ninguém, na peça, o contradiz. Como Bradley disse a propósito de Coriolano, trata-se de uma «pessoa impossível». O julgamento das armas é a crise. A recompensa foi desonesta? Ájax, evidentemente, diz que sim, o mesmo fazendo os seus homens, o coro; Sófocles diz que não. Observemos que Ájax morre com duas súplicas nos lábios: que o seu corpo possa, primeiro, ser encontrado por Teucro, e que os deuses exerçam uma ampla vingança sobre os Atridas e todo o exército Grego pelo mal que lhe tinham feito. A primeira súplica é atendida, a segunda não. O mal existe apenas no espírito do próprio Ájax. Recebeu o que representa para ele um revés esmagador e um insulto mortal e não pode conformar-se com o facto; a sua resposta é tentar um assassinato traiçoeiro e desesperado, a nemesis do seu orgulho obstinado.

A sua «impossibilidade» é apresentada também em termos religiosos, nomeadamente na primeira cena em que é, lamentàvelmente, um fantoche nas mãos de Atena. Compreendemos isto melhor quando o Mensageiro nos diz como é que Ájax, por duas vezes, desdenhou do auxílio dos deuses: era suficientemente forte para triunfar sòzinho. Duas vezes, também, o Mensageiro diz que Ájax é incapaz de κατ' ἄνθρωπον φρονεῖν, «ter pensamentos humanos», a fim de reconhecer as limitações da natureza humana e de se comportar de acordo. Há muitas razões para supormos que este assunto de κατ' ἄνθρωπον φρονεῖν estava no espírito de Sófocles na altura em que considerava cuidadosamente a sua peça; vezes seguidas somos lembrados das condições em que a vida humana deve ser vivida.

Observemos quão frequentemente Sófocles se refere à instabilidade das coisas humanas. Atena diz: «Um só dia pode deitar abaixo ou erguer seja o que for dos humanos» (131). O próprio Ájax (679-83) reflecte que nem a amizade nem a inimizade duram, no que é secundado por Ulisses (1359). O grande passo na fala «irónica» de Ájax acerca do ritmo majestoso da Natureza está claramente relacionado com estas afirmações: o dia segue-se à noite, o verão segue-se ao inverno, nada permanece firme para sempre —

aqui podemos recordar que a ira de Atena também vigorará apenas por um dia, embora um dia bastasse a Ájax. A ironia da fala vai mais fundo do que muitos viram. Sendo a vida como é, mutável e também sujeita a reversões súbitas, qual será a nossa resposta? Ulisses indica uma, a sábia. Atena, apontando para Ájax na sua humilhação diz: «Estás a ver, Ulisses, o poder dos deuses?» Ulisses responde: «Contudo embora ele seja o meu pior inimigo, tenho pena dele, e penso tanto nele como em mim, porque vejo que nenhum de nós, seres vivos, é mais do que um fantasma, uma sombra vazia»; ao que Atena acrescenta: «Portanto, ponde de parte o orgulho; o sensato é que os deuses estimam». As coisas em que Ulisses insiste na cena final são a piedade, a generosidade, a gratidão pelo que foi feito em bem, o perdão pelas injúrias, pensando também igualmente aqui, como diz, tanto nele próprio como em Ájax. Censura o temperamento rígido (σκληρά) de Agamémnon. Pondo em prática as suas palavras, sabendo que muitos amigos se transformam em inimigos e muitos inimigos em amigos, oferece amizade a Teucro em lugar de inimizade; e é um momento trágico aquele em que Teucro não ousa permitir a Ulisses que toque no corpo, para não irritar o espírito de Ájax.

A resposta de Ájax é totalmente diferente — é a resposta impossível. Daqui a profunda ironia da fala. É completamente sincero ao dizer que o move a piedade por Tecmessa e seu filho; a qualidade da poesia, se mais não for, dá-nos prova disso. A ironia grave está em que ele a afastou do seu poder para fazer qualquer coisa por eles; apenas pode ter esperança em que Teucro seja capaz de os defender. Tal como o inverno «dá a vez», ἐκχωρεῖ, ao verão, como a noite «dá lugar», ἐξίσταται, ao dia, assim deve ele agora «dar lugar», «sair do caminho». Quereria ter vivido a vida segundo os seus próprios termos; como foi impossível, tem agora de morrer. Os deuses, de cujo auxílio desdenhou, foram demasiado fortes para ele.

O termo de referência constante, claramente indicado pela presença de Atena na primeira cena e pela sua intervenção que salva os Atridas e humilha Ájax é nada menos do que a posição do Homem no universo e as exigências que faz a si próprio, exigências que deve satisfazer ou perecer. É isto que dá ressonância à grave e bela fala de Tecmessa (485 *seqq.*). Refere-se à pancada cega do destino, a ἀναγκαία τύχη que destruiu a sua sorte; e faz-nos ver como a enfrentou. Ela, que sofreu e aceitou um tal revés, está a dirigir-se a Ájax que sofreu um revés muito menos sério. A justaposição é eloquente.

Avisados assim por Sófocles de que é este o plano no qual deveríamos tentar corresponder à sua peça, chegamos a Menelau que é absolutamente desnecessário ao enredo; um filho de Atreu teria bastado. Mas Sófocles, aparentemente, queria-o, e queria-o vulgar e mesquinho. Porquê? No *prologos* vimos o grande Ájax humilhado; agora vemo-lo estendido morto. Lá, Atena falou em orgulho, Ulisses em piedade; aqui ouvimos Menelau a falar de vingança e de uma vingança que é não só degradante para a nossa humanidade comum por um tão grande homem ser desonrado na morte, como é também vazia;

pois, como Ulisses diz a Agamémnon: «Não podes ofender Ájax; estarias apenas a transgredir a lei do deus» (1343-4). Sófocles faz Menelau repetir ideias que já encontrámos na peça:

>νῦν δ' ἐνήλλαξεν θεὸς
>τὴν τοῦδ' ὕβριν

Agora o deus trouxe a paga à sua insolência (1058); ἕρπει παραλλὰξ ταῦτα, «Estas coisas sucedem-se cada uma por sua vez... Agora posso mostrar orgulho» (1087 seq.) — o que, quando o coro lho diz, é mais hybris. «A não ser para os deuses», diz ele «eu devia ser um homem morto». A resposta de Teucro é rápida: «Então não desonres os deuses que te salvaram». Com efeito a peça quase que formula a questão Socrática: πῶς δεῖ ζῆν, «Como havemos de viver?» Não como Ájax e, certamente, não como Menelau. Agora Tecmessa e a criança tomam o seu lugar de suplicantes ao lado do corpo; é o derradeiro apelo de humanidade que é rejeitado por Agamémnon, como o é por Creonte na outra peça, em nome da disciplina e da lei. Mais uma vez há reflexos. Agamémnon dificilmente é menos vulgar e pouco mais compreensivo do que Menelau. Despreza Teucro por tentar defender alguém que já não é homem, mas apenas uma «sombra» (1256); talvez Sófocles pensasse que devemos recordar as palavras de Ulisses: «Nenhum de nós que vive é mais do que um fantasma, uma sombra vazia». Agamémnon diz: «Não é o forte e corpulento que triunfa, mas o sábio (οἱ φρονοῦντες εὖ)»; talvez nos lembremos do que Atena disse a Ulisses. Teucro responde ao insulto de Agamémnon com insultos, e com pouco mais; mas, por fim, comemora os grandes feitos de Ájax e apela para χάρις, «a misericórdia» — e isto também já o ouvimos antes quando Tecmessa apelou em vão para χάρις e para αἰδώς, piedade, em Ájax. Somos todos sombras; como havemos de nos tratar uns aos outros?

Estes homens deixam-nos mergulhados no desespero. O grande Ájax viu-se a braços com a paga inevitável que terá de cair sobre quem não é capaz de «ter pensamentos humanos» e estes homens menores têm pensamentos inferiores. A catarse que tem de vir é trazida por Ulisses, o homem mais chegado a Atena. Estamos na presença da morte, a morte de um grande homem, despedaçado pelas suas próprias mãos; e Ulisses responde condignamente. Sabe onde deve acabar o ódio e começar a piedade; sabe que, em meio à mudança, não devemos ser rígidos, que a inimizade não deve durar sempre, que devemos lembrar os benefícios e esquecer as injúrias, que «também eu chegarei a isto» e que as leis dos deuses devem prevalecer sobre as paixões humanas transitórias ou todos nós sofreremos. As cenas finais são irrelevantes para *Ájax,* considerada como simples tragédia de personagem; não para *Ájax* como a Tragédia do Homem.

3. «Antígona»

Antígona é acusada, embora com menos intensidade, do mesmo defeito de *Ájax:* a heroína desaparece a meio do caminho e deixa-nos para fazermos o que pudermos de Creonte, de Hémon e dos seus destinos [1].

Temos de reconhecer que, se há defeito, é radical, devido a escolha deliberada e não a lapso ou incapacidade de Sófocles para enfrentar uma situação difícil. É inevitável que Antígona desaparecesse, mas não é inevitável que se diga tão pouco acerca dela no Êxodo, que o cadáver do seu amante, mas não o dela, seja trazido de volta, que Creonte lamentasse então finalmente o seu destino, por último que Eurídice fosse tão inesperadamente introduzida a fim de se matar imediatamente. Porquê Eurídice? Sófocles não tinha o gosto Isabelino dos cadáveres. Ela apenas é relevante para Creonte. O fecho da peça é, claramente, todo para Creonte, isto deliberadamente porque há menos de Antígona do que poderia haver. Sófocles nem está sequer a tirar o melhor partido de um trabalho ingrato.

A dificuldade que sentimos surge de considerarmos Antígona a personagem principal. Se ela é para esta peça o que Édipo e Electra são para as delas (e *Antígona* é muitas vezes criticada segundo esta hipótese), nesse caso a peça está mal equilibrada, mas se *Antígona* é mais semelhante a *Ájax* do que a *Rei Édipo*, o centro de gravidade não está numa pessoa, mas entre duas. *Ájax* é Sófocles de segunda categoria

---

[1] Um crítico de uma representação de *Antígona,* em 1922 em Glasgow, discordou do impressionante cortejo que ladeava o corpo de Hémon de regresso ao palco porque, dando ênfase a este recurso no centro de gravidade da peça, sublinhava este defeito de construção.

até sentirmos o significado de Ulisses; a última parte de *Antígona* não faz sentido até compreendermos que não há uma personagem central mas duas, e que das duas, a significativa, para Sófocles, foi sempre Creonte. Basta simplesmente olhar para os factos dramáticos [1]. A crítica mais antiga (porque ùltimamente as coisas passaram a ser melhores) afirmava que, evidentemente, a peça era acerca de Antígona e punha-se então a dar uma explicação satisfatória das últimas cenas. A mais satisfatória das provas é a representação. Creonte é capaz de dominar a peça; na representação de Glasgow, fê-lo com facilidade e naturalmente [2]. Mas mesmo sem representação, podemos notar que o papel de Creonte tem metade

---

[1] A crítica puramente formal de Sófocles é, por via de regra, uma impertinência. «Toda a arte aspira à condição da música»; o que isto significa ficou demonstrado (penso eu) por Schumann. Uma vez, um sujeito que tinha acabado de lhe ouvir tocar uma das suas composições, perguntou-lhe o que ela significava. «Vou-lhe dizer», respondeu Schumann, e tocou-a outra vez. A forma *era* o significado; assim é com Sófocles — até se demonstrar que ele é incapaz de se exprimir devidamente. Qualquer estúpido podia «desenvolver» *Ájax*, mas apenas para a fazer significar algo que Sófocles pensava não valer a pena ser dito. A noção desastrosa de que o artista é aquele que faz coisas bonitas, foi «o princípio de muitos males para os Gregos».

[2] Foi muito interessante. A representação fez-se (na tradução de Harrower) num grande circo; a arena destinou-se à orquestra e levantou-se no fundo um estreito palco. Foram usados dois coros, um para dançar, o outro colocado de ambos os lados do palco, para cantar. Esteve em cena uma semana; nas primeiras duas noites, o público era só a elite intelectual e os borlistas; nas duas últimas, o povo acotovelava-se para entrar.

da extensão do de Antígona, um aspecto menos mecânico do que parece, e é um papel mais dinâmico. O dela é suficientemente impressionante e comovedor, mas o dele é que é de alcance mais amplo, além de mais trabalhado. O destino dela decide-se nos primeiros poucos versos e ela não pode deixar de ir ao seu encontro; a maior parte das forças dramáticas usadas na peça são desdobradas contra Creonte — a ligeira reserva com a qual o coro recebe o seu edicto (211-14), a notícia de que foi desafiado, também por uma mulher, a oposição de Hémon, a desaprovação da cidade (691 *sqq*.), a maquinação sobrenatural de Tirésias, a deserção do coro, (1098), a morte de Hémon (pressagiada), a morte de Eurídice (não pressagiada). Creonte diz:

*Ó ancião, todos vós sois como archeiros que atiram
Para este homem como para um alvo.* [1]

Antígona está, na verdade, em posição oposta, mas não desta maneira. A sua tragédia é terrível, mas é prevista e rápida; a de Creonte cresce diante dos nossos olhos.

Deve ter sido este o equilíbrio que Sófocles delineou; se esta interpretação salva a peça do defeito ou não, isso já é outro assunto. Talvez o espírito moderno dê mais relevo a Antígona do que estava

---

[1] V. 1033. As minhas traduções em verso, desta peça, são tiradas de Harrower. [Utilizamos aqui a tradução da Sr.ª Professora Dr.ª Maria Helena da Rocha Pereira, *Antígona*, Coimbra, 1968, Colecção «O Grande Teatro do Mundo», Vol. 6, p. 58 (N. do T.)].

planeado (embora, como o argumento de Salústio explica a razão porque a peça se chamou *Antígona*, possamos talvez concluir que os antigos sentiam também a dificuldade), talvez Antígona contrariasse os planos de Sófocles, tal como se julga que Dido contrariou os de Virgílio; o mais provável é que Sófocles tenha feito precisamente o que se decidiu a fazer e que, nesta peça, como em *Ájax*, tenha construido sobre um alicerce duplo.

Quanto a este alicerce duplo, na mudança da estrutura bipartida de *Ájax*, através do duplo interesse muito menos importante de *Antígona*, para a esplêndida unidade de *Rei Édipo* e *Electra*, é natural que vejamos aqui um desenvolvimento técnico; mas algo muito mais importante do que a técnica se encontra em jogo e de facto não é fácil concebermos um Sófocles a aprender os rudimentos da sua arte aos quarenta e cinco anos. Como em *Ájax*, trata-se de encontrar o ponto de vista correcto, a distância certa. Acabámos precisamente de falar da «maquinação sobrenatural de Tirésias» — mas será sobrenatural? Ele deixa bem claro que o comportamento anormal das aves e da gordura que não queriam arder — ambos contrários à Dike, a ordem natural — são o resultado e o reflexo das ofensas de Creonte contra a Dike, «as leis dos deuses». Os deuses estão zangados com Creonte; as suas Erínias puni-lo-ão; contudo a punição, como vimos atrás, desce sobre Creonte como se fosse automática, a partir do que ele próprio fez. Os deuses não estão a dirigir os acontecimentos como se estivessem de fora; agem *nos* acontecimentos.

Isto traz à vida outros pormenores da peça. Hémon entra, fazendo o possível por continuar a ser o filho leal. Creonte insiste em que é a disciplina e a obediência que protegem uma família e que o amor de Hémon por Antígona não tem qualquer importância. É de tal modo brutal que ameaça matar Antígona ali e naquele momento. Depois de ter reduzido Hémon à raiva e ao desespero, o coro, Conselheiros sábios que apoiam Creonte até Tirésias os amedrontar, canta acerca do invencível poder de Afrodite. O que eles querem dizer é que o Amor atraiçoou o filho leal até o levar a um tal comportamento, indigno de um filho; mas nenhum público Grego que acreditasse na realidade destes deuses podia deixar de ver o poder de Afrodite agindo contra Creonte junto do túmulo, quando Hémon tenta matá-lo e a seguir se mata. A desumanidade de Creonte serviu não para fortalecer, mas para destruir a sua família.

Outro ponto: é um erro comum supor que no enterro de Polinices o bem estar da sua alma se encontra em jogo. Nem uma palavra sequer, na peça, o sugere. Toda a ênfase cai sobre a mutilação do corpo (vv. 29 *seq.*, 205 *seq.*, 696-80). E porque haveria o Guarda, tendo mencionado o pó (256), de continuar a dizer que nenhuma ave ou outro animal tinha tocado no corpo? Nenhum «pó» podia ser tão eficaz — mas este pó foi-o. O corifeu acha que os deuses podem estar a actuar; a resposta furiosa de Creonte mostra que isso pode ser verdade: «O quê? Podem os deuses ter alguma consideração pelo corpo deste traidor?» Terá de saber mais tarde que eles se interessam por ele e que estavam a agir sobre o que Antígona fez. Não nos é lembrado o «deus» que, fora da época, congelou o Estrímon? Também esta peça tem os seus horizontes largos. Na verdade o conflito entre Antígona e Creonte é vivo e agudo, mas outro mais profundo lhe está subjacente: o que há entre Creonte e os deuses, entre o tirano e as realidades últimas. Estas podem ser desafiadas pelo tirano, mas recairão sobre a sua cabeça e esmagá-lo-ão.

Antígona tem sido interpretada de várias maneiras. Os filósofos transcendentalistas que, de Platão em diante, nunca se sentiram à vontade com os poetas trágicos, trataram-na o pior possível e foram desfeiteados. Tem sido uma peça-problema, a condenação, pelo poeta, da política contemporânea, a sua confissão de fé religiosa. Quais são as consequências de a considerar, essencialmente, a tragédia de Creonte?

Em primeiro lugar, penso que podemos ser razoáveis acerca de Antígona. Hegel teve de supor que havia algo de muito errado acerca dela; críticos posteriores, rejeitando esta opinião absurda, afirmavam contudo, cautelosamente (em parte por deferência para com Aristóteles), que Antígona não era imaculada. As pessoas nunca são imaculadas, especialmente os heróis e as heroínas das tragédias. Por isso a dureza de Antígona para com Ismena foi explorada até ao fundo — o que não era, certamente, uma mancha impressionante, mal chegando a prejudicar uma figura perfeita. Vimos contudo, ao tratar de Pelasgo, que a doutrina da ἁμαρτία ou deve ser interpretada razoàvelmente ou então corrigida; Pelasgo não tinha culpas em *As Suplicantes* não porque fosse um homem perfeito, mas porque o seu carácter era irrelevante; da mesma maneira não temos que ser pressurosos em procurar tirar culpas de Antígona porque apenas parte do carácter dela vem ao caso aqui, a parte que a impele a desafiar Creonte; e onde aí se enconta a mancha, só Hegel nos pode dizer. A peça não é um retrato de corpo inteiro de Antígona no qual, reconheça-se, a perfeição seria um tanto ou quanto desinteressante. O seu papel é sofrer e não há cânone dramático que exija que as vítimas devam ter defeitos: foram-lhe dadas a dureza e a decisão para explicar a sua rebelião e o seu suicídio. O principal *agente* é Creonte; sua é a personalidade, seus os defeitos e os méritos imediatamente relevantes para a peça. Se Sófocles realmente nos convida a observar Creonte, Antígona torna-se muito mais natural, liberta do fardo do Aristotelismo, não sendo mais a porta--estandarte das Leis Não Escritas. Assim, no último dia da sua vida, podem-lhe ser poupados os defeitos bem como a grandiloquência. Porque desafia ela, na verdade, Creonte? A partir de um certo sentido do dever religioso? No prólogo menciona uma vez, a Ismena, o dever religioso, numa tentativa para envergonhar a irmã. O seu verdadeiro pensamento revela-se em frases como estas:

'Αλλ' οὐδὲν αὐτῷ τῶν ἐμῶν μ' εἴργειν μέτα.-
Τόν γ' οὖν ἐμὸν καὶ τὸν σόν, ἢν σὺ μὴ θέλῃς,
ἀδελφόν.

A ele não lhe é dado separar-me dos meus.

Sim, a esse irmão que é meu e teu ainda que o não queiras.[1]

Tem um sentimento apaixonado do que é devido a seu irmão, à sua raça. Em face da legalidade de Creonte ela responde, na verdade, legalmente e com nobreza, inspirada na sua mais alta eloquência, mas o que ela está a fazer é, em essência, muito mais do que a defesa de um código contra outro; está a dar todo o seu ser pela honra de seu irmão. Isto conduz à autenticidade dos vv.911-30. Terminada a sua confrontação com Creonte, pouco mais ouvimos quanto à sua fé religiosa; com efeito ela protesta a sua inocência, mas o fardo da sua defesa é que, de novo, lhe compete honrar o irmão. O seu tom é notòriamente mais pessoal. Á medida que o fim se aproxima as suas defesas desmoronam-se uma a uma até que, nessa fala maravilhosamente comovente e trágica que não era ao gosto dos que viam em Antígona principalmente uma mártir da Lei Mais Alta, tudo ela abandona excepto o facto de ter feito o que fez, e de ter de o fazer. Enfrentando a morte, abandonada pelo Coro, não tem confiança nem mesmo nos deuses e duvida do seu próprio impulso. Quanto a um marido diz: Não; quanto a um filho diz: Não; mas quanto a um irmão:

Μητρὸς δ' ἐν Ἅιδου καὶ πατρὸς κεκευθότοιν
οὐκ ἔστ' ἀδελφὸς ὅστις ἂν βλάστοι ποτέ.

---

[1] *Antígona*, tradução cit., pp. 18-19 (N. do T.).

Um sofisma frígido emprestado de Heródoto? Sim, o mais belo empréstimo da literatura. Esta é a tragédia final de Antígona: *novissima hora est* — e a nada mais se pode apegar a não ser um sofisma frígido.

Se Antígona é mais interessante que uma simples antítese de Creonte, ele é mais que o louco obstinado que a mata. Sófocles interessou-se pelo destino dele. É, se não cruel, pelo menos insensível; como um tirano, é rápido em suspeitar e não sabe como se transige. Mas tem a sua honestidade própria, a sua justificação própria e o senso próprio da responsabilidade. Mas o que Creonte é, não é toda a história. Temos este problema claramente delineado entre ele e Antígona — um tanto elementar demais em si para servir de pano de fundo único a um pensador tão subtil como Sófocles. Há também o choque pessoal claramente traçado; vale a pena notar que desde o princípio da sua confrontação, Antígona mostra o seu desprezo por este tribunal. Não perde tempo a tentar passar para o outro lado de um fosso que sabe ser intransponível. Mas por trás de tudo isto há a tragédia de Creonte que se desenvolve. Creonte pode ser o que se queira, mas não é nem desprovido de inteligência nem irresponsável. Tem o seu campo de acção próprio e os seus próprios princípios; sente que o impulso e as leis não escritas não são para ele; não se pode movimentar nesta área mais ampla e sente, sinceramente, que não tem que ver com isso. Considerou as coisas cuidadosamente no seu próprio campo e tem confiança em si mesmo. Sentimos esta confiança logo que ouvimos o seu.

"Ἄνδρες, τὰ μὲν δὴ πόλεος...

Varões, no que diz respeito à nossa cidade...[1]

Tem a tradição e a experiência do seu lado e as suas máximas são inteligentes. A verdade é que lhe é dada uma teimosia inata para que defenda a sua posição até ao fim dramático, mas não é a partir da loucura ou da teimosia que ele, originàriamente, se entrega à sua posição. O seu juízo confiante estava errado; a razão atraiçoa-o. É verdade que, se não fosse a sua obstinação, poderia ter escapado com um castigo mais leve, mas a amargura reside no facto de o seu julgamento estar errado e o instinto de Antígona certo; no fim tem menos a que se apegar do que ela. Ela vai esperando «porém, confiadamente que, ao chegar, serei benvinda a meu pai»[2]; ele apenas diz:

ἅπαντα λέχρια τἀν χεροῖν.

Tudo se desfaz nas minhas mãos.

«Para ser feliz, bom senso é mais que tudo»[3] diz o Coro, (τὸ φρονεῖν). E o que é isto? Reverenciar os deu-

---

[1] *Antígona*, tradução cit., p. 23 (N. do T.).
[2] Tradução de Harrower. [Damos a tradução cit., p. 53 (N. do T.)].
[3] *Antígona*, tradução cit., p. 71 (N. do T.).

ses, cultuar com toda a humildade aqueles profundos instintos humanos: respeito pelos mortos, lealdade à família, o amor que une um homem a uma mulher — numa palavra, τοὺς καθεστῶτας νομους «as leis estabelecidas» (1113), porque μέγας ἐν τούτοις θεὸς οὐδὲ γηράσκει, «um deus encontra-se nelas, e não envelhece (*Rei Édipo*, 871).

4. «Electra»

Mais do que qualquer outra, esta peça tem perturbado a crítica de Sófocles. Como em *Oresteia*, o problema central é um problema de δίκη, «justiça»: que havemos de pensar do matricídio? Têm sido dadas respostas muito diversas. Jebb sustenta que deve ser aceite como certo e glorioso, uma vez que foi ordenado pelo deus; que, logo desde a primeira cena na qual as aves trinam os seus cânticos matinais, «o que prevalece é a brilhante irradiação de Apolo»; que Sófocles está a convidar o seu público para se colocar no ponto de vista Homérico, a partir do qual o acto de Orestes é considerado um acto de simples mérito.

Isto é absolutamente impossível; todos os factos dramáticos são contra. Na verdade a peça abre com a madrugada a expulsar a noite e com os alegres cânticos das aves, mas a partir deste ponto é sombria e sem alívio, mais do que qualquer outra peça de Sófocles. Contudo por mais que lamentemos a sorte da heroína e o que quer que o seu carácter tenha sido capaz de fazer, ela tornou-se numa mulher dura, desagradável, o que reverte a favor da sua própria mãe, como ela mesma diz (v. 609). Não há uma personagem «natural» como o Guarda em *Antígona* ou o mensageiro de Corinto em *Rei Édipo* que alivie ou pelo menos varie a tensão. Não há dança extática nem qualquer outra espécie de ode que dê relevo. A única cena alegre, a do Reconhecimento, tem como música de fundo o clamor apaixonado de vingança e está ensombrada pelo terrível feito que está para vir. O papel da heroína leva-a, lógica e implacàvelmente, às suas últimas cenas: está de guarda do lado de fora do palácio enquanto Orestes mata a mãe de ambos, lá dentro, e quando se ouve o grito de morte de Clitemnestra, ela exclama: «Atinge-a outra vez, se tiveres força!» A seguir, quando Egisto é colocado diante do cadáver de sua mulher e tenta parlamentar, ela grita: «Em nome de deus, que ele não diga mais nada. Mata-o imediatamente! Atira-lhe o corpo aos cães! Nada menos do que isso me pode compensar por quanto sofri». É um caso sinistro e sangrento e Sófocles não tenta fingir que seja qualquer outra coisa.

Esta interpretação não basta — e os que respeitam Sófocles não precisam de lamentar o facto; porque, não tinha Sófocles, desta vez, nada de importante a dizer aos seus concidadãos, para os convidar a meter-se dentro de um estado de espírito arcaico e fingir que o assassinato de uma mãe era um acto simples, a fim de apreciarem determinado trecho de poesia, de vigor cénico e de delineamento de personagens? Seria preferível supor, ao invés, que Sófocles, mais uma vez, tinha qualquer coisa de significativo para dizer.

O ponto de vista exactamente oposto foi defendido por Sheppard [1]. Argumenta ele que Apolo não aprovou a vingança; que Orestes, ao perguntar-lhe não se a devia pôr em prática, mas como — partindo da hipótese da condescendência do deus — estava a cair num erro elementar, como Glauco em Heródoto; e que o deus indignado deixa que o homem ímpio avance e sofra as consequências. Mas esta opinião é obstruida por tantos obstáculos como a outra. Bowra mencionou alguns [2], mas há outro que parece decisivo — decisivo precisamente contra a interpretação que foi feita na primeira edição deste livro, que Sófocles dissocia cuidadosamente Apolo da vingança. Ambas estas interpretações desfiguram o que é, talvez, o momento mais importante e emocionante da peça.

Clitemnestra sai do palácio para sacrificar a Apolo. Ficou atemorizada, como sabemos, por um sonho, cuja significação é perfeitamente clara: o herdeiro legítimo recuperará o seu trono. Isto mostra já como Sófocles pensa; porque se o sonho não significa que os deuses estão interessados em castigar Clitemnestra, trata-se de mera coincidência — que não conduz a nada de especial, uma vez que o seu efeito no enredo é diminuto. Mas se os deuses estão interessados, nesse caso o sonho e as suas consequências são importantes. Clitemnestra sai, desejando sacrificar a Apolo;

---

[1] *Classical Review*, 1927, pp. 2 *seqq*.
[2] *Sophoclean Tragedy*, 216 *seqq*.

mas sobrevém a áspera disputa com Electra. «És capaz, ao menos de me deixar sacrificar no devido silêncio, depois de eu te ter deixado dizer o que pretendes?» Electra promete manter o silêncio necessário ao ritual. Clitemnestra avança com o seu séquito para o altar. O público deve, igualmente, observar um silêncio reverente; e o ritual sagrado começa. Clitemnestra coloca as suas oferendas sobre o altar e põe fogo ao incenso. Enquanto o faz, ora — uma oração blasfema sem exemplo porque ora para que possa continuar a fruir o que conquistou pelo assassinato e protegeu pelo adultério, e para que seu filho nunca regresse para vingar o pai, mas sim que morra antes — embora esta seja uma prece que ela se retrai de exprimir por palavras. Tal é o pedido que ela acha apropriado fazer ao deus da pureza. Há uma pausa; vemos o incenso elevar-se para o Céu durante esta súplica. O silêncio é quebrado pela chegada de um homem que traz notícias: Orestes está morto, vitimado durante uma corrida de carros — e em Delfos. A não ser que nos persuadamos que Sófocles forjou esta cena impressionante e o seu resultado imediato apenas como derivativo picante do enredo — e que ficou tão satisfeito com ela que a usou duas vezes, aqui e em *Rei Édipo* — devemos ver nela, tal como o público original deve com toda a certeza ter visto, a mão do deus. Apolo ouviu a terrível súplica e, ràpidamente, manda a resposta correspondente, uma mensagem falsa com o propósito de atrair Clitemnestra para a morte.

Mas o mensageiro estava, de uma maneira ou de outra, a chegar; a sua chegada foi arranjada por

Orestes, no prólogo. De modo análogo em *Rei Édipo*: a chegada do mensageiro naquele preciso momento, como se fosse a resposta à súplica inocente de Jocasta, parece trair a actuação do deus; contudo, nessa peça, Sófocles desvia-se do seu rumo para nos dizer que este homem chegou a toda a pressa de Corinto, ùnicamente para seu próprio proveito. Nestas duas peças, como em qualquer outra parte da poesia Grega [1], a acção é vista em dois planos ao mesmo tempo, o humano e o divino.

Portanto, uma interpretação satisfatória da peça deverá explicar convincentemente vários pontos difíceis. Além disso, como sempre, dando contas, evidentemente, do estilo geral da peça, — por exemplo, do complicado delineamento das personagens — deverá explicar este plano duplo em que a acção parece movimentar-se. Deverá explicar porque é que uma acção necessàriamente chocante e que é apresentada com tanta intensidade, sem tentativas de glorificação nem sugestões de punição futura, pode ser sancionada pelo deus e isso igualmente sem qualquer crítica ou defesa do dramaturgo. Deverá também, se considerarmos *Electra* uma peça de primeira categoria, dar a devida importância ao seu conteúdo religioso ou filosófico, e não deixá-la como simples exercício de delineamento de personagens e de elaboração dramática. Gostaríamos, por fim, que a nossa interpretação explicasse o notável pormenor no qual

---

[1] Ver Jaeger, *Paideia*, I, 52 (Edição inglesa). [Na tradução portuguesa de Artur M. Parreira, Editorial Aster, s/d, Lisboa, pp. 73-74 (N. do T.).]

Sheppard se fixou, de que Apolo *não* ordena a Orestes que mate Egisto e sua mãe.

O tratamento que Bowra deu à peça, embora valioso em muitos aspectos, não parece satisfazer estas exigências. É que, em resumo, deve fazer-se justiça, o que é, por vezes, uma tarefa penosa para o que tem de a fazer; mas que, quando ela se faz nesta peça e a ordem é restabelecida, uma nova força se ergue, a do amor. Em primeiro lugar, se Sófocles quisesse mostrar o restabelecimento da ordem e do amor, não poderia ter terminado *Electra* como o fez, com estas duas cenas terríveis em que Electra grita: «Atinge-a outra vez se tiveres forças para tal» e: «Atira o corpo dele aos cães». Sem dúvida que alguém, a certa altura, deve ter dito a Sófocles que as tragédias Gregas terminam tranquilamente, algures para além do ponto culminante. Se ele o quisesse dizer teria acrescentado uma cena tranquila para mostrar a ordem e o amor a ganhar forças. É possível que uma reflexão final do coro não apague do nosso espírito a crueldade e o horror destas cenas finais. Em segundo lugar, embora muitas vezes o castigo do crime possa ser doloroso, em nenhuma sociedade civilizada pode revestir característica tão medonha como o matricídio. Então, com que propósito Sófocles lançou mão desta situação mítica sem a condenar, como fez Eurípides, ou sem a explicar, como fez Ésquilo, como sendo uma fase insatisfatória, mas passageira, na luta por haver justiça?

Uma vez que o problema diz respeito a um deus e à Justiça, devemos lembrar-nos que a palavra θεός pode ter um aspecto muito diferente da palavra «deus» e que «justiça» pode ser uma tradução bastante neutra da palavra δίκη. Ares, para nos servirmos de um caso extremo, era um θεός, mas falava-se muitas vezes dele em termos que reservamos para o Diabo. Com certeza que Apolo não era Ares, mas apesar de tudo isso e ao pensar no «deus Apolo», podemos inconscientemente supor um grau de «religiosidade» que lá não está, de tal modo se encontra arreigada em nós a ideia de um deus pessoal e beneficente. Como salientou Grube [1], θεός implica sempre «um poder» e pode implicar apenas isso. Quanto a δίκη, qualquer que tenha sido a origem da palavra, um seu significado original era simplesmente «o modo» de alguma coisa, donde o «modo correcto». Em Ésquilo a palavra tem conotação moral e social, «justiça punitiva» em *Agamémnon*, amadurecendo em «justiça» à medida que as coisas avançam. Mas os filósofos Jónios usaram δίκη e o seu antónimo ἀδικία num sentido amoral, como quando Anaximandro dizia que «as coisas estão continuamente a pagar a retribuição (τίσις) uma à outra» τῆς ἀδικίας, pela sua «injustiça». Os filósofos que não fizeram a nossa distinção marcada entre o físico e o moral, puderam chamar δίκη àquilo que chamamos «o equilíbrio das forças da Natureza, «a lei das compensações», e semelhantes. Se as coisas estão demasiado molhadas agora, estarão demasiado secas mais tarde; o molhado pagará as suas contas ao seco (τίσις) τῆς ἀδικίας, pela sua usurpação; e assim δίκη, o devido equilíbrio, será restaurado.

---

[1] *The Drama of Euripides*, pp. 41 *seqq*.

E se a δίκη de Sófocles contiver algo desta concepção? Se os seus θεοί, e Apolo, seus intermediários com os homens, forem concebidos como sendo «os poderes» que protegem a sua δίκη? Suponha-se — para ver o que acontece — que em *Electra* δίκη quer dizer «a ordem apropriada e natural das coisas», não agora no universo físico, mas nos negócios humanos, moral e socialmente falando. Se a ordem apropriada é perturbada por alguma violência (ἀδικία) deve, de qualquer modo e segundo a natureza das coisas, restabelecer-se por si própria; o retabelecimento do equilíbrio é um acto de δίκη porque reinstaura a δίκη. Sendo assim não teremos de esperar que o acto da δίκη seja agradável em si; o dilúvio que acaba com uma seca pode também, por sua vez, causar prejuízos.

Ao assassinar Agamémnon, Clitemnestra perturbou violentamente a ordem natural. Foi esta uma acção que, conforme a natureza das coisas, não podia deixar de provocar uma reacção equivalente — a não ser que todos os interessados aquiescessem na ἀδικία. Como o acto foi medonho, assim não há razão para esperar que a reacção seja bela. Porque haveria de o ser? A ἀδικία causou uma ferida; a δίκη pode implicar uma amputação. Para que se veja que a δίκη se acha reinstaurada no concerto dos deuses, bem como no dos homens. Em *Electra* é reinstaurada — e como? Por um processo perfeitamente natural. Temos três pessoas a considerar, os três filhos sobreviventes de Agamémnon. Crisótemis não é uma figura impressionante. Pode aquiescer; no que lhe diz respeito, a ἀδικία pode continuar. O herói e a heroína não são assim. Orestes não pode passar a vida no exílio, a viver da caridade, e não o fará; está decidido a recuperar o seu património (como Sófocles tem o cuidado de nos informar, mesmo ao ponto, aparentemente, de nos mostrar um aspecto deste património nos seus περίακτοι pintados). Pergunta a Apolo como há-de proceder nesse sentido; e a razão pela qual não é mandado pelo deus, como acontece em Ésquilo, é precisamente porque Sófocles deseja representar o acto da δίκη como consequência natural, mesmo inevitável, do crime original. Um filho deserdado *tomará* esta atitude, a menos que seja um covarde. A acção provoca a sua reacção ou seja, a δίκη e o acto da δίκη é concebido e realizado inteiramente pelos actores humanos a partir de motivos naturais e por meios naturais. O terceiro dos filhos, Electra, é, como Orestes, incapaz de aquiescer; e nela vemos um aspecto diferente desta reacção. O seu carácter, na situação em que se encontra, torna inevitável o facto de viver para a vingança; eis a razão porque este carácter e a sua situação devem ser descritos com tal pormenor.

Assim, como estas duas personagens são suficientemente grandes para se sentirem ofendidas pela ἀδικία e lhe resistirem, chega a hora em que se alcança a δίκη. Não somos obrigados a admirar o acto — é evidente que o próprio Orestes não o faz — nem a ver nele a instituição de uma ordem das coisas melhor e nova. Uma violenta perturbação da δίκη foi violentamente anulada, o que é da natureza das coisas; Sófocles convida-nos a ver nisto o trabalho de uma lei natural.

Mas que dizer de Apolo e dos dois planos? Se toda a acção é completa no plano humano, não será o deus um acrescentamento supérfluo? De modo nenhum. O papel de Apolo reveste-se do maior significado. Não afecta, de qualquer modo a acção; não dirige nem ajuda Orestes, mas acompanha, por assim dizer, a acção, no seu próprio plano. Quando Orestes, finalmente, se decidiu a agir, Clitemnestra tem o seu sonho — e seria estupidez supor que se trata aqui de mera coincidência. Orestes é um agente autónomo; mas os deuses movimentam-se num trajeto paralelo ao seu. Ainda mais significativa é a chegada do Pedagogo, precisamente neste momento. No plano humano é este um movimento do qual estamos à espera; mas o facto de ele chegar justamente nessa altura, como se em resposta àquela súplica, sugere-nos aqui que Apolo está em actividade, independentemente do Pedagogo e de Orestes. Por outras palavras, o que Orestes e Electra estão a fazer, sendo embora uma acção completa e inteligível em si, é, ao mesmo tempo, parte de um plano mais vasto, a vontade dos deuses, o princípio da δίκη, a lei universal. Não se trata apenas de um assunto pessoal, de um caso particular (ver adiante, pp.302 *seqq.*).

Vemos agora a razão pela qual Sófocles se ocupou deste aspecto, a parte mais contestável da lenda de Pelópidas, e o apresenta por si próprio como acção que não precisava nem de defesa nem de seguimento. Está o mais longe possível de ser literário e arcaizante, pedindo-nos que façamos hipóteses impossíveis por causa de alguns efeitos dramáticos triviais, como o delineamento das personagens e as cenas fortes. Está a demonstrar uma lei das coisas, que a violência deve produzir a sua contrapartida; e o facto de a δίκη ser aqui tão sinistra e crua dá a medida do carácter horrível do crime original. O facto de a presente forma de vingança ser aqui de tal modo que não pudesse verificar-se numa sociedade civilizada, não tem importância; a lei subjacente que ela esclarece é que é verdadeira para todo o sempre.

Há ainda um ponto a aclarar: a explicação que Electra dá do sacrifício de Ifigénia [1]. É manifestamente diferente da explicação dada por Ésquilo. Em *Agamémnon* Ártemis retém a armada porque, por piedade, contraria a expedição; está «zangada com os mastins alados de seu pai». Dá a Agamémnon a escolha entre sacrificar a sua filha e ir para casa; se ele está inclinado a desempenhar o papel de uma águia devoradora, que devore primeiro um filho seu inocente e sofra as consequências. Em *Electra,* a posição é inteiramente diferente. Em primeiro lugar, Ártemis é uma divindade de Sófocles, não de Ésquilo; os seus motivos são absolutamente amorais. Agamémnon insulta-a ao matar um dos seus veados, do que se gaba. Cometeu uma falta, mas a deusa riposta implacàvelmente, e à luz dos padrões humanos, sem razão. Age como Atena em relação a Ájax, quando ele a ofende; age como a electricidade se um electricista descuidado comete um erro. Em segundo lugar, o Agamémnon de Sófocles não tinha escolha possí-

---

[1] Vv. 563 *seqq.*

vel, pois somos informados de que «Não havia saída
para o exército, quer em direcção a casa ou a Tróia»
(vv. 573 *seq.*) Por isso Agamémnon deveria muito
mais ser lamentado do que culpado e Clitemnestra
tem muito menos justificação do que tinha em *Oresteia*. A razão desta diferença de tratamento é clara.
Ésquilo pretendia que o crime dela fosse resultado
directo do crime semelhante de Agamémnon, o seu
castigo e a sua continuação; Sófocles queria que se
tratasse de uma perturbação desumana e injustificada
da δίκη, a ser vingada, de uma vez por todas, pela
sua inevitável repercussão.

5. «Rei Édipo»

A história de *Rei Édipo* é bem de carácter Grego;
algo de desagradável é profetizado, as pessoas envol-
vidas tentam afastar a profecia e consideram-se a
salvo, mas de um modo natural, embora surpreendente, a profecia cumpre-se. Mais parecida com *Rei
Édipo*, temos o exemplo pormenorizado da história
de Astíages e da infância de Ciro, em Heródoto. Que
faz Sófocles deste motivo antigo?

No princípio da peça, Édipo é o grande Rei
que salvou Tebas no passado e é a sua única esperança
agora; ninguém se pode comparar a Édipo em decifrar segredos obscuros. No final, é o banido manchado, ele próprio a causa da miséria da cidade
através de crimes profetizados por Apolo antes do
seu nascimento. Será isto um determinismo sinistro?
Quer Sófocles dizer-nos que o Homem é apenas o

joguete do destino? Ou pretende afirmar, como sugeriu Bowra [1], que os deuses maquinaram este terrível destino para Édipo a fim de mostrar o seu poder aos homens e lhes ensinar uma lição salutar? Ou está Sófocles simplesmente a fazer um drama emocionante deixando as implicações filosóficas por explorar? Há apenas uma maneira de saber. O que quer que seja que Ésquilo tenha pretendido dizer, disse-o na peça e para o apreendermos outra vez devemos contemplá-la — toda ela, em todos os seus aspectos e não partes dela ou alguns dos seus aspectos.

Como em *Electra,* a acção revela uma certa dualidade. Em primeiro plano encontram-se actores humanos autónomos, delineados com vida e completos. O próprio Édipo, Tirésias, Creonte, Jocasta e os dois pastores são personagens tão vivas como se pode ser numa peça; do mesmo modo são, nas suas proporções, as personagens mais remotas que não aparecem — Laio de temperamento exaltado na encruzilhada e o Coríntio desconhecido que insultou Édipo quando estava meio bêbado. As circunstâncias são também naturais, inevitáveis mesmo, dadas estas personagens. Édipo, tal como o vemos repetidas vezes, é inteligente, decidido, auto-confiante, mas de temperamento exaltado e demasiado seguro de si próprio; e uma cadeia aparentemente maligna de circunstâncias combina-se, ora com o lado forte do seu carácter, ora com o fraco, para dar lugar à catástrofe. Um homem pobre de espírito teria engolido

---

[1] *Sophoclean Tragedy,* p. 175.

o insulto e permanecido a salvo em Corinto, mas Édipo era resoluto; não satisfeito com a garantia de Políbio, foi a Delfos e perguntou ao deus o que pensava do caso e quando o deus, não respondendo à sua pergunta, repetiu o aviso feito originàriamente a Laio, Édipo, como homem decidido que era, nunca mais regressou a Corinto. Foi uma coincidência, mas não anormal, que Laio estivesse a caminho, de Tebas para Delfos. Encontraram-se na encruzilhada e como pai e filho eram de temperamentos semelhantes, verificou-se o desastre. Mesmo assim, ele poderia ter chegado a Tebas a salvo, se não fosse um homem de alta inteligência; porque então, não teria sido capaz de decifrar o enigma da Esfinge. Mas embora inteligente, foi mais uma vez suficientemente cego para desposar uma mulher com idade bastante para ser mãe dele, certo como estava de que sua mãe se encontrava em Corinto. A história não está moralizada. Sófocles podia ter colocado mal Édipo na encruzilhada; poderia ter sugerido que a ambição cega é que o fez aceitar a coroa e a Rainha de Tebas. Não faz nenhuma destas coisas; não se dá a Édipo o que ele merece por ter ofendido os Céus. O que acontece é consequência natural da fraqueza e das virtudes do seu carácter combinadas com as de outras pessoas. É um capítulo trágico da vida, completo em si, a não ser quanto ao oráculo original e à sua repetição. Sófocles não tenta fazer-nos sentir que um destino inexorável ou um deus maligno está a conduzir os acontecimentos.

Mas faz-nos sentir, como em *Electra,* que a acção está em movimento, ao mesmo tempo num plano paralelo e mais elevado.

A presença em segundo plano de um determinado poder ou desígnio é já sugerida pela contínua ironia dramática — que parece excessiva se a considerarmos apenas como efeito dramático. No caso da Epidemia, este poder oculto é definitivamente estabelecido; e a sua presença é revelada com muita imaginação, como em *Electra,* na cena que contém o sacrifício de Jocasta. Ela, que tão céptica tinha sido quanto a oráculos, surpreende-nos ao sair-se com oferendas para o sacrifício. Deposita-as no altar de Apolo, põe fogo ao incenso e ora pela libertação do medo. Há um momento de silêncio reverente, quebrado pela chegada do alegre mensageiro de Corinto: Políbo está morto; o medo chegou ao fim; a súplica foi ouvida. Mas, dentro de uma hora, Jocasta enforcou-se. — E as suas oferendas? Ainda lá estão, sobre o altar, à vista de todo o público; pode ser que o incenso ainda esteja a levar ao deus uma súplica à qual ele respondeu tão terrìvelmente.

Não se trata de um truque teatral, mas de uma revelação do pensamento do dramaturgo. É a acção do deus invisível que se torna manifesta. Mas como responde o deus à súplica piedosa de Jocasta e à impiedosa de Clitemnestra? Não por meio de qualquer interposição directa. O Apolo de Sófocles não se parece em nada com o Zeus de Ésquilo que exerce a sua vontade congelando o Estrímon ou destruindo uma armada. Não foi Apolo que incitou o Coríntio a vir, mas a sua própria ansiedade de ser o primeiro a dar a boa notícia e as suas próprias esperanças (como Sófocles toma o cuidado de nos dizer) de se dar bem com o novo Rei; porque, além da notícia da sua sucessão à coroa, tem outra história muito mais excitante para contar — a seu devido tempo. Como o Pedagogo, é completamente autónomo, mas na vinda de cada um deles nota-se a mão do deus. A acção desenvolve-se em dois planos ao mesmo tempo. Contudo, toda a contextura da peça é tão vivamente naturalista que devemos ter uma certa relutância em interpretá-la como sendo Determinismo frouxo. Estas pessoas não são fantoches dos poderes mais altos; agem no seu próprio direito. Nem, segundo creio, esta contextura nos encoraja a aceitar a explicação de Bowra.

Em primeiro lugar, se Sófocles quisesse dizer que os deuses exibem o seu poder porque querem, que destinaram esta vida a Édipo para dar uma lição aos homens, era-lhe muito fácil dizê-lo, escrevendo uma ode sobre o poder e os caminhos misteriosos dos deuses. Não o faz manifestamente. Na verdade, na ode que se segue imediatamente à catástrofe, o coro não diz que o destino de Édipo é uma exibição especial de poder divino, mas pelo contrário, que é típico da vida e da sorte dos homens.

Em segundo lugar, embora Édipo seja, de longe, quem mais sofre na peça, não é o único. Há outros que sofrem não, de modo nenhum, com a mesma intensidade, mas da mesma maneira; e devemos também tê-los em consideração, não os rejeitar como parte da economia dramática, mas não do pensamento. Se observarmos, como é nosso dever, a peça toda em todos os seus aspectos, vemos que Édipo não é um caso especial a não ser quanto ao grau do seu sofrimento; ele é, como o Coro diz, típico; o que lhe aconteceu é parte da teia geral da vida humana. Porque introduz Sófocles, por exemplo, as crianças, no último acto? Não apenas porque é «natural»; uma boa peça não é «natureza», mas arte. Uma razão deve ser para que Édipo lhes possa dizer o que diz: «Que vida deve ser a vossa! Quem vos admitirá aos festivais? Quem vos desposará, a vós que nascestes desta maneira?» Assim é a vida, assim são os deuses. Os inocentes sofrem com os culpados.

Devemos contar também com duas outras personagens que desempenham um papel não menos importante na peça — os dois pastores. Não foi apenas para animar a sua peça ou para satisfazer o seu talento que Sófocles os delineou assim, apresentando com tanta agudeza os seus motivos, esperanças e temores. O Coríntio, como o Pedagogo, não está com rodeios quanto a receber uma gorjeta; não devido à razão tão excêntrica apresentada por Headlam [1], que era, hábito oriental recompensar os mensageiros (como se os dramaturgos fossem apenas fotógrafos), mas porque o pormenor se apoia no drama. As notícias que este homem traz, são, na verdade, grandes notícias, mas ele tem alguma coisa de muito mais espantoso de reserva e o momento para o revelar chega depressa. «Políbio? Era tanto teu pai como eu... Pois, eu dei-te a ele com estas minhas mãos... Um pastor

---

[1] Ver G. Thomson, *Oresteia*, II, 69 (nota ao v. 591).

contratado? Sim, meu filho; mas naquele dia salvei-te a vida». Um pastor contratado — mas este é um dia grande para ele; começou por se dirigir a Édipo como «Meu Senhor», mas agora diz «Meu filho». «Não, *isso* não to posso eu dizer... Deves encontrar o Tebano que te deu a mim...» O último grito agudo de desespero de Jocasta não o perturba porque, como Édipo diz, ela desmaiou provàvelmente ao saber que o seu marido é nascido de baixa condição. O coro está feliz e excitado; e quando o Tebano relutante é trazido, o nosso amigo torna-se ainda mais brando e prestável, ao chegar gradualmente a este ponto culminante:

Aqui está o homem, meu amigo, que era aquela criança!

E é esta a sua última fala. Não há recompensa para ele; não há glória em Corinto — apenas desorientação e consternação total; pois, em seguida, ouve ele o seu velho companheiro:

Apiedei-me da criança, meu senhor. Pensei em mandá-la
Para o estrangeiro, donde este homem veio. E ele
Salvou-a, para maior infelicidade. Porque se vós sois
O homem que ele diz serdes, então fostes nascido
para a desgraça.

Vê o seu novo Rei correr para o palácio; e então — a ode final? Ainda não. Estes dois actores têm de sair pelas compridas passagens laterais, à vista do público; umas quarenta jardas [1] é o comprimento

---

[1] Cerca de 36,5 metros (N. do T.).

da saída. E enquanto os observamos a sair com passo vacilante, temos tempo para reflectir que este é o resultado que eles tiraram do seu interesse compassivo por um recém-nascido abandonado.

Não é isto, também, trabalho de Apolo? Aqui, como no caso maior de Édipo, trata-se da conjugação de uma acção bem intencionada com uma situação que a leva ao desastre. Um acto de compaixão impregnado de uma sagacidade perfeitamente honesta leva o Coríntio à beira do que, para ele, é a grandeza; ao estender-lhe as mãos, ansiosamente e com confiança, ela transforma-se em horror.

Também o outro pastor se recusou a matar uma criança. Parte da sua recompensa vem anos mais tarde ao ver o homem que matou Laio ascender ao trono da sua vítima e casar com a sua Rainha — facto que o envia, para sua própria segurança, para um semi-exílio;[1] o resto da sua recompensa vem agora, quando uma ordem súbita o traz de volta, finalmente, à cidade, para ficar a saber o que aqui lhe dizem.

Estas tragédias menores das crianças e dos pastores são todas elas peças que se encaixam no conjunto principal. Isto é Apolo; isto é a vida. Um pecado terrível é cometido na maior das inocências; crianças são dadas à luz para uma vida de vergonha; as intenções virtuosas falham. Que pensar de tudo isto? Evidentemente que se podem tirar daqui lições

---

[1] Porque, não sendo escravo comprado, mas criado no palácio (v. 1123), suplicou a Jocasta que o mandasse para os campos, o mais longe possível da cidade. (vv. 758 *seqq.*).

de moral e de prudência — embora Sófocles tire muito poucas — mas, que pensar disto? Onde está a explicação? Qual é, por outras palavras, a catarse? Que Édipo aceita o seu destino? Mas quando uma pessoa é atirada ao chão, tem de aceitar o facto; e se não for possível à pessoa tornar a erguer-se, há que haver resignação. Há pouca luz neste ponto.

A catarse de que andamos à procura é o esclarecimento último que transformará uma história dolorosa numa profunda e comovedora experiência. A Professora Ellis-Fermor [1] sugeriu que a catarse de peças como *Rei Édipo* e *Macbeth* está na perfeição da sua forma a qual, por implicação, representa as forças da rectidão e da prática do bem de que Ésquilo fala directamente nas suas odes corais. Isto é manifestamente verdadeiro quanto a *Rei Édipo*.

Regressemos ao sacrifício de Jocasta e à resposta rápida e devastadora de Apolo. No passo correspondente de *Electra*, o ponto era claro. Clitemnestra pediu para que a injustiça, ἀδικία pudesse triunfar e teve a resposta que mereceu. E quanto a Jocasta? Tem estado a negar a verdade dos oráculos. Era Sófocles assim tão ferozmente ortodoxo que equiparasse o cepticismo de Jocasta com a perversidade de Clitemnestra? Evidentemente que não; não eram estas as dimensões espirituais de Sófocles. O que ele quer dizer é muito mais do que isto. Jocasta disse: «Porque havemos de recear os oráculos, se não existe a profecia (πρόνοια)? O melhor é viver ao acaso,

---

[1] *Frontiers of Drama*, p. 133.

como for possível» — doutrina que negaria precisamente a base de qualquer pensamento sério Grego; porque enquanto a vida Grega era ainda sã e estável, os Gregos acreditavam, como que por instinto, que o universo não era caótico e «irracional», mas que se baseava num λόγος, a Lei obedecida. Os filósofos Jónios não descobriram este λόγος, antes o postularam.

Os poetas trágicos pensam igualmente desta maneira — como Whitehead [1] viu ao dizer que eles, mais que os Jónios, foram os primeiros pensadores científicos. Em Ésquilo encontramos leis morais que têm o mesmo tipo de validade das leis físicas e matemáticas. O que pratica uma acção deve sofrer; a ὕβρις leva à Atê; o problema, neste caso, — problema tanto para os deuses como para os homens — é encontrar um sistema de Justiça que se adapte a esta orgânica sem transgredir desastrosamente estas leis. Para o espírito de Sófocles este λόγος revela (como veremos melhor no capítulo seguinte) um equilíbrio, um ritmo ou padrão nos assuntos humanos. «Não se chame feliz a nenhum homem antes de estar morto» porque os acasos da vida são incalculáveis. Mas isto não quer dizer que sejam caóticos; se assim nos parecem é porque não somos capazes de abarcar o esquema. Mas por vezes, quando a vida de repente se torna dramática, podemos abarcar o bastante para

---

[1]. Alfred North Whitehead (1861-1947). Matemático e filósofo inglês, escreveu de colaboração com Bertrand Russel, os *Principia Matehmática* (1910-1912) e foi um dos fundadores da lógica matemática (N. do T.)

nos dar fé de que há um significado no conjunto. Quando Creonte é esmagado, em *Antígona,* é-o pela repercussão natural dos seus próprios actos que se realizam através dos espíritos e das paixões de Antígona e de Hémon, podendo ver-se nisto uma justiça natural. Em *Electra* a vingança que por fim cai sobre os assassinos está ligada ao seu crime por cadeias naturais de causa e efeito. Em *Rei Édipo* temos um quadro muito mais complexo. A mesma δίκη encontra-se em actividade, embora, desta vez, a ἀδικία que ela vinga fosse involuntária e, na verdade, inocente. Édipo — repetindo a nossa imagem — é destruído como o pode ser um homem que inadvertidamente interfere com a corrente eléctrica. A Δίκη age neste caso através de muitas acções aparentemente fortuitas e sem relação — dos pastores, do cocheiro que tentou puxar Édipo para fora da estrada, do homem no banquete.

...As coisas passam-se ao contrário de todas as expectativas; a vida parece cruel e caótica. Cruel talvez; caótica não — porque se fosse caótica, nenhum deus poderia prever e Jocasta estaria certa. «Se estes oráculos não são manifestamente cumpridos, porque me haverei de juntar à dança sagrada?» A piedade e a pureza não são o todo da misteriosa configuração da vida, como o destino de Édipo mostra, mas são uma parte importante dela e até isto a doutrina do caos negaria. O esquema pode cortar cruelmente através da vida do indivíduo, mas pelo menos sabemos que existe e temos a certeza de que a piedade e a pureza são uma grande parte dele.

Todos os pormenores de *Rei Édipo* são imaginados a fim de fazer valer a fé de Sófocles neste λόγος subjacente; eis a razão porque é verdade afirmar-se que a perfeição da sua forma implica uma ordem do mundo. Se é ou não benfazeja, Sófocles não o diz [1].

---

[1] (Nota à terceira edição). Há mais ainda que dizer acerca de *Rei Édipo*, o que depende de um exame minucioso da peça. Ver, por isso, adiante pp. 314-334.

CAPÍTULO VI

A FILOSOFIA DE SÓFOCLES

Encontrámos em *Electra* e em *Rei Édipo* as duas ideias relacionadas de uma δίκη que não é, necessàriamente, «Justiça» e de um ritmo ou esquema nos assuntos humanos. Serão estas ideias características destas peças ou encontram-se em qualquer outra parte em Sófocles?

Podemos começar com um caso especial de esquema. Quantas vezes encontramos em Sófocles a ideia que os mortos estão a matar os vivos? Das sete peças há apenas duas nas quais esta ideia não se encontra — são as últimas peças, *Filoctetes* e *Édipo em Colono*. Eis os cinco exemplos. Ájax e Heitor, inimigos figadais, trocam presentes (vv. 817 *seqq.*). Ájax recebeu a espada de Heitor — e mata-se com ela. Teucro diz (vv. 1027 *seq.*): «Viste como finalmente, mesmo do túmulo, Heitor te destruiu?» Teucro continua a dizer como Heitor, por seu turno, foi morto por intermédio do cinto que tinha recebido de Ájax — modificando o relato de Homero para efectuar o paralelo. Conclui: «Os deuses, diria, forjam todas estas coisas para os homens»; quer dizer, temos aqui muito mais do que uma simples coincidência. De *Ájax* passamos a *Antígona* e aí (v. 871) encontramos Antígona que diz de Polinices: «Ah, a tua mão morta é que afastou a vida de mim!» Em *Electra* (vv. 1417 *seqq.*): «Os mortos vivem. Os que há muito foram trucidados farão escoar-se o sangue dos seus assassinos αἷμα παλίρρυτον» — literalmente «sangue correndo na direcção contrária». Em *Rei Édipo* (v. 1451) Édipo suplica a Creonte para o levar para Citéron, «que os meus pais, quando viviam, determinaram que fosse o meu túmulo; que eu possa morrer às mãos dos que tentaram assassinar-me». E, finalmente, temos em *As Traquínias* uma apresentação em grande escala. O Centauro Nesso no meio da corrente, insulta Dejanira; Hércules, da margem, atira-lhe uma seta envenenada. É este veneno, inocentemente administrado por Dejanira com o filtro de amor, que mata Hércules e vinga Nesso — e não sòmente Nesso, pois o veneno era, originàriamente, o sangue da Hidra que Hércules tinha morto. Neste exemplo trabalhado podemos observar, primeiro, que todo o decurso das coisas estava sombriamente pressagiado por um oráculo de Zeus (vv. 1161 *seqq.*) e segundo, que se encontra significativamente ligado ao que é, nesta peça, o ponto fraco no carácter de Hércules, a sua paixão irreflectida por mulheres. Esta dupla vingança dos mortos sobre os vivos não é, portanto, mera coincidência; trata-se de um padrão urdido no próprio tecido das coisas.

De modo que, em todas estas cinco peças, encontramos, com maior ou menor proeminência, a ideia de um ritmo ou contrapartida. As coisas, a longo prazo, não são deixadas em desiquilíbrio. Em *Electra* é claramente a Justiça; pode não ser a Justiça, noutra parte — pois, porque não haveria Hércules de ter morto a Hidra e Nesso? — mas é δίκη.

Avancemos um pouco mais. A fala na qual Ájax anuncia que mudou de ideias e se submeterá aos Atridas, encontra-se cheia de paralelos com a Natureza:

*Todas as coisas, o longo e inumerável Tempo
Trará à luz, e depois as ocultará de novo...*

O Inverno dá lugar ao Verão, a noite ao dia, a tespestade à calma e o que dorme acorda. Porque é que, diz ele, não hei-de eu também submeter-me? — Isto é, um ritmo eterno impregna o universo e o homem é parte dele. Assim, na fala semelhante de Édipo em *Édipo em Colono* [1], nada permanece na mesma, tanto na Natureza como entre os homens. Πάντα ῥεῖ, tudo muda contìnuamente, não num curso a direito, mas de um lado para o outro. O amigo de hoje é o inimigo de amanhã e o inimigo de hoje é o amigo de amanhã.

Esta ideia de um ritmo universal, semelhantemente preponderante no mundo físico e nos assuntos humanos, aparece também nos similes formais de Sófocles e dá-lhes um peso adicional; como, por exemplo, quando Hémon recorda a Creonte que os ramos que se dobram é que não são partidos. Isto não é

---

[1] *Édipo em Colono*, 607 seqq.

mera explicação, mas sim um apelo à Lei. E não será demasiado imaginoso ver nesta maneira habitual de pensar a origem do que era, sem dúvida, a palavra favorita de Sófocles, σύμμετρος e seus congéneres.

O facto de as complexidades da vida não serem devidas ao acaso está relacionado com isto e é cumprido com mais imaginação em *Rei Édipo*. Nenhuma das outras peças nos transmite esta ideia de modo tão impressionante, mas ela encontra-se implícita em todas. Cada uma das peças tem o seu oráculo ou profecia que é cumprida e é concerteza evidente que o que pode ser profetizado não é comandado pelo acaso. O universo — incluindo, mais uma vez, os assuntos humanos — é racional, embora não sejamos capazes de ver a *ratio,* o λόγος, a não ser com imperfeição e raramente. Como em *Rei Édipo,* os deuses apenas vaticinam; não obrigam [1]. Como em *Rei Édipo* e *Electra,* temos uma conjunção de deuses que vaticinam, e humanos que são inteiramente autónomos. A negação do acaso está implícita nas profecias; encontra-se igualmente implícita no último verso de *As Traquínias:* «Nada está aqui a não ser Zeus»; e é muito clara em *Antígona*. Pois o Mensageiro, entrando com a notícia da ruína súbita da prosperidade de Creonte, observa (vv. 1158 *seqq.*): «É o acaso que exalta o humilde e deita por terra o próspero»; mas nós, que temos estado na peça desde o princípio, sabemos que não é nada disto. Não é o acaso, mas sim a δίκη.

---

[1] Em *Ájax*, Atena enlouquece Ájax. É este o único caso de intervenção directa divina.

Outro elemento que serve de elo de ligação entre todas estas peças é que a δίκη, em *Antígona,* funciona exactamente como em *Electra,* não pela intervenção divina, mas através do decurso natural das coisas. Em cada peça se comete a ἀδικία; não faz diferença que Creonte tenha agido por motivos honestos e Clitemnestra e Egisto por motivos criminosos. Cada ἀδικία poderia ser continuada indefinidamente — talvez — com a excepção de que, em cada caso, havia os que estavam ìntimamente envolvidos e eram suficientemente grandes para se lhe opor, fosse qual fosse o risco; e em cada peça, a grandeza da heroína é dada pelo contraste com uma irmã, uma «rapariga bonita», vulgar, que está pronta a aceitar a ἀδικία. Vimos como isto era impossível em relação a Electra, com o seu temperamento e na sua situação; impossível também para Orestes, a quem todos os motivos de respeito filial, honra e interesse pessoal impeliam a punir os criminosos e a recuperar os seus direitos. Assim é com Antígona. O respeito natural, a lealdade para com os da sua estirpe, o amor por seu irmão, tudo que lhe forma o carácter a impele a desafiar o edicto de Creonte. Tudo que forma o dele o impele a exigir o seu arrátel de carne [1] e o facto de seu filho amar Antígona confirma a sua obstinação e torna-se também o ponto central à volta do qual a catástrofe se desenrola. A louvada lógica dos enredos de Sófocles não é apenas um mérito

---

[1] Alusão à peça «O Mercador de Veneza» de Shakespeare (N. do T.).

dramático é o reflexo da lógica que ele vê no universo: é este o processo segundo o qual a δίκη actua.

Antes de continuar, consideremos um aspecto sugerido pelo último parágrafo: o que acontece se não houver alguém à mão que seja levado a opôr-se à ἀδικία? Não se atinge, então, a δίκη, o equilíbrio não se restaura? A resposta a esta pergunta vem-nos de *Rei Édipo* e de *Antígona*. Em *Rei Édipo,* a ἀδικία — o assassinato do pai e o casamento com a mãe — não era sequer suspeitada, muito menos expiada. Por isso continuou a putrefazer-se, por assim dizer, o corpo político, sem se dar conta, até que por fim surgiu como epidemia. Algo de semelhante é sugerido por Tirésias em *Antígona,* quando este diz a Creonte que se hão-de erguer contra ele, como inimigas, as cidades cujos lares estão a ser conspurcados pelas aves e pelos cães que se alimentaram da carne de Polinices. De uma maneira ou de outra, a δίκη tem de se afirmar a si própria; se não pela acção do homem, então pela compulsão da natureza. Os assuntos humanos, como já vimos, são parte de um λόγος universal; o moral e o físico não estão divididos.

Em *Antígona* e em *Electra* estamos a tratar daquela parte da δίκη que coincide com a «justiça» moral; em *Rei Édipo* estamos numa região mais além onde a δίκη não é exclusivamente moral. Χρόνος δικάζει, «o Tempo vinga» as coisas feitas por Édipo em completa inocência; ideia que, sem dúvida, ofende o nosso sentido de Justiça, mas que, no entanto, é verdadeira em face da nossa própria experiência da vida: o que fazemos, inocentemente ou não, pode ter as suas consequências desagradáveis. Esta é a zona da qual dizemos: «A vida é cruel»; mas em Sófocles, o facto de estas coisas se passarem da maneira que passam, é uma indicação de que um desígnio de qualquer espécie está por trás delas — mas que desígnio é esse? Porque hão-de estas coisas acontecer a Édipo, sem culpa por parte dele e, aparentemente, sem um fim especial? Podemos muito bem perguntar; mas Sófocles não faz uma tentativa para responder à nossa pergunta. Não é uma das qualidades de *Rei Édipo* a de responder ao enigma final. Édipo diz, na verdade, em *Édipo em Colono:* «Talvez os deuses estivessem irados com a minha família desde tempos antigos» — retaliação a longo prazo da δίκη. Mas, de facto, esta sugestão não nos diz mais do que já sabíamos, que se trata de parte de um esquema, um λόγος.

O universo de Ésquilo é um mundo de augustas leis morais, cuja transgressão traz ruína certa; no de Sófocles, a acção do mal engendra o seu próprio castigo, mas o desastre sobrevém, igualmente, sem justificação; quando muito, com «negligência contributiva». Édipo não teria feito o que fez se tivesse sido um pouco mais prudente, um pouco menos auto-confiante, nem Hércules teria sofrido se nunca tivesse dado motivo a Dejanira para se servir do suposto filtro de amor. Mas isto não explica porque é que, num dado caso, uma culpa comparativamente pequena deva ter tais consequências; e ainda menos explica porque há-de ser Dejanira, numa altura, uma esposa amorosa plena de ansiedade, mas com esperança, e na altura seguinte, um cadáver enforcado.

A filosofia de Sófocles, tanto quanto a discutimos até agora, é uma profissão de fé intelectual — peculiarmente Grega — que deveria talvez defendê-lo contra a acusação de ser um «pessimista» — embora tivesse compreendido, sem dúvida, o tom de negro desespero sem o que nunca poderia ter escrito aquela amarga ode de *Édipo em Colono*. Mas que mais tem Sófocles a dizer, quer para aconselhar, quer para confortar?

Grande parte deste esquema, que os homens chamam a Vontade dos Deuses, é constituido pela piedade e pela pureza. Por consequência nenhum poeta se refere, mais do que Sófocles, à necessidade de φρόνησις, «sabedoria». «Phronesis» implica que se saiba o que se é, conhecer o nosso lugar no mundo, sermos capazes de ter uma visão ampla com o devido senso das proporções — ao contrário de Creonte em *Antígona* e de Agamémnon e Menelau em *Ájax*, que apenas viam que Polinices, ou Ájax, era um traidor morto, sendo incapazes de ver o facto mais importante, que ele era um homem morto. Esta qualidade encontra-se quase encarnada naquela personagem impressionante de *Ájax*, Ulisses. Porque é capaz de ver que «Toda a humanidade não é mais do que um fantasma, uma sombra sem substância», sente compaixão pelo seu adversário quando ele está louco e não exulta, pugna pelo seu enterro quando está morto e contrapõe o seu valor à inimizade que ele tinha mostrado, lembrando-se de que «também eu chegarei a isto».

Mas nenhuma piedade, nenhuma sabedoria servem de protecção contra aquelas ἀναγκαῖαι τύχαι, pancadas do destino, de que fala Tecmessa, duas vezes envolvida na ruína de outros; e, à guisa de consolação, que poderemos dizer a um Édipo? Mas mesmo deixando estes sofredores, como devemos, para ir ao encontro dos seus sofrimentos com o ânimo que neles possam encontrar, diremos que, vendo as coisas com maior largueza, Sófocles encontra muito para colocar no outro prato. Na verdade, nenhumas esperanças de um mundo melhor; apenas «O Hades que recebe tudo»— embora, como Electra diz:

τοὺς γὰρ θανόντας οὐχ ὁρῶ λυπουμένους

Vejo que os mortos não estão vexados.

Mas não reflectem a grave beleza e dignidade das próprias peças de Sófocles a beleza e a dignidade que ele encontrou na vida humana? O homem pode ser «uma sombra sem substância», sem a διόσδοτος αἴγλα, a «glória concedida pelos deuses» que Píndaro, por vezes, viu a cintilar em torno da cabeça dessa mesma sombra; mas, por tudo isto, Sófocles deixa-nos com um grande sentido da dignidade de sermos homens. Ter sido grande de alma é tudo. Ájax enfrenta a morte orgulhosamente; foi ele próprio, Ájax, e não acha melhor súplica a fazer por seu filho senão que seja como ele, excepto quanto à sua sorte; Antígona sabe que cumpriu o seu dever e que será bem recebida pelos da sua estirpe, entre os mortos. Quanto a Édipo, por certo que a imagem que Sófocles tinha do próprio Homem, visto que era o tipo Aristotélico do Herói Trágico, a sua grandeza intrínseca (como também a de Hércules) impressiona, por fim, os próprios deuses:

> Quando partimos, voltámo-nos e olhámos de longe. A ele não o vimos em nenhuma parte, mas vimos Teseu com a mão diante do rosto como se quisesse proteger os olhos de alguma visão terrível para a qual não podia olhar. Então, pouco depois, vimo-lo prestar reverência à Terra e ao Olimpo dos Deuses, na mesma oração. Mas porque morte tinha perecido ninguém o podia dizer a não ser Teseu; porque nenhum raio flamejante do céu provocou o seu fim, nem nenhuma tempestade que se erguesse dos mares nessa altura, antes qualquer escolta enviada pelos deuses ou qualquer abismo sombrio, escancarado, acolhedor, lá de baixo da Terra. Aquele homem não foi mandado embora com lamentações nem desfigurado pela doença, mas sim de um modo maravilhoso, acima de todos os outros.[1]

---

[1] *Édipo em Colono*, 1647 *seqq.*

CAPÍTULO VII

A ARTE DRAMÁTICA DE SÓFOCLES

1. O Terceiro Actor

Vimos o que Ésquilo fez em *Oresteia* com esta invenção de Sófocles. Sófocles deve-o ter visto, também, com alguma surpresa, pois que, certamente, não era ideia sua que o terceiro actor fosse enxertado na Tragédia Antiga nem utilizado para alongar a parte lírica. Porque fez Sófocles esta inovação decisiva? Embora estejamos pràticamente em branco quanto aos primeiros vinte anos da sua actividade dramática, podemos responder à pergunta com certa confiança: queria o terceiro actor para fazer o que Ésquilo se recusa terminantemente a fazer com ele em *Agamémnon* e que era esclarecer a personagem principal, de vários pontos de vista. A concepção de Ésquilo implica o herói trágico decidido, que é todo ἁμαρτία — ou um em quem a ἁμαρτία é tudo que nos diz respeito. A ῞Υβρις está feita e o Céu castiga por meio do seu instrumento escolhido. Sófocles não vê as simplicidades da vida, mas as suas complexidades. Certas pessoas, porque são feitas desta maneira e não daquela e porque as suas circunstâncias são estas e não aquelas, combinam-se para causar a catástrofe. Se algum dos pormenores tivesse sido diferente, o desastre não teria ocorrido. O funcionamento da Lei é visto no modo como todas estas delicadas complexidades se abrem em leque, formando um esquema que, de repente, se vê ser inevitável.

O herói de Sófocles, porque é complexo, não simples de espírito, deve ser visto de mais do que um ponto de vista. Não conhecemos o nosso Creonte ou o nosso Édipo, portanto não podemos compreender a sua tragédia até vermos como se comportam em relação a diversas pessoas e (igualmente importante) como é que elas se comportam para com eles. A consideração de Édipo pelo seu povo, a sua cortesia para com Creonte e Tirésias que ràpidamente passa à suspeita e à raiva, a atitude de Creonte para com Hémon — não são ornamentos ou aperfeiçoamentos; é essencial para a tragédia que devamos conhecer os nossos heróis desta maneira. De modo idêntico, a relutância do Vigia em enfrentar Creonte é importante porque é uma luz lateral lançada sobre o carácter do Rei e não apenas um relevo sub-cómico. O Espião incolor de Etéocles é transformado, necessàriamente, nesta personagem atraente de carne e osso. Isto não é «progresso»; é simples lógica. Esta arte de «subdelinear» é usada em *Rei Édipo* como raramente o tem sido, quando a eminência suprema de Édipo se revela através do colapso do cepticismo corajoso de Jocasta.

Podemos estar certos de que aqui se encontra a origem do terceiro actor, mas houve uma causa acessória e uma evolução. Nenhuma catástrofe pode ser autónoma; outros, além do pecador, se acham envolvidos. Para Ésquilo, este aspecto necessário da tragédia apresentava-se por si como um movimento linear, daqui a trilogia; ou o facto trágico é consequência de um carácter herdado ou deixa um legado de tragédia à geração seguinte [1]. Esta ideia apresenta-se a Sófocles sob forma complexa, como uma situação iminente que envolve outras imediatamente. A vaidade de Ájax arruina Ájax, mas põe em perigo também os seus marinheiros, Tecmessa, Eurísaces e Teucro; a teimosia de Creonte ameaça o Vigia e destrói Antígona antes, envolvendo, através de Hémon e Eurídice, o próprio Creonte. Assim e de novo, mais actores são necessários.

Além disso, se é que podemos confiar nas nossas escassas provas, Sófocles começou a dar mais preponderância à interacção trágica das circunstâncias com o carácter, de modo a tornar a situação mais complexa. Nestas quatro peças, como veremos em breve, há um «avanço distinto» na direcção dos três actores. A explicação não é que Sófocles esteja a aperfeiçoar a sua técnica, ou não apenas isso, mas que o seu pensamento está a tomar um novo rumo. Significativo é o facto de, à medida que o enredo se torna mais complexo, o carácter do herói se tornar menos catastrófico. Édipo e Electra são muito dife-

---

[1] Este movimento linear é muito claro em *As Suplicantes*. (Ver pp. 48-50).

rentes de Ájax e de Creonte; sentimos que estes dois últimos se equilibram tão mal que um ligeiro empurrão os pode virar de pernas para o ar; os primeiros são de uma tal nobreza que só uma combinação muito infeliz de circunstâncias os poderá deitar abaixo. Assim, contra uma caracterização mais equilibrada, temos uma situação mais complexa e a situação mais complexa leva o emprego dos três actores ao seu mais alto grau de fluidez.

Consideremos agora este emprego nas nossas quatro peças. Em *Ájax,* o terceiro actor desempenha um papel restrito, mas significativo. Entre o Prólogo e a última cena, o seu único efeito na peça é o de permitir que o não muito dramático Mensageiro [1] dê as suas notícias a Tecmessa, bem como ao coro. O emprego do terceiro actor é, deste modo, restrito, porque o enredo é de tal ordem que os dois principais actores, Ájax e Ulisses, não podem encontrar-se. Isto explica porque é que Sófocles, que durante vinte anos tinha escrito para três actores, pouco os aproveita aqui. [2]

---

[1] «Não muito dramático» porque (I) o que o tema trágico exige é a descrição dos actos prévios de hybris de Ájax, mais do que este homem nesta situação naturalmente diria; (2) o facto de a ira de Atena durar apenas um dia parece ser deixado no ar. Se é projectado apenas para apressar a acção, é artificial; se tem um significado mais profundo, por exemplo, que os comandantes Gregos poderiam ser induzidos a perdoar a Ájax, não nos é dada uma chave para ele.

[2] Há uma noção superficial que tem sido recebida com mais paciência do que merece, a de que estas e outras inovações foram usadas, ao princípio, com uma reserva tímida. A crítica descobriu passos em *Ájax* onde Sófocles teria dado, ao terceiro actor, mais para

O Prólogo serve-se bem dos três actores. Atena e Ulisses dão-nos, por assim dizer, a atitude do senso comum em relação ao crime de Ájax; dão-nos também uma visão directa de Ulisses que contrasta excelentemente com a maneira pouco penetrante pela qual o grupo de Ájax fala sempre dele. Mas há mais do que isto. Trata-se de uma peça de «teatro» espantosamente imaginativa. Supõe-se que Atena, que é invisível a Ulisses, é visível ao público. Porquê? Nada na cena o exige e se ela está escondida, falando lá detrás, «como a voz de uma trombeta de bronze», temos diante de nós o belo espectáculo de Ulisses sózinho no palco com o seu furioso inimigo — sózinho excepto pela presença da deusa invisível.

Também na última cena há imaginação. Depois de Menelau vem Agamémnon; à sucessão de cenas falta, talvez, um pouco de subtileza, mas não a propósito, porquanto torna claro que Teucro tem contra si não apenas o capricho de um chefe, mas algo como a opinião pública e que Teucro não pode encontrar os motivos para alterar essa opinião. É então que chega Ulisses, o arqui-inimigo e enquanto triunfa sobre Agamémnon com tanta magnanimidade e bom senso, Teucro está de lado silencioso e espantado com este apoio, vindo donde vem. Agradece dignamente a Ulisses. Ulisses pede que lhe seja permitido tomar parte no enterro, mas Teucro não se pode erguer a esta altura e não confia que o espírito de

---

dizer, se não estivesse a escrever em 450 ou à volta disso. Dalmeyda (*R. E.G.*, 1933, p. 2) pôs isto de parte (Ver também Schlesinger, *C.P.*, 1930, p. 230).

Ájax o pudesse. Teucro e Ájax permanecem no mesmo plano que Menelau e Agamémnon, e Ulisses tem de se retirar desiludido, mas aquiescente. Nada podia indicar melhor a solidão intelectual de Ulisses no meio destes homens e a questão depende do facto de Teucro estar presente e ter ouvido o argumento de Ulisses. Estava silencioso, não porque a peça foi escrita em 450 e Sófocles ainda não tinha aprendido a fazê-lo falar, mas porque Sófocles tinha mais imaginação dramática do que os seus críticos.

O Prólogo de *Antígona* não emprega os três actores, mas como se trata de uma cena que sòmente uma tragédia de três actores podia imaginar, vamos considerá-la com brevidade. Como todos os prólogos, este esboça a situação; como todos os prólogos de boa qualidade, tem uma função muito mais importante. Tal como o prólogo de *Ájax* apresentava a situação dum ponto de vista diferente do assumido durante a maior parte da peça, aqui, a atmosfera particular, pessoal e feminina contrasta fortemente com a intensa luz pública na qual a acção se vai desenrolar. É uma preparação admirável para o hino jubiloso de triunfo que se segue. O prólogo de *Electra* faz a mesma coisa; as considerações políticas e práticas dos dois homens fazem um excelente contraste com a desolação e a tristeza pessoal de Electra [1].

---

[1] Os que gostam de argumentos mecânicos poderiam acrescentar isto à discussão (pp. 229-30) sobre o centro de gravidade em *Antígona*. Tanto *Ájax* como *Electra* começam com duas personagens subordinadas que preparam o caminho para o Herói. *Antígona* começa com Antígona e Ismena; portanto, o herói é Creonte.

Em todas estas justaposições há uma pertinência finamente imaginada; Sófocles produz metade do seu efeito por meio de uma disposição arquitectónica de grupo, o que foi possível graças à fluidez dada pelo terceiro actor.

Duas outras cenas em *Antígona* pedem a nossa atenção. A primeira, entre Creonte, o Vigia e Antígona é extremamente dramática e pressagia as cenas triangulares em *Rei Édipo*. A força dramática nasce de cada uma das três personagens ter as suas preocupações particulares, a sua atitude própria em relação ao facto central. Creonte é posto perante a notícia incrível de que a rebelde não é agente político, mas sua própria sobrinha; agora que o acto está consumado, Antígona coloca-se à parte, fora de contacto com a cena, extasiada na sua confiança quase mística; o Vigia, encontrando na situação a sua própria justificação e evasão, está completamente à vontade, instalado na ideia maravilhosamente irrelevante de que um homem não deve negar nada — é esta a moral que ele tira. Que efeito tem o seu τοιοῦτον ἦν τὸ πραγμα [1] coloquial contra este pano de fundo! Ele, uma pessoa da periferia da tragédia, escapou. Eis como isso o afecta. Apenas por um esforço de decoro normal é que se pode lembrar o que o facto significa para Antígona:

...Com prazer e pena minha, ao mesmo tempo.
Porque isto de uma pessoa escapar a uma calamidade
é o melhor que há;

---

[1] «Aconteceu assim».

*Mas é penoso levar à ruína aqueles que se estimam.
Porém tudo isto vale menos para mim do que a minha
própria salvação.* [1]

Mais uma vez, não se trata aqui de ornamentação
dramática; é a maneira zombeteira pela qual as coisas
acontecem.

A segunda cena triangular de *Antígona*, Creonte
— Antígona — Ismena, não é tão importante como
a primeira. Ambas diferem das últimas cenas do tipo,
em Sófocles, onde a situação, embora dramática, não
evolui; e esta segunda cena é menos significativa
do que a anterior porque Ismena pouco faz para
modificar a situação ou para acentuar a tragédia.
Esclarece mais os métodos de Sófocles do que a
sua filosofia. Vimos Ismena no prólogo; o cumprimento natural desse facto será vê-la agora mais uma
vez e darmos conta do efeito que o acto de Antígona
tem sobre ela. A sua atitude nesta segunda cena,
atitude puramente emocional, contrasta, na verdade,
com as linhas claras e quase duras da resolução de Antígona e a absoluta desorientação de Creonte acrescenta
um toque dramático, mas o significado é realmente
estrutural; é um laço com o prólogo e uma preparação para o tema que se segue — uma vez que Ismena
é, evidentemente, a melhor personagem para apresentar o assunto dos esponsais de Antígona com Hémon.

Quanto às duas peças posteriores, encontramos
nelas um avanço enorme na técnica. Nas duas grandes
cenas da descoberta, em *Rei Édipo,* a situação não

---

[1] Trad. portuguesa, p. 34.

é apresentada pràticamente completa diante dos nossos olhos; não só cresce, mas cresce também em direcções opostas para os dois actores principais. A conversa entre Édipo e o Mensageiro Coríntio é, já de si, dolorosamente dramática, mas o acrescentamento de Jocasta mais que duplica o poder da cena. A progressão de Jocasta, da esperança, através da confiança, até a um gélido horror e a de Édipo, do terror até a uma resolução e confiança sublimes, ambas ligadas pela jovialidade banal do Coríntio (que deve estar extremamente intrigado pelo tremendo efeito que a sua simples mensagem está a causar) — tudo isto constitui uma combinação subtil de ritmos cruzados como muito bem se pode imaginar. O efeito da cena seguinte não é inferior a este. Aqui está Édipo que acaba no horror, enquanto o contraste directo está entre o Coríntio, desta vez ainda mais jovial e solícito, e o pastor Tebano cujo segredo da vida lhe está a ser arrebatado. Nada há na literatura dramática que corresponda à beleza própria e terrível destas cenas, a não ser o passo, em *Electra,* entre o Pedagogo, Electra e Clitemnestra. A longa e dura disputa entre mãe e filha culmina na súplica blasfema de Clitemnestra a Apolo, e como se respondendo à súplica surge logo o Pedagogo com a notícia da morte de Orestes. A resposta de Electra é um grito de angústia; em contraste com ela, a excitação de Clitemnestra está finamente desenhada, agora como mais tarde:

τί φής, τί φής, ὦ ξεῖνε; μὴ ταύτης κλύε.

Que disseste, estrangeiro? O quê? Não *a* escutes!

A seguir vem o relato burilado e cheio de vida, da suposta morte de Orestes: de longe, a mais brilhante das falas de Sófocles. Na sua *Ancient Greek Literature,* Murray chamou-lhe «brilhante mas não dramática» (e à peça inteira, «sem encanto») — uma crítica interessante, vinda de um especialista de Eurípides tão distinto. A fala é dura; como a planície de Crisa, que descreve, está juncada de carros destruídos; falta inteiramente a limpidez tradicional da poesia Grega. Mais exactamente: o Pedagogo não é realmente um Mensageiro, antes está a brincar aos Mensageiros. Não devemos criticá-lo a ele e ao Mensageiro em *Antígona,* partindo dos mesmos princípios.

Ele é tudo menos encantador; tem algo mais a fazer do que ser encantador e precisamente por não o ser é que não é isento de qualidades dramáticas. Considere-se o ímpeto da fala. Um princípio tranquilo leva às ominosas palavras ὅταν δέ τις θεῶν βλάπτῃ [1] começando ele outra vez a avançar, através do seu catálogo, para o início da corrida fatal. Os poucos versos seguintes levam, òbviamente, a um ponto culminante e ouvimos πρὶν μὲν ὄρθοι πάντες [2] ...e temos a certeza de que isto é o fim — mas ainda não é. Sófocles contém-se; Orestes ainda está vivo entre os carros destruídos. Um segundo e maior ponto culminante toma corpo à medida que os dois condutores de carros que restam correm

---

[1] «Quando um deus manda o sofrimento» (696).
[2] «Ao princípio todos estavam de pé» (723).

repetidas vezes à volta da pista até que chega o fim terrível. É bom, mas por trás de tudo, sentimos a exaltação feroz do Pedagogo, na sua perícia, no seu amontoar de pormenores falsamente convincentes, conduzindo Clitemnestra, através das divagações da sua história, para a morte. Trata-se de um trecho magnífico de bravura e ao ouvi-lo, observando a crueldade que está por trás dele, observando o seu efeito sobre as duas mulheres que, acabada a disputa, ficam suspensas de cada palavra, chega até nós amplificado através do espírito delas, pelo que «não dramático» é a última coisa que lhe poderíamos chamar.

Este longo esforço terminou; segue-se uma cena magistral. Primeiro, o Coro pensa na linhagem real que aqui termina:

φεῦ, φεῦ· τὸ πᾶν δὴ δεσπόταισι τοῖς πάλαι
πρόρριζον, ὡς ἔοικεν, ἔφθαρται γένος.[1]

Desta vez há limpidez. Clitemnestra pensa então em si própria, na sua dor, no seu alívio. Clitemnestra não «esconde o riso nos olhos»; a sua dor é autêntica pelo facto de só obter segurança com a destruição de seu filho. Mas logo começa a compreender quão grande é o seu alívio. Está, finalmente,

---

[1] Intraduzível. Uma versão será:
«Ai! a longa linha dos nossos reis exterminada, completamente destruída!»
Pertence à estirpe de:
«Ele não tem filhos. — Todos os meus lindos?
Disseste todos?»

salva e dá-nos um vislumbre aterrador do que se tem passado abaixo da superfície:

> ὁ προστατῶν
> χρόνος διῆγέ μ' αἰὲν ὡς θανουμένην.
> νῦν δὲ...

O Tempo, no seu curso, levou-me sempre sob a sombra dos mortos. Mas agora...

Enquanto ela desnuda a alma desta maneira, o Pedagogo está ao pé, numa aparente estupidez. O que origina a confissão mais íntima de Clitemnestra é a sugestão crua e fora de propósito que ele faz, da sua recompensa. Temos então Electra, erguida da sua prostração apenas pela alegria natural e anti-natural de sua mãe. De novo nos lembra um passo terrível entre elas por causa do nervosismo aparente do velho acerca da sua recompensa. Os Mensageiros na Tragédia Grega, como ele bem sabe, têm permissão para ser francos neste ponto. Talvez ele tenha de ser uma sombra insistente, mas desempenhou bem o seu papel e Clitemnestra aceita-o.

É este um aspecto conveniente a partir do qual se deve considerar o que é, de várias formas, a obra prima de Sófocles quanto ao emprego dos três actores: *Filoctetes*. Tem muito de uma peça destinada ao actor; o assunto oferece pouca oportunidade para o lirismo e o poeta não o elabora. O assunto é, manifestamente, a conspiração tramada por Ulisses contra Filoctetes, e o seu insucesso; o interesse dramático está em observar como o jóvem herói chega a compreender, com vergonha crescente, quão falsa e intolerável é a empresa na qual Ulisses o apanhou como numa armadilha; o tema subjacente ao conjunto é que os comandantes Gregos em Tróia estão a sofrer a repercussão natural da sua desumanidade passada para com Filoctetes. A acção da peça avança, passo a passo, com uma subtileza e uma segurança nada inferiores, em comparação, à acção de *Rei Édipo*. As três personagens principais contrastam brilhantemente: o irritado e inamovível Filoctetes, Ulisses o vilão plausível e o jóvem Neoptólemo cuja passagem gradual do campo de Ulisses para o de Filoctetes constitui um espectáculo tão absorvente. O enredo movimenta-se na mais absoluta liberdade — e contudo surpreendemo-nos ao notar que as *personae dramáticas* nesta peça nada lírica são em menor número do que em qualquer das outras seis. São, ao todo, apenas cinco e destas uma é apenas o convencional *deus ex machina* que, com efeito, pouco contribui para o enredo. Com excepção de Hércules, há apenas uma personagem menor, o Mercador, que só aparece numa cena. Forjar um enredo tão fluido sob uma restrição tão severa é evidenciar grande virtuosidade técnica. Um dos segredos é a confiança corajosa e inteiramente bem sucedida naquela forma de estenografia dramática que se chama muitas vezes «inconsistência» (ver à frente, pp .196 segg, II vol.); outro é o coro ser usado com muita subtileza (como em 169-90, 391-402, 676-717) para colocar diante de nós os sentimentos de piedade e indignação que, como temos de compreender, estão a exercer uma acção tão forte sobre Neoptólemo.

2. O Coro

A atitude diferente que Sófocles trouxe para a tragédia afectou tanto o coro como os actores. Na verdade é óbvio que — ou teria sido se Ésquilo não tivesse escrito *Agamémnon* — o facto de haver mais actores tem de significar menos coro. Na verdade começámos a suspeitar em *Euménides* que o coro estava em vias de desaparecer de todo. Sófocles salvou-o desta ignomínia: na Tragédia Intermédia — quando Sófocles estava a escrevê-la — o coro conservava uma posição tão lógica e firme como na mais coral das Tragédias Antigas. Como as próprias Euménides, o que perdeu em força ganhou por outras vias.

Tem-se argumentado que o coro era a moldura natural e perfeita para a tragédia quase religiosa de Ésquilo. A atmosfera de vingança e de retaliação na qual Agamémnon surge, o pano de fundo de ruína e de batalha contra o qual Etéocles faz desenrolar o seu drama solitário, são criados pelo coro. Na concepção de Sófocles, o pano de fundo é constituido pelas trágicas relações humanas e pela complicada teia das circunstâncias, assuntos que compete aos actores apresentar. Tebas é, em *Rei Édipo,* uma cidade ameaçada, bem como em *Os Sete contra Tebas,* havendo lá também uma maldição, mas nenhum destes é o tema mais importante na peça de Sófocles. Na sua *Electra,* mais uma vez, a lei primitiva da vingança é um motivo importante, como o é em *Coéforas,* mas na peça de Ésquilo condiciona tudo e é o coro envolvente que a conserva diante dos nossos espíritos; em *Electra* é parte do espírito do protagonista. Quando Etéocles é morto, o fim lógico é o hino fúnebre do coro; quando Édipo encontra a ruína, o coro canta 'Ιὼ γενεαὶ βροτῶν, mas isto não chega. O actor suplantou o coro e o fim lógico é que vejamos Édipo na sua desgraça. Não é tarefa fácil para Édipo seguir e completar a ode trágica, mas tem de fazê-lo — e fá-lo.

Uma importante alteração posterior é que o compasso da peça está agora inteiramente nas mãos dos actores. A lógica do drama já não é a da emoção dramático-musical, mas de certo modo a da vida real. O coro pode, por convenção, preencher intervalos no tempo, mas não pode suspender o tempo como faz em *Agamémnon* juntamente com Cassandra. Se os acontecimentos passados têm, no drama, o significado que tem o sacrifício de Ifigénia em *Agamémnon*, devem ser apresentados através da consciência dos actores sobre os quais a nossa atenção está fixada. O drama é agora deles e o coro tem de o admitir. O coro é limitado à acção presente — sendo, neste sentido, mais dramático, mais συναγωνιςτής do que o coro de Ésquilo. Veremos como Sófocles aceita esta limitação mantendo o coro dentro das fronteiras impostas e como, à medida que o seu drama aumenta em complexidade, encontra nesta limitação uma das suas armas mais poderosas.

Como apetrechou ele o seu coro para estas novas condições? Em primeiro lugar e mais òbviamente, fazendo-o sempre dramático. Já não pode rodear e controlar a acção, mas está sempre ligado a ela. Em *Ájax* é constituído pelos próprios sequazes de Ájax

— um ponto que tem pouco interesse em si, mas que se torna significativo ao compreendermos que eles podem ser as primeiras vítimas da queda de Ájax. As exortações deles para que se levante e afirme os seus direitos, não são mera banalidade operática; dentro deles sentem que estão em perigo. Os temas de *Antígona* e *Rei Édipo* são essencialmente públicos e o coro é o público — embora, como veremos, *Rei Édipo* tenha, a este respeito, uma vantagem. Em *Electra,* onde o pretexto dramático para o coro é menos forte, Sófocles tornou-o, no entanto, inteiramente relevante por meio de uma ligação muito hábil. Fazem Egisto ameaçar que expulsa Electra; ponto que, à maneira destas últimas peças do período intermédio de Sófocles, se destina a servir três fins ao mesmo tempo, sendo um deles que a razão de Egisto, a simpatia subversiva que Electra levanta na cidade, está personificada neste coro complacente. De facto enquanto a tragédia se baseou nestes grandes temas gerais, a dificuldade de encontrar um coro apropriado e de o ligar à acção permanecia em segundo plano. O coro de Sófocles era tão fácil de conseguir como o auditório de Sócrates. Quando a tragédia se deslocou de temas públicos para particulares, como a intransigência de Medeia ou o comportamento delirante do Orestes de Eurípides, é que o coro se tornou num aborrecimento.

Pois Sófocles conseguia normalmente insuflar aos seus coros alguma personalidade individual. Os seguidores de Ájax tomam vida perante nós, na sua repugnância pela guerra e nas suas saudades da Grécia bem como na sua devoção a Ájax e no medo por si mesmos. Mais: Sófocles permite-lhes sempre que tenham, de Ulisses e seus feitos, a sua opinião pessoal, não a certa. Nunca são o porta-voz do poeta [1] e nesta peça não são, decididamente, «espectadores ideais», mantendo até o equilíbrio entre Ájax e os outros Gregos. São sempre a favor de Ájax, portanto mais interessantes dramàticamente. O mesmo é válido para o coro de *Antígona*: pessoalmente compreensivo para com Antígona, ao contrário de Creonte, desaprova contudo a sua acção, ao contrário dos Tebanos comuns. Sófocles serve-se dele, mais de uma vez, com uma espécie de ironia, fazendo-lhe dizer a expressão certa acerca da pessoa errada. Mas o coro de Édipo é, de tal modo, uma personalidade que o seu carácter contribui para a elaboração dos ritmos cruzados da peça. É piedoso e devotado a Édipo. Na segunda ode, é a sua lealdade e a sua confiança em Édipo que prevalecem; numa linguagem de certo modo corajosa para um coro, diz: «Deus está certo, mas que os seus profetas saibam mais do que outro homem, isso é que não está provado». Quando fala, a seguir, passou por mais choques e o seu tom é diferente; afirma-se agora a sua piedade instintiva que o leva a orar pelo cumprimento dos oráculos. Há aqui reacção e movimento; não se trata simplesmente de cantar, de ser apenas um espectador ideal. Na própria segunda ode, ainda

---

[1] Kranz (*Stasimon*, p. 191) observou que Sófocles começa as suas odes com uma exposição do facto, Eurípides com uma expressão de opinião (comp. *Antíg.*, 332 com *Alcest.*, 962): reflexão interessante sobre a maior plasticidade do espírito dramático de Sófocles.

menos: depois de Tirésias ter denunciado Édipo, o coro trata de caracterizar o culpado como um proscrito sem lar que se afasta furtivamente dos outros homens. Só depois de metade da ode é que menciona o profeta. O coro não o compreendeu inteiramente? Ou compreendeu tão bem que está a reprimir deliberadamente a sua perturbadora sugestão? Talvez haja lugar para diferenças de interpretação; o que é certo é que o coro se comporta como uma pessoa, não como uma máquina, como sugeriu Jebb. Na sua opinião singular «havia um cânone que o Coro comenta, por ordem, sobre as coisas de importância que aconteceram desde que falou pela última vez» [1]; Sófocles não trabalhou assim.

Sófocles não escreveu segundo fórmulas e o coro de *Electra* é exactamente o oposto do de *Antígona*. Este faz-se sentir como força dramática, não por tomar parte importante na acção nem por exibir qualquer personalidade marcante, antes pelo desvio das suas simpatias — pela forma como, depois do seu primeiro recuo ligeiro do edicto de Creonte, se afasta firmemente de Antígona e a seguir abandona sùbitamente Creonte. Em *Electra* a sua personalidade é cuidadosamente assimilada à de Electra, como a sua parte será completamente dominada por ela, para vir a ser — depois da ligeira reserva que mostram ao princípio — pràticamente uma extensão da personalidade da heroína. A expressão formal disto é a falta de um Párodo; os anapestos introdutórios

---

[1] Nota *ad loc.*

são de Electra. Durante a cena seguinte é persuadido a aceitar a opinião de Electra sobre a Piedade e a Reverência e assim, de completo acordo com ela, conduz-nos directamente ao fim cruel, τῇ νῦν ὁρμῇ τελεωθέν. A sua confiança total é aqui tão dramática como a alegria das aves da introdução; um coro reservado ou duvidoso teria arruinado a bela reticência e a ironia do final.

Contudo estes pontos não são muito mais do que negativos; Sófocles não deixou de fazer o que, òbviamente, tinha de ser feito. Observemos mais de perto como emprega o coro, primeiro na qualidade de actor, depois na de cantores. «O Coro», diz Aristóteles, «deve considerar-se como sendo um dos actores». Assim é; mas como?

Dissémos acima (pp. 63-64) que os actos dos indivíduos não podem deixar de ser mais marcantes do que os de um grupo. Sófocles viu o facto e assim é que o seu coro toma parte nos acontecimentos normalmente antes de as personagens dramáticas mais vivas se terem lançado à acção. A sua acção mais generalizada prepara o caminho, mas segue com dificuldade o agir mais incisivo da pessoa isolada. Assim, em *Ájax,* o coro é que é apresentado como primeira vítima presuntiva da queda de Ájax; Tecmessa é a segunda porque nela o patético da situação pode ser levado a um ponto mais belo [1]. A seguir,

---

[1] Também por esta razão, bem como devido às exigências da encenação, é Tecmessa e não o coro, quem encontra o corpo de Ájax.

o coro e Tecmessa juntos, como personagens menores, são usados para se preparar a aparição de Ájax.

Electra é construida como sendo uma série de ataques à resolução da heroína; Crisótemis com as ameaças de Egisto atrás dela, Clitemnestra, o falso Mensageiro, são movimentos sucessivos neste ataque; mas antes de tudo isto está posta a primeira reserva ligeira ao coro, com os seus conselhos de submissão, antes de começar o ataque mais vivamente cortante do actor. Mesmo *Antígona* tem a sua sugestão da participação deles na acção (v. 215) antes de os verdadeiros actores entrarem; e em *Rei Édipo,* ao enfrentarmos a situação outra vez depois do Párodo e da denúncia de Édipo, o coro presta a sua única contribuição directa à acção (vv. 282-92) antes de os outros começarem. O coro nunca tenta competir com os actores: se é usado como actores, é-o sempre antes de os outros começarem.

Corrido este ferrolho inicial, a sua parte como actor está, normalmente, terminada, com excepção de que, como está sempre presente e é sempre relevante, é usado livremente de modos menores para dar uma ajuda quando é necessário — para receber mensageiros, anunciar recém-chegados, e em geral para suavizar as transições. Mas estes serviços prestados ao enredo não são sempre mecânicos. Quando Creonte, em *Rei Édipo,* entra indignado, o coro lá está para o receber, mas a cena ganha imenso em eficácia porque começa, deste modo, num plano de neutralidade a partir do qual pode avançar gradualmente para o seu final violento.

O coro tem uma terceira função claramente marcada, na sua parte de diálogo. Está permanentemente a dizer coisas como:

> *Senhor, se ele dissertou com propriedade, é natural que tu aprendas com ele, e tu com este, por tua vez; pois de ambas as partes se disseram palavras sensatas.* (*Antíg.* 724-5) [1].

Qual o motivo destas observações enfadonhas? Aceito, simplesmente, que quando um actor se exprimiu numa fala eficaz, o início da resposta podia perder-se, se não devido a um murmúrio de aprovação e reajustamento físico, então porque os espíritos do público ainda se encontravam na fala que tinham acabado de ouvir. Estas tiradas vulgares são simples amortecedores cuja intenção é proporcionar um momento de descanso entre duas falas. Muitas vezes, contudo, um comentário deste tipo é usado para dar uma deixa eficaz à resposta (*Antíg.* 278, 471, 766, *Rei Édipo,* 1073-5); serviços menores com os quais podemos comparar o hábito de as personagens de Sófocles dirigirem as suas respostas ao Coro quando estão demasiado irritadas para responder directamente (*El.,* 612, *Rei Édipo,* 429, 618, *Antíg,* 726).

Como Actor, portanto, o coro tem a sua comparticipação contínua no drama e tem, de uma forma ou de outra, o seu contributo a dar, prestando-se a devida atenção ao seu carácter algo indefinido. Con-

---

[1] *Antígona*, trad. portuguesa, p. 40.

tudo a sua função mais importante é, evidentemente, a lírica, o que consideraremos a seguir. Teremos de examinar as peças por ordem porquanto é possível distinguir-se uma evolução nítida a este respeito.

Acho poder honestamente dizer-se que as odes de *Ájax* não provocam nem censura nem uma grande admiração. Há o Párodo, devidamente composto no ritmo Dórico, no qual o coro invoca Ájax para que se erga na sua força e afaste os rumores que estão a juntar-se à sua volta. O primeiro estásimo é completamente dramático; evocam aqui os seus próprios lares que duvidam tornar a ver, e pensam nas más notícias que estão a chegar aos pais de Ájax. A seguir temos o brilhante Ἔφριξ᾽ ἔρωτι de que falaremos mais tarde. O terceiro estásimo é a expressão viva e natural da sua aversão pela guerra. Estes conceituados marinheiros não se erguem a grandes voos, mas o que eles dizem está sempre de acordo com a situação e com a sua própria personalidade. Contudo não se pode dizer que nenhuma das suas odes (com excepção de Ἔφριξ᾽ ἔρωτι) presta qualquer contribuição considerável à peça.

Antígona é, de longe, a mais lírica das peças existentes, pois é grande, em proporção, o uso que dela fez Sófocles. Desta vez o Párodo é mais do que conveniente; é espantosamente dramático pois acaba com o ar quase conspiratório do prólogo e substitui pelas dores particulares de Antígona a alegria da cidade na sua libertação, fazendo de Polinices não o irmão insepulto, mas o traidor derrotado. Tem também o seu desfecho irónico, no seu apelo ao «esquecimento destas mágoas» e às danças pela noite fora a serem conduzidas por Dioniso.

Quanto à famosa segunda ode, o poema lírico sobre a Ascensão do Homem, se pensarmos que o Coro é o «porta-voz do poeta» obscureceremos a sua característica dramática. Nesta peça o coro tem muito de personagem dramática e pode enganar-se como qualquer outra personagem. Começa a ode por traçar, em alguns quadros cheios de vida, o surgimento da civilização, conseguida pelo poder de inventiva e pela ousadia do Homem; contudo estas qualidades têm os seus perigos: a cidade só está segura quando «a justiça dos deuses e as leis da terra» são observadas — a implicação é que as duas coincidem e que o rebelde desconhecido contra o decreto de Creonte é também rebelde contra a Dike. O coro tem de aprender que, neste caso, não coincidem; não o rebelde desconhecido, mas o próprio Creonte é que está a colocar Tebas em perigo. Esta ideia é repetida, mais tarde, na peça. Creonte, no seu longo discurso a Hémon, insiste no facto de serem a obediência e a disciplina que preservam uma cidade, um exército, uma família; mas é precisamente a sua própria provocação às leis dos deuses — a sua desumanidade para com o corpo, para com Antígona, para com seu próprio filho — que abate a sua casa em ruínas.

A terceira ode é pouco menos notável do que a segunda, como poema lírico, e não está menos directamente ligada ao desenvolvimento do tema trágico. A sua abertura, Εὐδαίμονες οἷσι κακῶν ἄγευστος αἰών, «Abençoados os que nunca conheceram o gosto da dor», é o culminar natural do que se passou antes, enquanto que o seu final sombrio, «O mal parece um bem aos olhos daquele que o deus está a conduzir à destruição», é um esboço irónico e poderoso do que está para acontecer ao rei.

A curta ode a Eros tem o seu quê de irónica. Para o coro, Hémon é que foi «colhido nas malhas da injustiça» pelo poder do Amor; vemos mais tarde qual é a verdadeira manifestação, na peça, da «invencível Afrodite», quando Hémon, enlouquecido, se volta para seu pai para o matar.

A ode inicia um longo movimento musical que se continua, interrompido apenas pelas duas falas, até ao fim da quinta ode. No *kommos* é a Antígona que cabe a parte lírica; o coro, acreditando ainda que ela está em erro, apenas pode oferecer um conforto convencional. A força trágica da cena deriva, em parte, do facto de Creonte estar presente durante todo o tempo e lhe ser tão inteiramente insensível que é capaz, por fim, de intervir tão duramente como o faz. Assim, Antígona, mal julgada e sem amigos, caminha para a morte — momento agudo que, mais insistentemente do que qualquer outro na tragédia Grega, exige relevo lírico; contudo a quinta ode que começa com Dânae, parece artificial, mesmo aprendida. Assim será se nos ativermos apenas às palavras e nos esquecermos da dança e da música. Sófocles quis manter o seu coro prudente e político, firmemente do lado de Creonte até Tirésias entrar para os assustar; não podia portanto fazer com que exprimissem directamente o que toda a gente no teatro está a sentir. Não obstante, a expressão está lá: a ode está repassada da ideia da Escuridão — Dânae, embora inocente, foi emparedada; Licurgo também, sendo culpado; e a seguir, passando sobre o emparedamento de Cleópatra, Sófocles fala da escuridão que tão cruelmente caiu sobre os olhos dos seus filhos, «que clamavam por vingança», ἀλαστόροισιν. Tudo está lá: crueldade selvática, escuridão e a vingança a vir. Nem uma palavra sobre Creonte — mas ele lá está, no palco, para que olhemos para ele.

A última ode é também um exemplo esplêndido de poesia lírica emocionante quanto à linguagem e ao ritmo e firmemente construída na peça. Quando, por fim, o coro evocou Dioniso (v. 154), foi em acção de graças pela libertação; agora invocam-no, com mais seriedade e paixão, para que traga a libertação dos novos males que ameaçam a cidade — súplica que é imediatamente respondida pelo Mensageiro com a sua palavra Τεθνᾶσιν, «Morte».

Antígona, poucos o negarão, revela um desenvolvimento acentuado das capacidades de Sófocles como poeta lírico. As odes em *Ájax* não são, de modo nenhum, fracas; Ἰὼ κλεινὰ Σάλαμις possui ressonância autêntica; mas em Πολλὰ τὰ δεινά, em Εὐδαίμονες οἷσι κακῶν, em Πολυώνυμε, há uma profundidade e uma força que ultrapassam seja o que for na peça anterior. [1] Nem em *Ájax* há algo de tão belo como os efeitos rítmicos de *Antígona* — as brilhantes variações sobre o glicónico, por exemplo, que abrem o

---

[1] No entanto hesitaríamos em dizer o mesmo dos iambos, apesar da fala de Antígona a Creonte.

Párodo, a nobre união de ritmo e de sentido nas duas tiradas:

'Αντιτύπα δ' ἐπὶ γᾷ πέσε τανταλωθεὶς
'Αλλὰ γὰρ ἁ μεγαλώνυμος ἦλθε Νίκα

ou o espantoso:

κυλίνδει βυσσόθεν κελαινὰν θῖνα καὶ
στόνῳ βρέμουσιν ἀντιπλῆγες ἀκταί [1]

Nem *Ájax*, com excepção do segundo estásimo, mostra a mesma imaginação dramática no emprego das partes líricas como elemento da estrutura do todo. Em *Antígona*, o coro suporta maior peso do tema trágico do que nas peças posteriores, embora as odes em *Rei Édipo* dificilmente sejam menos impressionantes.

O prólogo de *Rei Édipo* baseia-se em três ideias principais, a Epidemia, a obscura mensagem de esperança de Delfos, e os começos da descoberta nas primeiras indicações fornecidas por Creonte. O propósito desta última parte é, evidentemente, preparar para as suspeitas que Édipo concebe de uma conspiração entre Creonte e Tirésias; o coro não ouviu nada acerca disso. O seu Párodo baseia-se nos outros dois temas, a Epidemia e a mensagem. Não contém nada de novo, pois que toda a nossa atenção é requerida para Édipo e para o que ele vai fazer; nem há aí qualquer sentido de repetição dado que ambos

---

[1] |∪—|(∪)—|(∪)—|∪—||∪—|(∪)—|(∪)—|∪—, etc.

estes temas, embora fossem apresentados com vivacidade no diálogo, tornam-se em algo de muito mais imediato quando apresentados através do canto e da dança. Não se trata de repetir, mas sim de completar. Mas o aspecto mais interessante, nesta altura, não é tanto a substância como o arranjo da ode. Os dois temas aparecem na ordem inversa, a Mensagem e a Epidemia; não porque Sófocles obedeça a qualquer cânone obscuro, mas porque este arranjo torna mais suave a transição do Prólogo para o primeiro episódio. O coro entra na nota de esperança em que o prólogo terminara e acaba na nota de apreensão e de súplica em que começa o seguinte [1]. Este método, a continuação e a preparação, notámo-lo duas ou três vezes em *Antígona;* aqui e em *Electra* é sempre usado com grande vantagem para o movimento dramático das peças.

Já discutimos a primeira ode, primeiro estásimo (pp. 288-89). É imediatamente relevante para a situação, sendo altamente dramática na medida em que o coro adia o mais que pode a expressão da perturbação que Tirésias causou. Além disso, a cena que irá perturbar o coro, tanto quanto o profeta, é apresentada com as palavras confiantes:

Τῷ ἀπ' ἐμᾶς φρενὸς οὔποτ' ὀφλήσει κακίαν.

Nunca o meu julgamento o declarará culpado de pecado.

---

[1] Contrastam os dáctilos iniciais e os iâmbos finais. Kranz (*Stasimon*, p. 193) faz do fim um «retorno» ao princípio. Certamente que o princípio e o fim são orações — mas em estados de espírito diferentes.

A longa cena é interrompida pela entrada de Jocasta e aqui o coro é empregue com eficácia. A disputa entre Édipo e Creonte destina-se a mostrar como a rápida inteligência de Édipo tira conclusões que são totalmente erradas, mas tão certas, para ele, de que matará um parente inocente. O furioso ponto culminante deverá ser atenuado antes que a acção possa continuar, mas Sófocles não deseja que Édipo admita o erro Por isso, ao argumento de Jocasta acrescenta o apelo lírico do coro, expresso no pesado ritmo crético que Ésquilo aplicou a Pelasgo. Assim, de um modo plausível e parcimonioso, Édipo é induzido a rescindir o seu decreto, mantendo ainda uma confiança cega na sua interpretação completamente errada da situação.

A terceira ode tem sido considerada difícil. A primeira estância, sobre a majestade das Leis Não Escritas, parece tão remota em relação à situação dramática existente como o é a ode sobre o Homem em *Antígona*, pois vem-nos naturalmente a pergunta aos lábios: como é que a observância destas leis poderia ter salvo Édipo de casar com uma mulher acerca da qual sabia apenas uma coisa, que não era sua mãe? Não há resposta para esta pergunta. Então o coro canta acerca da hybris: pensamos que se tratará, evidentemente, da hybris de Jocasta ou de Édipo — mas qual? Mais uma vez não há resposta. Veremos adiante (pp. 327-29) que não pode ser de Jocasta. Certamente que testemunhámos um surto de hybris tirânica em Édipo, até aqui o rei exemplar, mas Sófocles, infelizmente, continua a falar em termos que apenas conseguem remover os nossos pensamentos de Édipo: o seu homem possuido de hybris é ambicioso, obtém os seus ganhos injustamente, entrega-se ao orgulho, é impudicamente sacrílego. A ode parece-se com a de *Antígona;* as nossas ideias sobre o que é «dramático» precisam de ser corrigidas. Veremos mais tarde que aqui, como lá, Sófocles está a pensar, não nas personagens da peça, mas sim na sua ideia subjacente e em cada um dos casos o coro, de momento, tem o palco por sua conta.

A ode seguinte faz mais do que apresentar a catástrofe com um acesso de confiança; apanha e alarga o que se tornou parte importante do tema trágico: a ideia do Acaso. Mostra, também, que Sófocles não estava sempre ocupado em caracterizar o seu coro de forma consistente: irá usá-lo, por vezes, puramente como instrumento lírico. Assim foi na ode anterior em que ele, a despeito da sua lealdade para com Édipo, orou pelo cumprimento dos oráculos; agora torna a ser, mais uma vez, o grupo dos leais Tebanos. Édipo acabou por se intitular filho da Fortuna; o coro apanha a ideia acompanhando-a de música e dança: ele provará ser filho de algum deus e de uma ninfa da montanha. Então vem o Pastor provando que ele é filho de Laio e de Jocasta. A última ode é uma libertação lírica, como a ode de Dânae. Mais uma vez, a ordem dos temas é importante. Tivesse o coro cantado: «Ai de Édipo! Como isto é igual à vida humana!» o efeito teria sido o de uma moralização consciente, um pouco desnecessário e certamente não dramático. Como está, o efeito é perfeito. 'Ιὼ γενεαὶ βροτῶν, logo a seguir à horrível descoberta, não é moralizador mas sim uma reacção imediata. Dramàticamente, o seu próprio carácter remoto é um alívio maravilhoso — dado que, como sempre, seja cantado e não dito.[1] A seguir, da maneira mais simples, ao geral sucede-se o particular. O grito pessoal «Tomara eu nunca te ter visto!», ao comunicar tão directamente a revulsão horrorosa que o coro sente, exprime o horror peculiar ao destino de Édipo. Este tom pessoal que arrasta os nossos espíritos para longe do tom da reflexão filosófica, é também um excelente meio de transição da catástrofe para as suas consequências, o cego mas não aniquilado Édipo.

Em *Electra* o coro é privado da sua canção de entrada; a primeira música é dada a Electra e uma vez que a sua monódia é composta em anapestos, o ritmo de marcha, podemos talvez concluir que, durante a sua execução, os elementos do coro entraram um por um. Isto leva ao longo diálogo lírico entre Electra e o coro e não há dúvida quanto a ser ela o elemento dominante. Por conseguinte, há apenas três odes, duas das quais muito curtas. Não é difícil ver a razão porque Sófocles, nesta peça, diminuiu o papel do coro: Electra está para ser o centro dramático. Toda a acção é baseada na sua lealdade apaixonada ao pai, no seu desejo de que Orestes

---

[1] Pois que nada pode ser mais pesado e miserável do que um coro a recitar. — Este arranjo de temas, o remoto seguido pelo próximo, tornou-se numa fórmula comum (Kranz, *Stasimon*, p. 250); aqui se vêm, da melhor maneira, as razões dramáticas para o facto.

regresse, no seu ódio implacável aos dois assassinos. Poderia parecer, na verdade, que a principal função do coro é ser útil a Electra; que no diálogo lírico, o seu conforto e conselho se destina a dar à resolução dela um mais alto relevo; que a primeira ode recolhe e aumenta a emoção com que tinha já aclamado o sonho de Clitemnestra, tal como a quarta ode em *Rei Édipo* se preocupa com o tom de cega confiança de Édipo; que no *kommos* (820-70) o coro apenas nos mostra em que desespero caiu Electra; que a segunda ode (1058-96) assinala o nível de resolução a que ele se ergueu; e finalmente, que a curta e rápida terceira ode (1384-97) embora não lance mais luz sobre o carácter dela, serve simplesmente para assinalar o momento do triunfo dela e do irmão. Contudo embora grande parte disto fosse verdade, está longe de ser toda a verdade. Há outros agentes no drama, não menos importantes do que Electra e Orestes: os deuses também estão preocupados, o que é visível, em parte, na estrutura da peça (como veremos um pouco mais tarde), mas não em pequena parte através do coro.

É verdade que a consolação e o conselho oferecidos a Electra pelo coro no primeiro diálogo, dão ênfase, aos nossos olhos, à força da sua lealdade e resolução, mas que pensamentos se cruzarão no nosso espírito quando o coro diz confiadamente, «Zeus fará regressar Orestes em triunfo» (160 *seqq.*) e «Zeus dirige todas as coisas» (173-84)? Uma vez que já vimos Orestes de volta, em Micenas, não podemos deixar de reflectir que foi Zeus quem o trouxe, que Zeus está preocupado com a reparação deste crime.

Quanto ao mesmo efeito, quando no *kommos* o coro exclama: «como podem os deuses contemplar uma coisa destas e permanecer insensíveis»? (823-6), deveremos reflectir que, na verdade, os deuses não estão insensíveis.

Quanto à terceira ode, que diz, de facto, o coro? Os vingadores acabaram precisamente de entrar no palácio: o coro identifica-os com Ares, o deus da guerra e com as Erínias, «mastins infalíveis na pista do crime», e declara que Hermes está com eles a fim de ocultar o seu propósito astucioso. É o coro quem canta, na mesma disposição de espírito, um pouco mais tarde (1417-21):

> *Os mortos agitam-se;*
> *Aqueles que há muito foram assassinados*
> *Bebem agora, em paga, o sangue dos que os mataram.*

Isto não é senão o cumprimento da primeira ode, na qual o coro prevê que a Dike vai descer, em força, sobre os criminosos. Nem podemos considerar esta ode apenas como um reflexo das esperanças excitadas de Electra, na medida em que possui a sua autoridade independente. O Coro permite ao dramaturgo alargar o quadro de referência de modo a poder permanecer livre, o que é feito por Electra e por Orestes como acções inteiramente suas que, apesar disso, são vistas por nós como sendo também da competência dos deuses.

Duas das odes levantam questões interessantes. A primeira consta das duas estrofes que proclamam a vinda da Dike, e de um epodo que volta à traiçoeira corrida de carros de Pélops que vitimou Mírtilo e trouxe desastre sobre desastre à Casa. Porque escreveu Sófocles o epodo e o colocou aqui? Em qualquer outra parte da peça apenas nos ocupamos dos crimes de Clitemnestra e de Egisto, nunca dos de Pélops, Tiestes ou Atreu. Com efeito, Sófocles afasta-se de tal modo da forma esquiliana do mito que, na sua peça, as Erínias estão com Orestes. O fim da peça encerra uma conta que fora aberta pelo assassinato de Agamémnon; nada se seguirá à vingança, assim como nada de significativo precedeu o crime. Porque é que então, neste passo, Sófocles anda precisamente para trás, para a corrida de carros e não, por exemplo, para o crime de Tiestes ou para o crime de Atreu? O facto parece irrelevante.

Podemos, ao menos, reparar que o epodo conclui uma ode acerca da Dike e é imediatamente seguido pela longa cena na qual se descreve uma segunda corrida de carros — embora, na verdade, uma corrida que nunca se realizou; e que a descrição fictícia desta corrida é parte importante do plano de Orestes para a vingança que repara o crime e restaura a Casa (1508-10). Não serão estas corridas de carros antiestróficas, outro exemplo daquele sentido do «esquema» que parece ter sido parte da ideia de Sófocles acerca da Dike?

O outro aspecto diz respeito à segunda ode. Na cena anterior Crisótemis rejeitou o plano de Electra para matar Egisto e por duas vezes o corifeu tomou o partido dela na disputa. Contudo, na ode, o coro louva Electra sem reserva. Para nós trata-se de uma inconsistência em relação à qual Sófocles era claramente indiferente e possìvelmente o seu público também. Parece que estão em causa as mesmas considerações referentes ao epodo de *Agamémnon*, discutidas anteriormente (pp. 137-38). Deverìamos, provàvelmente, concluir que no teatro, o corifeu actuando como personagem menor, como indivíduo, era tão nìtidamente distinto do corifeu que conduzia os seus catorze colegas na dança e no canto que não havia lugar para qualquer sentimento de inconsistência.

Na sequência *Antígona, Rei Édipo, Electra*, há uma diminuição firme na parte atribuida ao coro. Até que ponto isto é verdade, neste período, quanto ao trabalho de Sófocles considerado como um todo, é um assunto sobre o qual apenas podemos tecer hipóteses, dada a amostra tão pequena que possuímos; embora pareça provável, ao tomarmos Eurípides em consideração, que o actor estava a ganhar terreno à custa do coro. Contudo, o que é claro e mais importante é ter Sófocles, especialmente nestas três peças, encontrado no Coro um instrumento dramático dos mais flexíveis e poderosos. Era capaz de tirar dele, a qualquer momento, aquela contribuição para o desenvolvimento da peça, e do seu tema o que, por natureza, estava peculiarmente qualificado para fazer.

3. Princípios Estruturais

Aqui há um problema. Algumas das peças de Sófocles revelam um domínio completo da forma dramática; há unidade total, domínio compreensivo e inteligente desde as largas linhas gerais do enredo até aos pormenores mais minuciosos do estilo ou do metro. Há outras peças, nomeadamente *Ájax* e *As Traquínias*, nas quais este poder de domínio parece ter-se afastado do autor ou não o ter alcançado ainda. A dicotomia não é, na verdade, tão aguda como a que encontraremos em Eurípides, mas é suficientemente importante.

O estudioso moderno não se surpreende. Dirá (erradamente) que não é razoável esperar de um dramaturgo peças sem erros — tal como, provàvelmente, não é razoável esperar de um marceneiro profissional que fabrique sempre mesas com o número certo de pernas, todas do mesmo comprimento. De facto, aparece regularmente artesanato de primeira em dramaturgos de segunda qualidade — Sardou,[1] por exemplo. Mas no caso de *Ájax* e de *As Traquínias*, o problema seria não de elegância de artesanato, mas de vulgar competência. Dizem-nos, por vezes, que Sófocles teria desenvolvido a unidade de *Antígona* e de *As Traquínias*, se tivesse exibido o corpo da heroína nas cenas finais; é possível que um ponto tão elementar tivesse escapado à atenção de um dramaturgo que ganhara prémios durante anos — e em Atenas, não entre os Tribalos? Sófocles não estava — como muitos dos seus críticos — em luta desesperada com os rudimentos da sua arte.

Devemos libertar-nos de um argumento popular, o argumento *ad misericordiam*, que o dramaturgo

---

[1] Victorien Sardou (1831-1908). Comediógrafo francês que se distinguiu no género «vaudeville» (N. do T.).

Grego não conservava sempre o domínio do seu material, sendo por vezes apertado pelo seu mito como Laoconte pela serpente. «A estrutura de uma peça depende, em parte, do assunto e poucos assuntos há que não tenham defeito».[1] A palavra «assunto» é ambígua, como veremos; parece significar aqui *mito* ou *história*. Poderíamos pensar que o dramaturgo que pega numa história da qual não pode fazer uma peça satisfatória é louco, mas já vimos, e tornaremos a ver, como o mito foi utilizado com que liberdade natural e inteligente pelos dramaturgos Gregos que chegaram até nós. Apenas numa das trinta e tal peças que possuímos me é dado ver que o dramaturgo foi constrangido pelo seu mito, nomeadamente em *Filoctetes* [2], se é que a informação sobre a peça dada adiante representa aproximadamente o que Sófocles pensava; e lá, se é que tenho razão, Sófocles não se preocupou absolutamente nada: tendo dito, através da história, precisamente o que tinha em mente (e tendo-lhe dado, a propósito, uma configuração muito diferente de Ésquilo ou de Eurípides), imaginou um final convencional com um *deus ex machina* para enquadrar o seu enredo na história antiga. Um dramaturgo que era capaz de abolir a perseguição de Orestes pelas Fúrias, não dá a ideia de estar embaraçado com o mito que escolheu. Devemos procurar outra explicação mais persuasiva para

---

[1] F. R. Earp, *The Style of Sophocles*, p. 167.
[2] Os finais irónicos de certas peças não trágicas de Eurípides não constituem excepção real. (Ver à frente, pp. 238 *seqq.*, II vol.).

a estrutura surpreendente de algumas das peças; nem a incompetência nem a *force majeure* [1] servem.

Empregou-se a palavra *assunto*. Evidentemente que se um artista aprendeu a sua profissão, se tem alguma coisa a dizer ou uma noção clara do que pretende fazer e se não for constrangido por material desfavorável — pedra desfavorável se se tratar de um escultor, um enredo desfavorável mas inalterável, se se tratar de um dramaturgo — então, o objectivo, a obra acabada, estará em correspondência com o assunto. Quando a nossa crítica e a nossa apreciação se desnorteiam, o facto deve-se, normalmente, a termos formulado determinadas hipóteses, acerca do assunto, que nunca estiveram no espírito do artista. O objectivo não corresponde ao que pensamos ser o assunto; por isso culpamos o artista e, dando os mais sublimes exemplos de erro, explicamos-lhe pacientemente o que deveria ter feito. As nossas hipóteses instintivas são formuladas, naturalmente, sob a influência de certas predisposições locais e temporais; nenhuma história de crítica literária mostrará como é que a crítica e a compreensão da literatura foram dominadas pelo «gosto» que prevalece em cada época. Mas podemos ser um pouco mais concretos e estudar simplesmente o objectivo, deduzindo a partir dele qual é o assunto. Em trabalhos fracos não se pode fazer isso; mas nas obras vigorosas e competentes, é possível.

Consideraremos aqui duas peças, cujas estruturas têm escapado a censuras sérias: *Electra* e *Rei Édipo*.

---

[1] Em francês, no original (N. do T.).

A primeira, a fim de mostrar quão fàcilmente a nossa concepção do assunto pode diferir da do poeta de modo a deixarmos de apreciar de forma completa ou exacta o que ele dizia; a segunda, a fim de estabelecer qual é o assunto.

Qual é o assunto de *Electra*? A pergunta pode parecer tola. Existe outra peça de tamanho comparável que apresente um estudo de caracteres como esta? Porque, com excepção da primeira cena e do breve estásimo final (1384-97) que mal pode ter levado mais de um minuto a representar, a heroína encontra-se continuamente no palco, sempre no centro dos acontecimentos, colocada em aguda justaposição com outra personagem qualquer e em situações que mudam constantemente. «Todo o arranjo do enredo — as cenas de Crisótemis, a longa fala do mensageiro e a demora no reconhecimento — tem por fim dar aos motivos de Electra o maior escopo possível, de modo que possamos vê-la alternadamente deprimida, desdenhosa, exaltada, desesperada, intencional, aflita, alegre e triunfante». [1] «O interesse depende, antes de mais nada, do retrato da personalidade humana». [2] Que poderá ser mais evidente? Partindo desta opinião expliquei nas edições anteriores deste livro que a peça está construída à volta de Electra, como uma série de ataques dramáticos que lhe são dirigidos e que lhe iluminam diferentes facetas do carácter, mostrando como a sua

---

[1] T. B. L. Webster, *Sophocles*, p. 81.
[2] Jebb, *Introduction*, p. xxxviii.

nobreza fundamental foi deformada e martelada até ficar endurecida pela sua situação.

Não é que isto não seja verdade; é, simplesmente, inadequado. Se isto e nada mais era o assunto de Sófocles, então não há alguns passos em que assunto e objectivo não se correspondam. Procuramos então outra explicação da sua existência, como por exemplo, que Sófocles era piedoso e, por conseguinte, fez com que as suas personagens orassem de tempos a tempos. Mas se as orações são parte orgânica da estrutura e nós não virmos o facto explicando-as como se não o fossem, então, para nós e durante estes passos, o drama tem sido frouxo; pensámos que Sófocles estava apenas a ser piedoso quando, de facto, estava a ser dramático — o que é pena. Vamos debruçar-nos sobre estas orações.

Há quatro. Podemos ficar certos de que o seu efeito no palco não era pequeno; a terceira era, na verdade, muito impressionante. A razão que nos leva a dizer que elas são um acrescentamento orgânico e não piedoso é que estabelecem contacto imediato, em tantas direcções, com grande parte da peça. Em primeiro lugar, (62-67) Orestes ora ao seu solo pátrio e aos seus deuses natais para que o ajudem a purificar a casa e a recuperar a sua posição legal. A seguir, (110-17) Electra dirige uma prece a Hades, Perséfone, Maldição, as Erínias para que tragam Orestes de volta e que os ajudem a ambos. A terceira é o sacrifício solene de Clitemnestra a Apolo acompanhado pela oração blasfema que recebe, acto contínuo, a sua resposta devastadora com a chegada do Pedagogo.

Finalmente, quando os três homens entram no palácio para a sua sinistra ocupação, Electra ora também a Apolo; e Sófocles providenciou, sem dúvida, para que ela ficasse exactamente onde tinha ficado Clitemnestra. Suplica a Apolo para que os ajude:

> E mostre à humanidade qual é o castigo que os deuses
> Aplicam aos que praticam perversidades.

Apolo responde também a esta oração. E quando Electra, depois de a ter oferecido, entra no palácio, o coro traça-nos um retrato das Erínias que seguem a pista do crime para dentro da casa; os «astuciosos» (δολιόπους) vingadores estão a ser chefiados por Hermes que oculta a «astúcia» deles (δόλῳ) na escuridão. A «astúcia», ligada aqui aos vingadores e a Hermes, impregna a peça. Apolo aconselhou Orestes a servir-se da «astúcia» (37); Agamémnon foi morto «dolosamente» (ἀπάταις) pela mãe «astuta» de Electra (124-5); a luxúria foi o assassino, a «astúcia» foi o conspirador (197). Por isso, quando no fim da peça Egisto é levado para morrer exactamente no mesmo lugar em que assassinou Agamémnon, sentimos, sem dúvida, que ele morre, não só no mesmo lugar, mas também da mesma maneira, pela «astúcia». Não há dúvida que Electra se serviu dele com certa ironia.

Supondo que o assunto da peça é o carácter de Electra, tudo isto é periférico, sem dúvida uma fonte de interesse, mas não uma intensificação do assunto.

Uma vez que estamos a considerar princípios estruturais podemos legìtimamente perguntar porque começou Sófocles a sua peça com a chegada de Orestes e não antecipou a *Elektra*[1] de Strauss, reservando-o para uma entrada dramática mais tarde, na peça. Poderíamos dar uma resposta ao acaso a não ser que a considerássemos em relação com a estrutura do conjunto. Evidentemente que tal relação existe e a pergunta merece uma resposta. Com efeito antecipámo-la, ao discutir acima (pp. 302-03) aqueles passos em que o coro assegura a Electra que Zeus trará o irmão para a casa. Nas bocas do coro não são mais do que uma expressão de fé; para nós, porque vimos Orestes, significam muito mais. Adiando a chegada de Orestes, Strauss conseguiu uma proeza dramática; não a adiando, Sófocles obteve uma proeza não menos dramática, mas muito diferente. Zeus é activo nesta peça, não apenas Electra e Orestes.

A seguir vem o sonho. O leitor malicioso que se reporte à minha análise anterior da peça, verá que tudo aí mencionado não foi de modo nenhum notado, e que o sonho mostra apenas como «Electra, arrebatada pela ânsia de vingança, se agarra a tudo». Isto esclarece o que pode acontecer quando alguém se equivoca quanto ao assunto da peça e o reduz em tamanho: um momento intensamente dramático é reduzido a quase nada. Orestes orou aos deuses da sua raça; Zeus, como sabemos, trouxe-o para casa; Electra ouve a notícia sem disfarce, que Cli-

---

[1] Ópera do compositor alemão Richard Strauss (1864-1949), datada de 1909 (N. do T.).

temnestra teve um sonho ameaçador. A sua réplica vem imediatamente no grito:

Deuses da nossa raça! Estai, enfim, conosco.

Sabemos que eles estão com ela. O nosso sentido da presença dos deuses é reforçado quando o coro toma o tema: a Dike vem sobre os assassinos, uma Erínia armada «que salta sobre eles de emboscada».

Com estas direcções claras, a fala sobre a urna (1126-70) toma uma dimensão extra. Dizer, como eu disse anteriormente, [1] que revela um aspecto novo do carácter de Electra, é verdade; vemos agora nela uma ternura que até aqui tinha sido recoberta pelo ódio e pela dureza. Mas a cena não tinha apenas esta intenção. Tornemo-la visível. Orestes não reconheceu Electra; na verdade, porque havia a Princesa Real de estar cá fora, em público, dessa maneira e tão mal vestida? Ela encontra-se bem à frente, na orquestra; os homens estão agora atrás — a vinte ou trinta jardas [2] de distância, vigiando a entrada do palácio — indicação cénica que não tem autoridade, a não ser senso comum. A fala de Electra é um solilóquio. Como expressão de puro sofrimento é tão comovente como seja o que for que Sófocles jamais escrevesse, podendo mesmo erguer-se ao nível do *kommos* de Antígona. Se tivesse sobrevivido apenas como citação em Estobeu, teria servido, vezes sem conta, para demonstrar o profundo pessimismo de

---

[1] 2.ª edição, p. 173.
[2] Aproximadamente 18 e 27 metros (N. do T.).

Sófocles: toda a ternura, amor, resolução, pertinácia de Electra foram para nada, inúteis, ἀνωφέλητον, ἀνωφελές (1144, 1159). Felizmente que temos o contexto completo; à medida que ouvimos podemos também ver e o que vemos é Orestes vivo, trazido de regresso pela escolta favorecedora de Zeus. Ele está junto do portão e, dentro em pouco, entrará por ele. Pelo menos aqui Sófocles não é pessimista.

Passando por cima de muitas outras coisas, consideremos agora as cenas finais. Novamente nos revelam mais dados acerca de Electra: agora não há ternura! «Atinge-a outra vez se tiveres forças para isso!» (1415). Há a ironia mortal com que ela recebe e engana Egisto; há o momento em que ele ergue o véu do rosto e que descrevi (devidamente, penso) como sendo «talvez o *coup de théâtre* [1] mais esmagador jamais inventado»; há a ferocidade com que Electra grita: «Mata-o imediatamente e atira o corpo aos cães! Nada menos do que isso pode compensar-me do que sofri». Mas há algo mais. Ao ver o corpo amortalhado, Egisto diz:

«*Zeus, aqui está alguém derrubado, diante dos nossos olhos*
Pela ira dos deuses»

Toda a estrutura da peça obriga a pensar que ele está a dizer a verdade solene — excepto num pequeno pormenor no qual se engana. Um *coup de théâtre* [2],

---

[1] Em francês, no original (N. do T.).
[2] Em francês, no original (N. do T.).

na verdade, mas «teatral» como no *Hamlet* é teatral a morte pelo veneno, de Claudio, o envenenador.

Em relação a uma peça destas, a muitas peças Gregas, e a algumas de Shakespeare, a nossa dificuldade actual é evitar ambos os erros opostos. Um é supor-se que «todo o arranjo do enredo se destina a dar às emoções de Electra o maior escopo possível»; o outro é apresentá-la como ilustração das ideias religiosas do século quinto e, ou descurar os seus aspectos puramente dramáticos ou discuti-los separadamente, num capítulo diferente [1]. Sófocles, devemos recordá-lo, escrevia — como Shakespeare — numa época em que a religião e a arte, a inteligência e a imaginação ainda não tinham dito adeus umas às outras. Nem ele escreveu teatro extremamente bom dando-lhe a seguir uma coloração religiosa, nem inculcou ideias religiosas vestindo-as com as roupagens do drama. Ambos os aspectos se fundem tal como o particular e o universal da mesma acção. O que é certo é que Sófocles não «criou» a sua Electra simplesmente para nos mostrar como se faz uma Electra emocionante; com tal interpretação também grande parte da estrutura fica solta e flácida; a interpretação mais profunda torna tudo tenso e significativo. Mostra, na verdade (como disse anteriormente), o efeito que a situação teve sobre a natureza heróica e devotada de Electra tornando-a dura, mesmo cruel;

---

[1] Há, evidentemente, um terceiro erro possível e que é supor que Sófocles estava apenas a dramatizar o mito o melhor que lhe era possível. Calo-me quanto a isto — mas a expressão de Johnson vem-me ao espírito: «grande falta de sensibilidade».

mas isto, por sua vez, esclarece como, neste exemplo, se concretiza a Dike. A fala apaixonada de Electra acerca das suas humilhações diárias não ajuda só a explicar no que ela se tornou; ajuda também — como as referências de Orestes à sua própria expoliação — a explicar porque cai a Dike sobre os assassinos e os usurpadores, «saltando sobre eles de emboscada». Eles mesmos criaram a situação que gera a sua própria destruição. Assim actuam os deuses. A extrema vivacidade dramática de tudo não é um mérito acrescentado; é uma necessidade. Sófocles mostrará alguma coisa da tessitura interna da vida, os caminhos dos deuses; se a totalidade da trama não estiver imbuída de vida, a exposição da sua tessitura interna não alcançará convicção.

Todas as nossas maneiras de ver post-românticas, mesmo post-renascentistas, levam-nos a supor, talvez sem pensar muito, que o assunto de Sófocles era simplesmente Electra. A maior parte da peça confirma essa nossa crença. Mas ao começarmos a suspeitar que o assunto real é algo de mais vasto, algo de parecido com o trabalho natural ou inevitável da Dike visto por dentro da história de Electra, então tudo na peça brota para a vida e toda a estrutura se torna muito mais significativa. Este assunto mais vasto podia Sófocles tê-lo acrescentado a um estudo meramente pessoal do carácter de Electra por meio de odes ou falas reflectidas ou didácticas, mas não era esse o método Helénico; antes, o significado mais vasto é construído dentro da estrutura da peça — razão pela qual pode escapar à nossa atenção: não estamos à espera de tanto e vemos apenas o que esperamos.

Um pouco mais atrás (pp. 283-84) achámos *Rei Édipo* bastante difícil: é possível que também aqui as nossas hipóteses naturais acerca do assunto possam ser demasiado estreitas e que um exame firme à estrutura possa ser um correctivo? É-nos difícil ler a peça como se fosse pela primeira vez. Contudo faremos a tentativa, procurando registar o que Sófocles faz e tentando não levar para lá o que ele deixa de fora, especialmente a nossa própria preocupação com o livre-arbítrio.

Seria errado dizer que a peça se divide em três partes: não se divide; está formada. No entanto há três tipos evidentes de ponto culminante que assinalam três áreas dentro da peça e que podemos considerar uma por uma. São: a condenação de Creonte por Édipo; a descoberta com a consequente cegueira voluntária de Édipo; e o verdadeiro final da peça.

A primeira parte move-se, com um ímpeto que aumenta firmemente, através da cena de Tirésias até ao seu ponto culminante, o que é prolongado pelo *kommos*. Diremos dela, talvez, que inicia, por tentativas e remotamente, o processo da descoberta; que constrói o carácter de Édipo; que, como preparação para o fim, apresenta Édipo na qualidade de grande Rei, a única esperança de Tebas, ele próprio tão afastado da causa da epidemia; finalmente, que a cena de Tirésias introduz, da forma mais ominosa, o tema da cegueira. Tudo isto seria verdade; relembremos agora mais alguns factos.

Poderíamos razoàvelmente dizer da primeira cena,

que nos coloca perante um retrato de Édipo como do rei ideal devotado ao bem estar dos seus súbditos. Para com Creonte, de cujo auxílio naturalmente se serviu, é cortês. Mas no final desta parte da peça Creonte é muito injustamente condenado à morte — ou ao exílio, porquanto o caso não é esclarecido — e o breve diálogo 626-30 pode muito bem lembrar-nos o teor da altercação entre Hémon e Creonte em *Antígona* (740-56): Édipo, o Rei, tornou-se em Édipo, o tirano arbitrário; e Sófocles continua a deixar claro que, embora ele esteja persuadido a rescindir o decreto, não está, de modo nenhum, persuadido de que era um erro monstruoso.

Tal é o primeiro dos três pontos culminantes. Não é o que teríamos esperado. A condenação de Creonte, preparada com tanta subtileza através de uma longa cadeia de suspeitas, insinuações e conclusões confiantes, mas completamente erróneas [1], não favorece o enredo de maneira nenhuma a não ser no aspecto menor de trazer Jocasta à cena. Evidentemente que o processo da descoberta está a ser posto em execução, mas para este fim não era necessário que Édipo fosse levado à beira de um assassínio judicial. É claro que esse facto traça um retrato vigoroso de Édipo; mas, no fim de contas, este Édipo foi inventado por Sófocles, por isso a pergunta: porque pretendeu Sófocles um Édipo que se dirige, nesta extensão, para a hybris tirânica? Isso não pode contribuir para a sua ruína: ela já está decidida. Nem a explica porque Sófocles nunca sugere

---

[1] Vv. 73-5, 124 *seq.*, 287, 345-9, 378, 380-9, 390 *seqq.*, 570 *seqq.*

que através da hybris é que Édipo cumpriu as profecias. Contudo trata-se de uma parte notável da estrutura: se o enredo não a exigiu, possívelmente qualquer outro aspecto o fez.

Na cena de Tirésias há o contraste, dado com tanta ênfase, entre a cegueira física do profeta e a cegueira autêntica do rei. A inteligência do rei foi salientada pelo sacerdote (31-9): agora Édipo defronta uma acusação incrível. Sendo inteligente, sabe quantos são dois e dois. O resultado são as suspeitas de conluio entre o Profeta e Creonte. Talvez o não devamos culpar por *isso:* «Como todas as ocasiões me denunciam», como observou Hamlet; as circunstâncias parecem suspeitas. (Do mesmo modo mal podemos culpá-lo pelo que fez na Encruzilhada, ou quando veio para Tebas.) A conclusão que tira está completamente errada, mas o seu raciocínio tem a sua plausibilidade. O que acontece a seguir? Sente-se tão seguro de si que não escuta o próprio apelo à razão, de Creonte (577-602); pior ainda, recusa imediatamente um desafio directo e razoável que teria provado logo que ele não tinha razão, a saber, que iria a Delfos com a simples pergunta se o deus tinha ou não tinha dado a resposta que Creonte referira (602-7); rejeita igualmente o juramento solene de Creonte (664-6). Na sua certeza absoluta, a todos afasta para o lado; mas como o coro anota (617), «O que é rápido nem sempre está certo». Assim, o bom rei é atraiçoado ao comportar-se como um tirano injusto; confia demasiado no seu próprio juízo.

Que quer isto dizer? A hybris não explica nem as suas acções passadas nem a sua queda próxima;

há, contudo, uma ligação patente entre a acção presente e o passado: a cegueira do homem inteligente, a sua falsa confiança quando as circunstâncias são traiçoeiras. Tinha a certeza que Políbo e Mérope eram os seus pais; nunca lhe ocorreu que pudesse estar enganado. Tem a certeza que Creonte está a conspirar contra ele. A certeza anterior traiu-o, levando-o a desastres dos quais tinha sido explìcitamente avisado com antecedência; esta leva-o em linha recta a uma explosão de hybris tirânica.

Ouvimos falar de hybris na segunda parte da peça, mas debrucemo-nos primeiro sobre o último dos nossos três pontos culminantes. Ainda mais do que o primeiro, não é o que a história dita; não é um fim inevitável para uma peça acerca do destino trágico de Édipo, mas adere lògicamente à primeira parte e ao seu ponto culminante.

Que poderia ser mais óbvio, mais lógico e mais dramático do que a peça terminar pelo exílio de Édipo? Tirésias profetizou que Édipo cegará, que se tornará num exilado, num mendigo execrado por todos. O próprio Édipo lançou a sua maldição sobre o assassino de Laio; agora a maldição refluiu sobre a sua própria cabeça: foi ele quem trouxe a epidemia a Tebas. O estrangeiro que uma vez salvou Tebas pela sua inteligência, embora nascido lá, deve agora salvá-la abandonando a cidade para sempre. Como é que Sófocles deixou passar um tal fim dramático?

Podemos adivinhar: foi por causa de *Édipo em Colono*, que exige que Édipo tenha permanecido em Tebas durante vários anos. O pior aspecto de tal adivinhação é que nos desencoraja de ver e de pensar mais adiante. Mesmo que esteja correcta, permanece ainda de pé a questão de se saber se este final, assim motivado, é ou não é um verdadeiro ponto culminante. Em qualquer caso, talvez não seja provável que Sófocles tenha debilitado o final desta peça por causa de outra que não iria ser composta antes de uns vinte anos; mas o que temos a fazer é apenas olhar calmamente para a estrutura e constatar que o final foi imaginado, não por causa de *Édipo em Colono*, mas de *Rei Édipo*.

Creonte é trazido de regresso. Aí estão todos os ingredientes para uma «cena forte», bem como para um desses contrastes de caracteres em que Sófocles era mestre. Trata-se de uma *peripateia* enviada do céu: Creonte, que tinha escapado por pouco da morte ou do exílio, às mãos de Édipo, é agora Rei e Édipo está humilhado; a vítima designada está agora no poder. Até aqui Creonte tinha tido um papel passivo,. na peça; chega agora a oportunidade de Sófocles: porá na nossa frente um Creonte triunfante na sua vingança, ou grandemente magnânimo. Mas Sófocles parece que mal se interessa. Na verdade Creonte não guarda rancor — e o facto é posto de parte em dois versos (1422-3); em relação a Édipo, nem é notòriamente amável, nem notòriamente duro. O que Sófocles faz é desenvolver uma situação perfeitamente antiestrófica da que está no fim da primeira parte da peça.

Édipo pede para ser afastado nada menos que quatro vezes; pede-o duas vezes ao coro (1340 *seqq.*, 1410 *seqq.*) e duas a Creonte (1436-7, 1518). Mais uma vez Édipo tem absoluta certeza: anteriormente foi, como disse o coro, «segundo um cálculo incerto», ἐν ἀφανεῖ λόγῳ (657), agora segundo um claro, porque o deus o decretou e o próprio Édipo o confirmou. Mas Creonte recusa-se duas vezes. Não por falta de amabilidade: «Eu tê-lo-ia certamente feito, mas queria primeiro saber, da parte do deus, o que se devia fazer». «Mas o deus falou claramente!» «Sim, mas num caso destes o melhor é perguntar como devemos actuar». Trata-se mais de um contraste de atitudes do que de pessoas. Se Sófocles nos quisesse dar uma imagem acentuada de Creonte, como homem, podia tê-lo feito; não o fez. Édipo não consultaria Delfos anteriormente para verificar as suas próprias conclusões mesmo que a vida de um homem estivesse em jogo; Creonte, embora o caso pareça claro, não agirá numa crise tendo à mão melhor autoridade, enquanto não consultar essa autoridade.

Este laço entre as duas partes da peça é reforçado por uma repetição verbal. Ao tirar as suas conclusões desesperadamente erradas, Édipo pergunta a Creonte (562 seqq.): «Quando Laio foi morto, o profeta mencionou-me?» «Não». «Porque não?» A resposta de Creonte é: «Não sei e quando me faltam os dados prefiro calar-me»:

οὐκ οἶδ'· ἐφ' οἷς γὰρ μὴ φρονῶ σιγᾶν φιλῶ.

Para o fim, quando Creonte se recusa, pela segunda vez, a mandar Édipo para fora de Tebas, Édipo grita: «Mas os deuses não odeiam ninguém tanto como a mim!» «Então», diz Creonte, «em breve verás cumprido o teu desejo». «Afirmas isso?» «Ah, não; quando não sei, prefiro não falar ao acaso» (1546):

α μὴ φρονῶ γὰρ οὐ φιλῶ λέγειν μάτην.

O contraste entre a certeza e a prudência encontra-se muito no pensamento de Sófocles e vimos que, na primeira parte, a certeza levava à hybris.

Á primeira vista, o final da peça parece não dramático e negativo. Quem quizer pode, evidentemente, dizer ainda que preferiria um final mais espectacular; contudo começa a ver-se que ele não era simplesmente negativo.

É precisamente a última acção que chama também a nossa atenção; não é, de modo nenhum, inevitável. As duas filhas foram apresentadas (como, de facto, é natural, embora não inevitável) e o que Édipo lhes disse, e acerca delas, é um acrescentamento bem trágico ao quadro de ruína e desolação que Sófocles está a traçar. Ora, quando Édipo é conduzido ao palácio, também as filhas devem ser removidas do palco. Não há necessidade de fazer disto uma situação dramática, mas Sófocles fá-lo: são retiradas pelo abraço de Édipo e quando ele protesta, Creonte diz, nos últimos versos genuínos da nossa peça: «Não procures o domínio (κρατεῖν) sobre todas as coisas; o domínio que tu tinhas rompeu-se antes do fim». Tal é o término até ao qual Sófocles conduziu o seu longo encadeamento de ocorrências.

Certeza e domínio: ambos são ilusórios. Laio recebeu um aviso ficando em total liberdade. Salvaguardou a sua segurança destruindo a criança (e Sófocles não imputa culpas) — com a excepção de que, muito naturalmente, não praticou o acto terrível por suas próprias mãos. Fez outra coisa igualmente boa — com a excepção de que não o era. Pensou que tinha adquirido o domínio. Assim pensou Édipo quando, ao ser avisado do que estava para acontecer, evitou Corinto, onde estavam seus pais e foi noutra direcção. Ao ser atacado, defendeu-se: porque não? Ao serem-lhe oferecidas a coroa e a Rainha de Tebas, aceitou-as: porque não? Sófocles não o culpa; apenas salienta que a resolução e a inteligência humanas podem enganar-se fàcilmente e sair derrotadas. Mas as circunstâncias eram singularmente adversas? De acordo; trata-se de um caso extremo, mas quem dirá que não é poèticamente conforme com a vida? Que o acaso não derrota muitas vezes os melhores planos? O domínio humano é uma ilusão. Mais adiante, o de Édipo levou-o, sem dúvida, à hybris. Ora, estava a tornar-se uma doutrina da moda entre os contemporâneos mais progressivos de Sófocles, a afirmação: «Nós somos agora os senhores». Como disse Protágoras, os deuses podem existir ou não; o problema é difícil e a vida é curta. Os espertos e crueis Atenienses em Milo, segundo a narrativa de Tucídides, renegavam explìcitamente as ideias arcaicas acerca da justiça: o cálculo inteligente é que é o guia da vida. Tucídides tinha as suas dúvidas; o mesmo se passava com Sófocles [1].

---

[1] Ver Bernard Knox, *Oedipus at Thebes,* último capítulo. Chego à mesma conclusão de Knox, mas por caminho diferente.

Dos três pontos culminantes, tanto o primeiro como o terceiro são inesperados, se partimos do princípio que o tema de Sófocles era apenas a história trágica de Édipo; como em *Electra,* o drama pessoal está rodeado por alguma coisa de mais universal e que tem aqui uma influência decisiva na estrutura. Ainda não verificámos, nem verificaremos, que Sófocles se preocupe com a ideia de um destino arbitrário e inevitável; de facto deixa bem claro que uma profecia, pelo menos, não tinha poder compulsório. Tirésias tinha profetizado que Édipo viria a ficar cego; quando Édipo se cega a si próprio explica, finalmente, ao coro horrorizado, porque é que *tinha* de fazer o que fez (1369-90): foi o que, por palavras nossas, poderíamos chamar uma necessidade psicológica; apesar do que, Édipo diz: «Foi Apolo quem causou estes sofrimentos (τελεῖν) mas a mão que deu a pancada foi só a minha». Em *Electra,* Apolo e as outras divindades prefiguram manifestamente o que poderíamos chamar o curso normal ou inevitável dos acontecimentos; assim, também a cegueira é «inevitável» para Édipo. O deus previu-a; não a forçou. As principais profecias da peça sem dúvida que não vaticinam o que podemos chamar de curso «normal» dos acontecimentos; a peça não poderia ostentar o sub-título: «Um dia típico em Tebas». Contudo não obrigam. O que é excepcional, na peça, a intervenção não motivada do deus, que aqui não é, de modo nenhum, um alargamento da motivação humana, não significa que Sófocles contradiz tudo que dá a entender em qualquer outra parte, isto é, que os deuses omnipotentes não interferem arbitràriamente nas nossas vidas; serve-se, pelo contrário, de um caso limite: «Domínio humano? Cálculo humano? Que estas pessoas sejam explícitamente prevenidas: mesmo assim, a complexidade das coisas, a limitação dos conhecimentos humanos e o seu comportamento próprio e natural as derrotarão».

Podemos agora ocupar-nos da parte intermédia da peça, parte que se destina a mostrar, por forma tão espantosa, que o incrível é verdadeiro, que o impossível aconteceu. A estrutura subjacente é firme embora, ao princípio, desconcertante — para nós.

Com dificuldade o coro e Jocasta persuadiram Édipo a não matar ou exilar Creonte; o episódio mal é referido outra vez e parece não ter influência no que se segue. Jocasta prova a Édipo que pelo menos um oráculo falhou, mas ao tomar esta atitude aterroriza Édipo com a ideia de que pode ser ele, no fim de contas, o homem que matou Laio. Jocasta repete: mesmo assim, o oráculo falhou. Ele não foi morto pelo próprio filho. A seguir vem a ode tantas vezes discutida: o coro reza pela pureza, para que sejam observadas as Leis Não Escritas, para que seja evitada aquela hybris que alimenta o tirano e que, inevitàvelmente, é destruída; reza então, de modo inesquecìvelmente solene, para que os oráculos sejam cumpridos, uma vez que a veracidade da religião depende disso; a religião está a cair em descrédito. Isto conduz imediatamente ao sacrifício de Jocasta e à resposta recebida — paralelo exacto e provocante da sequência em *Electra,* com a excepção de que (e aqui está a provocação) a súplica de Clitemnestra era tão abominável que mereceu a resposta que teve, enquanto que Jocasta é uma mulher trágica e torturada que só pede libertação. Porque será a mensagem aparentemente tranquilizadora, em cada caso apenas o prelúdio da morte?

Neste ponto, a ideia de Τύχη, Acaso ganha relevo. Enquanto Jocasta está convencida de que mais outro oráculo falhou, declara que as acções humanas são reguladas pela Fortuna (977-9). Mal acabou de o dizer, a sua imaginada segurança está despedaçada; o que lhe resta é encaminhar-se, angustiada, para a morte. Imediatamente o modelo repete-se. Tirando mais uma vez uma conclusão errada e supondo que Jocasta está a sofrer apenas de orgulho ferido, declara-se como sendo filho da Fortuna; e o coro, adaptando o tema à dança e ao canto, especula sobre que deus vagabundo gerou o seu Rei de alguma ninfa da montanha. No que entra o pastor Tebano para provar que ele não é filho da Fortuna, mas de Laio e de Jocasta.

Portanto somos colocados perante a oposição aguda entre a Fortuna e a profecia, e a ligação íntima, afirmada na ode, entre a profecia e a religião — e não apenas uma religião formal, mas a religião no seu sentido mais profundo: pureza, cumprimento das Leis Não Escritas, afastamento da hybris.

Isto achamo-lo nós difícil. Supondo, como tantos supõem, ter Apolo decretado que os desastres *deviam* acontecer a estas pessoas, então, uma vez que Sófocles não as representou como sendo perversas ou impuras, encontramos uma religião que é não só pouco inteligente como também inconsistente em relação ao que encontramos nas outras peças onde o desastre é, evidentemente, consequência do pecado ou da loucura, ainda que envolva os inocentes bem como os culpados. Mas estaremos em melhor posição se formos capazes de supor o que a peça realmente indica, que as profecias não obrigam, mas apenas prevêm? À primeira vista não. A situação será que, conhecendo agora todas as complexidades da personalidade e das circunstâncias, o deus omnisciente sabe que se os avisar farão precisamente o que estão a procurar evitar. «Por isso», diz Sófocles, «procure-se a pureza e evite-se a hybris; as profecias revelam-se verdadeiras; a religião não é uma fraude». Mas, pelo menos, não é claro que a obediência às Leis Não Escritas teria salvo estas pessoas ou que Sófocles alguma vez sugira que assim teria sido. Está então o seu espírito em desordem acerca destes assuntos importantes, uma vez que é apenas poeta? Ou não se importou, visto que tinha por objectivo apenas o drama emocionante?

Já abordámos o princípio e o fim da peça e tirámos determinadas conclusões necessárias; esta parte intermédia ajusta-se perfeitamente. A primeira parte, talvez para nossa surpresa, levou a um ponto culminante que não vem a propósito para a presente história: Édipo, na sua auto-confiança intelectual, tirou o que lhe pareceu ser a conclusão óbvia, estava completamente errado, e na sua certeza quase cometeu um crime de singular enormidade. Aqui estava a «hybris que gera o tirano» (892). Quanto à ode, pensaram alguns que ela se refere à hybris de Jocasta ao negar a verdade do oráculo, o que não se pode sustentar. Jocasta está simplesmente a relatar o que *sabe:* o filho foi destruído; o oráculo falhou. Em qualquer dos casos, ela salvaguardou a sua posição ao dizer que os oráculos não podiam ter vindo do deus, mas apenas dos seus intérpretes humanos (711 *seq.*); e se aqui se trata de hybris oculta, então o próprio coro é culpado porque disse exactamente a mesma coisa anteriormente (498-504). Por outro lado Sófocles criou e mostrou, finalmente, um exemplo conspícuo de hybris: foi Édipo quem afastou todas as restrições, agiu como um tirano e porque tinha tanta certeza, chegou à beira do crime, Δίκας ἀφόβητος, «sem se deixar atemorizar pela Dike» (904).

A parte de Jocasta é diferente. Também ela tem a certeza, quer antes da ode, quer, mais ainda, depois dela, ao saber que Políbio está morto e que um segundo oráculo falhou. Deste engano, como vimos acima, conclui ela que a Fortuna é que governa. Leiamos o passo mais atentamente:

Porque haveríamos de temer, ao ver que o homem é governado
Pela Fortuna e que não há lugar para uma previsão clara?
Não; viva-se ao acaso, viva-se o melhor que se puder.

Compreendemos agora porque é que as suas súplicas para que o oráculo não fosse cumprido obtêm a mesma resposta que as de Clitemnestra.

Nas outras peças a função dramática da profecia é afirmar que a vida não é caótica. Se Jocasta tem razão, então a queda de Creonte em *Antígona* foi mero acaso e *Electra* não é mais do que uma peça de terror de alta qualidade; não há coisas como Dike, Ordem; apenas a fortuna. Caso ela tenha razão, podemos muito bem «não nos deixar atemorizar pela Dike». Estamos de volta em Milo, ou na companhia de Trasímaco e de Cálicles, de Platão.

Nesta altura devemos contestar outro preconceito moderno. «A Ordem»? dizemos; «A Justiça? Mas onde estão aqui ordem e justiça se estas pessoas foram destruidas sem culpa própria, apenas por circunstâncias improváveis»? O sofisma está em traduzirmos Dike por «justiça», equacionando a seguir o conceito com a ideia de «justiça natural» do século dezoito, de felicidade para os bons e miséria sòmente para os maus [1]. Mas nem Sófocles nem nenhum dos poetas Gregos mais antigos alegaram que fosse esta a maneira segundo a qual os deuses agem; a «justiça» deles não é construída à escala das especificações humanas; não é Τὸ φιλάνθρωπον. Os poetas sabiam, e aceitavam o facto, que os deuses podem ser duros e indiscriminados, mas sabiam também que os deuses não são, a esse respeito, para menosprezar. Antígona sentia-se sem coragem, como era natural que estivesse, porque os deuses a deixavam perecer. Deixaram-na perecer — mas visitaram, com a sua ira, Creonte. Não será falho de lógica dizer que Édipo não está a ser castigado por qualquer falta, mas no entanto, o universo não anda ao acaso.

Tendo a certeza de que os oráculos falharam, Jocasta não dará lugar à πρόνοια, à premeditação, ao

---

[1] Ver acima, pp. 188-89.

cuidado, ao escrúpulo; do mesmo modo Édipo, certo de que Creonte era traidor, não observará restrições. Certamente que a ode não precisa de nos intrigar mais ao começar, como é o caso, pelas Leis Não Escritas e ao terminar com uma oração pelo cumprimento dos oráculos. Sófocles não está a conferir piedade ortodoxa a uma história que não faz sentido com ela. É evidente que o cumprimento das Leis Não Escritas não teria afastado esta catástrofe — e foi Sófocles quem o tornou evidente. A sua finalidade é completamente diferente e insiste nela durante toda a peça. A vida é tão vasta, complexa e incerta que nos enganamos a nós próprios se pensarmos que a podemos dominar; o juízo humano é falível e a confiança excessiva nele conduz à hybris, o que acaba sempre em desastre. Muitas coisas podem ser inexplicáveis, mas a vida não é acaso; os deuses existem e as suas leis actuam. Se pensarmos que não há leis, que podemos receber as coisas tal como vêm, descurar as restrições e pecar com inteligência, estamos apenas a enganar-nos a nós próprios.

A dicotomia com a qual começámos não é tão aguda como parecia. A diferença de forma entre *Ájax* e *As Traquínias*, e *Electra* e *Rei Édipo* permanece precisamente o que era, mas o exame das duas últimas peças revela que não devemos ser demasiado ingénuos acerca de qualquer delas. Os princípios vitais de estruturação são os mesmos em todas e não compreenderemos completamente nenhuma delas se atribuirmos a Sófocles princípios que ele nunca seguiu. Em nenhuma das peças ele se prepara, como tão fàcilmente se supõe, simplesmente para criar personagens ou dramatizar uma situação; o seu trabalho foi sempre realizado segundo alguma concepção mais profunda. Partindo de princípios errados, pouco valorizamos *Ájax* e *As Traquínias;* pode muito bem ser que, em qualquer caso, não as achemos tão satisfatórias como as outras peças, mas pelo menos, ao vermos qual é o seu assunto real, tornam-se muito mais impressionantes e inteligíveis do que pareciam ser. Nem o poder dramático e a emoção das outras peças diminuem ao vermos que Sófocles não estava simplesmente a erguer um drama brilhante, mas que, ao mesmo tempo e através desse drama brilhante, estava a dizer coisas importantes e com bom senso.

ÍNDICE

I   *A Tragédia Lírica* ... 15
   1. «As Suplicantes» ... 15
   2. «As Suplicantes» e a Tragédia anterior a Ésquilo ... 50

II *A Tragédia Antiga* ... 67
   1. Introdução ... 67
   2. «Os Persas» ... 71
   3. «Os Sete Contra Tebas» ... 91
   4. «Prometeu Agrilhoado» ... 108

III «*A Oresteia*» ... 125
   1. «Agamémnon» ... 125
   2. «Coéforas» ... 149
   3. «Euménides» ... 163

IV *A Arte dramática de Ésquilo* ... 179

V   *A Tragédia Intermédia: Sófocles* ... 217
   1. Introdução ... 217
   2. «Ájax» ... 222
   3. «Antígona» ... 231
   4. «Electra» ... 242
   5. «Rei Édipo» ... 253

VI *A Filosofia de Sófocles* ... 265

VII *A Arte Dramática de Sófocles* ... 275
   1. O Terceiro Actor ... 275
   2. O Coro ... 288
   3. Princípios Estruturais ... 308